Joy Renner
Mein irischer Sommer

## Das Buch

Eigentlich könnte Kati glücklich sein: Sie ist erfolgreiche Übersetzerin in Frankfurt und liebt das Leben. Doch die schreckliche Diagnose der Ärzte ändert alles: Kati wird bald sterben. Als sie Hals über Kopf nach Irland reist, um noch einen letzten, unbeschwerten Sommer zu genießen, geschieht etwas völlig Unerwartetes: Sie verliebt sich unsterblich in den Gourmetkoch Jordan.

Die ersten Wochen sind für beide himmlisch. Voller Herzklopfen und frisch verliebt entdecken sie das Leben neu. Doch Jordan weiß nichts von Katis schwerer Krankheit und schon bald muss Kati eine schwere Entscheidung treffen – zwischen schmerzvollem Abschied und bitterer Wahrheit.

Joy Renner gelingt ein einfühlsamer und überwältigender Roman über das Leben. Voller Weisheit und Einsicht verbindet sie die Melancholie des Lebens mit dem Glück der Unendlichkeit.

## Die Autorin

Joy Renner lebt in Frankfurt am Main, ist aber mehrere Monate des Jahres »auf Achse«, vor allem in Europa und den USA. Irland ist ihr besonders ans Herz gewachsen. Unter Pseudonym hat sie zahlreiche Bestseller veröffentlicht, die in über zwanzig Sprachen übersetzt wurden.

# JOY RENNER

# MEIN IRISCHER SOMMER

ROMAN

Deutsche Erstveröffentlichung bei
Montlake Romance, Amazon Media EU S.à r.l.
5 Rue Plaetis, L-2338 Luxembourg
November 2017
Copyright © der deutschsprachigen Ausgabe 2017
By Joy Renner

Umschlaggestaltung: semper smile, München, www.sempersmile.de
Umschlagmotiv: © Dougal Waters / Getty; © Shaun Egan / Getty;
© fotohunter / Shutterstock; © Mmccloskey / Shutterstock
Lektorat und Korrektorat: Verlag Lutz Garnies, Haar bei München,
www.vlg.de
Printed in Germany
By Amazon Distribution GmbH
Amazonstraße 1
04347 Leipzig, Germany

ISBN 978-1-503-95172-3

www.montlake-romance.de

# 1

Warum ich mit Jacques schlafe? Weil ich ihm alles sagen kann. Ich meine wirklich alles, nicht nur das, was ich auch mit meinen Eltern oder guten Freunden besprechen würde. Er ist ein guter Zuhörer, verzieht keine Miene, selbst wenn ich minutenlang nur Unsinn rede, und verschont mich mit weisen Ratschlägen wie »Auf Regen folgt Sonne« und »Die Hoffnung stirbt zuletzt«.

Jacques ist eine graue Plüschratte, doppelt so groß wie meine Faust, und thront auf der Ablage hinter meinem Bett. Das Geschenk eines Liebhabers, der es darauf abgesehen hatte, mein Herz mit Plüschtieren und kleinen Schlümpfen zu erobern, ohne daran zu denken, dass ich bereits Mitte zwanzig war. Die Schlümpfe und die Stoffteddys hab ich den Kindern im Parterre und im ersten Stock geschenkt, aber Jacques habe ich behalten, ohne zu wissen, dass die fröhliche Ratte mal mein bester und einziger Freund sein würde.

Jacques war auch der Erste, den ich am 17. März in die Arme nahm. Das Datum werde ich nie vergessen, ein sonniger Frühlingstag, an dem man es sich eigentlich in einem Straßencafé gemütlich machen und einen Eiskaffee mit Sahne und einer Maraschinokirsche obendrauf genehmigen sollte. Stattdessen saß ich im Wartezimmer eines bekannten Onkologen und versuchte zu ergründen, was das bunte Gemälde auf dem Wandkalender darstellen sollte. Einen wütenden Tiger, der in die Farbtöpfe eines Malers gestiegen war?

»Katharina Bente«, rief mich die Sprechstundenhilfe auf. Sie führte mich in einen nüchtern eingerichteten Behandlungsraum und deutete auf die schmale Liege neben dem Ultraschallgerät. »Der Doktor kommt gleich.« Ihre freundliche Miene ließ nicht erkennen, ob sie wusste, wie es um mich stand.

Im Behandlungsraum war von der Sonne wenig zu spüren. Das einzige Fenster ging nach hinten raus und war so stark von Efeu überwuchert, dass man selbst am späten Vormittag das helle Neonlicht einschalten musste. Das Telefon an der Rezeption klingelte so ausdauernd, dass ich am liebsten auf die Straße gerannt wäre, nur um wenigstens den nervigen Klingelton aus meinen Ohren zu bekommen. Stattdessen blieb ich auf dem vorderen Rand der Liege sitzen und betrachtete das Bild eines weiteren Kalenders, der das Logo einer pharmazeutischen Firma und ein rüstiges Rentnerpaar beim gemeinsamen Radfahren über eine blumenübersäte Wiese zeigte. Das Medikament, das damit angepriesen wurde, versprach ein glückliches Rentnerleben.

»Frau Bente«, hörte ich die Stimme von Dr. Schweikart, noch bevor er das Behandlungszimmer betrat und mir die Hand schüttelte. Er war ein schlanker und resoluter Mann in den Vierzigern. Vor ein paar Tagen war ich wegen ständiger Bauchschmerzen an ihn überwiesen worden. »Tut mir leid, dass Sie so lange warten mussten. Die Grippewelle macht uns ziemlich zu schaffen.«

»Meinem Bauch geht es wieder etwas besser«, sagte ich.

Er ging weder auf meine Bemerkung ein, noch erwiderte er mein schüchternes Lächeln. Stattdessen rief er meine Akte im Computer auf. »Katharina Bente«, las er meinen Namen vom Monitor ab, als wollte er ganz sicher sein, die Richtige vor sich sitzen zu haben. »Starke Schmerzen im Oberbauch, verbunden mit länger anhaltenden Rückenschmerzen.« Er überflog ein paar Zeilen und schien angestrengt nachzudenken. »Ich habe Ihre Laborwerte bekommen. Es wurden erhöhte Amylase- und Lipasewerte in Ihrem Blut festgestellt. Das sind Verdauungsenzyme, die von der Bauchspeicheldrüse in den Dünndarm abgegeben werden. Tauchen sie verstärkt auf, besteht der Verdacht auf Pankreatitis, eine Entzündung der Bauchspeicheldrüse. Leider kann ich auch ein Karzinom nicht ausschließen. Um Genaueres sagen zu können, müsste ich mir Ihren Bauch noch mal mit Ultraschall ansehen. Sie gestatten?«

Sie gestatten? Ich blickte ihn ungläubig an. Was denn sonst? Sollte ich ihn vielleicht abweisen, nur um die bittere Wahrheit nicht hören zu müssen? Ich dachte an meinen letzten Steuerbescheid, den ich tagelang in einer Schublade versteckt hatte. Vor manchen Problemen konnte man nicht davonlaufen.

Dr. Schweikart schaltete das Ultraschallgerät ein und bestrich den Abtastkopf mit dem kühlen Gel, das dem Arzt half, in meinen Körper zu blicken. Während er meinen Bauch abtastete, betrachtete er die schemenhaften Umrisse meiner Organe auf dem Monitor. Ich konnte auf den Bildern nur wenig erkennen, war unfähig, einen klaren Gedanken zu fassen, und nahe daran, mich zu übergeben, als er sagte: »Ich gehöre nicht zu den Ärzten, die ihren Patienten etwas vormachen, Frau Bente. Sie haben ein Pankreaskarzinom. Bauchspeicheldrüsenkrebs. Tut mir leid, dass ich Ihnen nichts anderes sagen kann.«

Ich wusste nicht, ob ich lachen oder weinen sollte. Bauchspeicheldrüsenkrebs? In meinem Alter? Ausgeschlossen. Ich lebte einigermaßen gesund, joggte jeden zweiten Abend am Mainufer und verzichtete sogar auf Schweinefleisch. Ein so schwerer Krebs? Ich doch nicht. Ich ging alle halbe Jahre zum Check-up und ließ mein Blut untersuchen. Zum Teufel, ich war kerngesund. »Das kann nicht sein, Dr. Schweikart. Da liegt bestimmt ein Irrtum vor. Ich war noch nie schwer krank. Ich trinke kaum und rauche nicht, ich treibe sogar Sport. Ich dachte, diesen Krebs kriegen nur ältere Menschen.«

Er schien meine ungläubige Reaktion erwartet zu haben. »Das stimmt, die meisten Patienten sind zwischen sechzig und fünfundsiebzig Jahre alt. Das heißt aber nicht, dass junge Menschen davon verschont bleiben.« Er reichte mir ein Papierhandtuch und wischte sich selbst das Gel von den Händen. »Ich kann mir vorstellen, wie Sie sich fühlen müssen, Frau Bente. So eine Diagnose ist schwer zu verkraften. Aber das heißt noch lange nicht, dass es keine Hoffnung mehr gibt. Falls sich keine Metastasen gebildet haben, besteht eine realistische Heilungschance. In seltenen Fällen gelingt es uns sogar, einen bösartigen Tumor vollständig zu entfernen.« Er deutete ein Lächeln an. »Wie kritisch Ihre Lage tatsächlich ist, können wir erst bei weiteren Untersuchungen im Krankenhaus feststellen. Nach einer CT und einer Endosonografie wissen wir mehr.« Was eine Computertomografie war, wusste ich, und die Endosonografie erklärte er mir: Mit einer Sonde, die durch den Mund in den Magen geführt wurde, durchleuchtete man das Organ aus nächster Nähe.

So versöhnlich und vorsichtig er seine Worte auch formulierte, sie wirkten auf mich wie ein Todesurteil. Seine Worte hatten mehr Gewicht als die meines Hausarztes, klangen schwerer und endgültiger. Wie ein Urteil, das in Stein gemeißelt schien und keine Revision mehr erlaubte. Mein Blut verwandelte sich in Eiswasser. Ich war plötzlich selbst zu Stein erstarrt, hörte seine Stimme nur aus weiter Ferne und war unfähig, einen Gedanken zu fassen. Als wäre ich bereits im Jenseits. Nur ganz allmählich kehrte etwas Kraft in meinen Körper zurück. Du hast es doch gehört, klammerte ich mich an die letzte Hoffnung, wenn es einigermaßen gut läuft, operieren sie dich, und du wirst wieder gesund. Du wirst nicht sterben, es geht weiter, Kati. Du musst lediglich die Operation überstehen. Keine große Sache beim heutigen Stand der Medizin. Du bekommst eine Vollnarkose, und wenn du aufwachst, geht's wieder aufwärts.

Er lächelte wie jemand, der einem anderen Trost zusprechen will und nur noch auf Floskeln zurückgreifen kann. »Sie sollten sich so bald wie möglich in der Klinik melden. Jeder Tag, den Sie länger warten, mindert Ihre Erfolgschancen. Übermorgen früh, gleich um acht Uhr?« Er nahm mein Schweigen als Zustimmung. »Das bedeutet, dass Sie sich morgen Abend gegen siebzehn Uhr in der Uniklinik einfinden müssten. Meine Assistentin gibt Ihnen eine Broschüre mit wichtigen Informationen über die Untersuchungen mit.« Sein Lächeln wirkte inzwischen ehrlicher. »Ich weiß, das kommt alles ein wenig plötzlich, aber anders geht es leider nicht. Nur wenn Sie den Kampf gegen den Krebs annehmen, haben wir eine Chance. Das wissen Sie doch, oder?«

»Natürlich. Und … nach der Untersuchung? Oder der OP?«

»Darüber reden wir, wenn Sie alles gut überstanden haben.«

Was er sonst noch an diesem Vormittag zu mir sagte, blieb in dem düsteren Nebel zurück, der selbst das helle Neonlicht in den Fluren und im Empfangsraum zu verdunkeln schien. Ich tastete mich auf unsicheren Beinen zum Ausgang, bekam kaum noch Luft und war erleichtert, als ich die Praxis endlich verlassen hatte. Immer noch benommen, überquerte ich die Straße und setzte mich auf eine Parkbank am Mainufer. Einige Tauben flatterten herbei.

Ich vertrieb den Schwindel, der selbst die Bürotürme der Innenstadt zum Tanzen brachte, und blickte auf den silbern glänzenden Fluss hinaus. Ich wohne in Sachsenhausen oder »Dribbdebach«, wie die alten Frankfurter sagen, weil der Stadtteil mit den vielen Äppelwoikneipen auf der anderen Seite des Flusses lag. Wäre mein Leben ein Film, hingen jetzt schwere

Wolken über der Stadt, und der Novemberregen würde das bleifarbene Wasser des Flusses kräuseln. Dichter Nebel läge zwischen den Bürotürmen, und als Soundtrack würde eine schnulzige Ballade à la »November Rain« erklingen. Okay, vielleicht auch was Moderneres, weil kaum noch jemand Guns N' Roses kannte.

Stattdessen war März, die Sonne schien, fröhliche Mütter mit ihren behüteten Kindern genossen den ungewöhnlich warmen Frühling, und von einem der Lastkähne, die dicht am Ufer entlangfuhren, klang Helene Fischer herüber. Einer ihrer großen Hits und nicht gerade das, was ich mir als Soundtrack gewünscht hätte. Ich stand auf klassischen Gitarrenrock, Guns N' Roses, Aerosmith. Das Erbe meines Vaters, dessen Schallplattensammlung ich schon als junges Mädchen gehört und auf meinen MP3-Player kopiert hatte. Bloß keine Helene Fischer und keinen Peter Maffay, die beiden hatte ich gefressen.

Ich stand auf und kehrte nachdenklich nach Hause zurück. Meine Wohnung lag nur ein paar Häuserblocks südlich, im vierten Stock eines alten Mietshauses, wenige Schritte von der U-Bahn entfernt. Ich kam an zahlreichen Straßencafés vorbei, hatte aber keine Lust, unter Leuten zu bleiben.

Dabei hätte ich vor dem Arztbesuch noch allen Grund zum Feiern gehabt. Ich hatte gerade einen Vertrag für die Übersetzung eines neuen Romans unterschrieben und einen satten Vorschuss kassiert, der mich ein paar Monate über Wasser halten würde. Als Übersetzerin ist man nicht gerade auf Rosen gebettet. Dazu kam der Messejob, der mir zumindest mündlich zugesichert war. Keine der großen Messen, aber immerhin. Als Dolmetscherin verdiente man dort gutes Geld, und ich hatte schon Kolleginnen getroffen, die vor Ort lukrative Jobs für ein ganzes Jahr gefunden hatten. Eine Arabischdolmetscherin hatte sogar einen Scheich geheiratet und residierte inzwischen wie eine Prinzessin aus *Tausendundeine Nacht* in einem Palast in den Emiraten.

Ich machte mir nichts vor, schließlich hatte ich genug über Pankreaskarzinome gelesen, um zu wissen, dass die Heilungschancen bei dieser Krebsart sehr gering sind. Meist hatte der Krebs schon Metastasen gebildet und die Lymphknoten angegriffen, wenn sie einen ins Krankenhaus schickten, und kein Arzt der Welt konnte einen dann noch retten. Chemotherapie, superstarke Pillen gegen die Schmerzen und schon nach wenigen Monaten das bittere Ende. Nur wenige Patienten sprangen dem Tod von der Schippe, und selbst die lebten in der ständigen Angst, erneut von dem Krebs befallen zu werden. Die Berichte, die ich gelesen hatte, klangen noch düsterer, als man es sich vorstellen konnte.

Das Haus, in dem ich wohnte, besaß keinen Aufzug, aber ich war trotz meiner Krankheit gut in Form und hatte keine Schwierigkeiten, die Treppen zu erklimmen. Das war ja das Komische. Ich fühlte mich überhaupt nicht krank, und hätte mich mein Hausarzt wegen der Bauch- und Rückenschmerzen nicht vorsichtshalber zum Onkologen geschickt, wüsste ich wahrscheinlich gar nicht, wie bedrohlich tief das Damoklesschwert über mir hing. Dann säße ich jetzt vor einem leckeren Eiskaffee in einem Straßencafé und würde nach einer zweiten Maraschinokirsche fragen, weil mir die Dinger so gut schmeckten. Und am frühen Abend würde ich mit Lou in unsere Sushi-Bar gehen und kräftig zulangen.

In meiner Wohnung ließ ich mich aufs Bett fallen und nahm Jacques in den Arm. Außer ihm erwartete mich niemand, weder meine Eltern, die eine Drogerie im Westend führten, noch meine beste Freundin Lou, die einen festen Job in einem Übersetzerbüro ergattert hatte, und schon gar nicht Mischa, der in einem der Bankentürme arbeitete, sich den ganzen Tag mit Börsenkursen herumplagte und meist erst spätabends aus dem Büro kam.

Mischa war mein Verlobter, das behauptete er jedenfalls, obwohl wir weder Verlobung gefeiert noch Ringe übergestreift hatten. »Ein guter Mann«, behauptete mein Vater und meinte damit wohl seine Aufstiegschancen bei der Commerzbank. »Der perfekte Schwiegersohn«, schwärmte meine Mutter, weil er sich so herrlich korrekt und höflich benehmen konnte und ihr bei seinem Antrittsbesuch eine sündhaft teure Orchidee mitgebracht hatte. Auch wenn die seine Assistentin besorgt hatte. Wie ich zu ihm stand, wusste ich nicht.

Keinem aus meinem engsten Kreis hatte ich von meinem Besuch beim Onkologen erzählt, und auch jetzt würde ich niemanden mit meinen Problemen belästigen. Ich kannte meine Pappenheimer. »Mama, Papa, ich hab Bauchspeicheldrüsenkrebs, und die Chancen, dass ich noch besonders lang lebe, sind gering. Wenn ich Glück habe, operieren sie mich übermorgen.« Nicht auszudenken, was dann passieren würde. Wie zwei besorgte Glucken würden meine Eltern über mich herfallen und unentwegt auf mich einreden, bis sie mich in den OP-Saal rollten. »Wir sind bei dir, mein Schatz! Wir lieben dich, hörst du?«

Natürlich meinten sie es gut, und auch Mischa und Lou würden zumindest nach der Arbeit kommen und mich umarmen und drücken und wahrscheinlich mehr Angst vor der Untersuchung haben als ich. Kein Grund, sie alle mit meinen Problemen zu belästigen und nervös zu machen. Ich war in so schweren Stunden lieber allein oder mit Jacques zusammen, der aus verständlichen Gründen gar nicht in der Lage war, mich mit seinem Mitleid zu bedrängen.

Warum die Pferde scheu machen, wenn die endgültige Diagnose noch gar nicht feststand? Wenn ich es mir recht überlegte, war Dr. Schweikart doch ganz zuversichtlich gewesen. Es bestand durchaus die Hoffnung, dass sie mich operierten und ich dann wieder vollkommen gesund sein würde. Dann wäre die ganze Unruhe, die ich mit einem einzigen Anruf auslösen konnte, völlig umsonst gewesen. Nein, ich musste auch an das lädierte Herz meines Vaters denken. Er hatte bereits einen schweren Herzinfarkt hinter sich und konnte keine Aufregung gebrauchen. Und meine Mutter erst recht nicht.

»Schöne Scheiße!«, sagte ich zu Jacques. Mit ihm konnte ich Klartext reden, und ein anderes Wort fiel mir zu meiner Situation sowieso nicht ein. »Wenn ich Glück habe, schneiden sie mir den Bauch auf, wie dem bösen Wolf im Märchen, nur dass sie keine Wackersteine, sondern einen Tumor aus mir rausholen. Die Bauchspeicheldrüse und die Gallenblase, den halben Magen, die halbe Leber und was weiß ich … ein Wunder, wenn ich danach noch gerade stehen kann. Und wenn ich Pech habe, lande ich in der Pathologie.«

Jacques brauchte gar nichts zu sagen. Er musste mich lediglich aus seinen großen runden Augen anblicken, um mich zum Weinen zu bringen. Die Tränen, die am Mainufer und auf dem Rückweg nicht gekommen waren, schossen mir plötzlich aus den Augen, rannen über meine Wangen und ließen die Welt hinter einem trüben Vorhang verschwinden. Ich sank auf den Rücken, immer noch mit Jacques im Arm, und weinte so bitter und hemmungslos, als gäbe es schon jetzt keine Hoffnung mehr. Mein Körper verkrampfte unter dem heftigen Schluchzen, und ich hörte erst auf, als mein Handy klingelte.

Erschrocken griff ich nach der Umhängetasche und kramte mein Handy hervor. Das Display kündigte meine Mutter an. Ich wischte mir mit dem Handrücken die Tränen vom Gesicht und ging dran. »Mama? Was gibt's?«

»Ist dir nicht gut?«

»Doch … wie kommst du denn darauf?«

»Du klingst so … anders.«

»Ich hab gerade einen vollen Mineralwasserkasten in die Wohnung heraufgeschleppt. Du weißt schon, die schweren

Anderthalbliterflaschen.« Ich spürte, wie sich ein unsichtbarer Ring um meine Brust legte. »Ich bin nicht mehr die Jüngste, Mama.«

Meine Mutter schöpfte nicht den geringsten Verdacht. »Und das sagt meine jugendliche Tochter, die ihr ganzes Leben noch vor sich hat. Warum wartest du nicht, bis Mischa kommt? Der macht das sicher gern für dich. Ich hab sowieso den Eindruck, du vernachlässigst ihn in letzter Zeit. So einen netten Mann bekommst du nie mehr wieder.«

»Mischa hat viel zu tun. Er hat einen anstrengenden Job.«

»Das weiß ich, Kati. Ich weiß, dass ich dir manchmal auf die Nerven gehe, aber ich möchte doch lediglich, dass es dir gut geht. Du siehst an Papa und mir, wie wichtig eine gut funktionierende Ehe ist. Wir haben keinen Streit.«

»Wir auch nicht, Mama. Hör zu, ich bin wahnsinnig müde und …«

»Schon gut, Kati. Ich rufe morgen wieder an.«

»Lieber nicht, Mama. Ich bin ein paar Tage unterwegs, die neue Übersetzung mit dem Verleger besprechen. Kann sein, dass ich mein Handy öfter abschalten muss.« Die Lüge ging mir locker über die Lippen. »Ich melde mich.«

»Wo fährst du denn hin?«

»München«, sagte ich schnell.

»Eine schöne Stadt.«

»Auf Wiedersehen, Mama. Grüß Papa von mir.«

Ich war froh, als sie aufgelegt hatte und ich wieder allein mit Jacques war. Er hatte meinen Lügen ungerührt zugehört. Ich stellte ihn an seinen Platz zurück, vielleicht auch, weil ich mich schämte, meine Mutter in die Irre geführt zu haben, redete mir aber gleichzeitig ein, das einzig Richtige getan zu haben. Es reichte doch, wenn ich sie nach der Operation anrief – falls es überhaupt so weit kommen würde – und ihr mitteilte, dass sie sich keine Sorgen zu machen brauchte. »Alles okay, Mama. Die OP ist gut verlaufen. Der Krebs ist weg. Ist das

14

nicht wunderbar?« An eine andere Möglichkeit wollte ich nicht denken, solange es noch Hoffnung für mich gab.

Ich ging ins Badezimmer, erschrak über mein verschmiertes Make-up und wusch mir gründlich das Gesicht. Im Spiegel untersuchte ich jede einzelne Pore, versuchte dem Krebs auf die Spur zu kommen und etwas Verräterisches zu entdecken. Doch ich sah wie immer aus. »Du gehörst zu den wenigen Frauen, die sich auch ungeschminkt unter die Leute wagen dürfen«, sagte Lou, wenn ich schlecht drauf war und sie mich aufbauen wollte. Sie war eine echte Freundin, und außerdem hatte sie recht. Ich mochte mein natürliches Gesicht auch lieber, brauchte keine teuren Cremes und raffinierten Kosmetika, um meine ausgeprägten Wangenknochen, die etwas zu schmalen Lippen und die blauen Augen besser zur Geltung zu bringen. Ich benutzte meine spärlichen Vorräte eigentlich nur bei beruflichen Terminen und wenn ich zum Arzt ging – weil ich glaubte, damit gesünder auszusehen. Bei Männern kam ich seltsamerweise besser ohne derartiges Styling an. Als ich Mischa in dem Café neben der Paulskirche kennengelernt hatte, war ich vollkommen ungeschminkt gewesen und hatte meine langen blonden Haare zu einem Pferdeschwanz zusammengebunden.

Schon komisch, dachte ich, da stehst du an der Schwelle zwischen Leben und Tod, und man sieht dir überhaupt nichts an. Ich ging zum Kühlschrank, trank direkt aus dem Milchkarton, wie ich es immer tat, wenn ich über ein wichtiges Problem nachdachte, und kehrte ins Schlafzimmer zurück. Noch die ganze Nacht und fast ein ganzer Tag lagen vor mir, erst dann begann der Countdown in der Uniklinik. Eine unendlich lange Zeit, wenn man wusste, dass es um Leben oder Tod ging. Natürlich hatte ich Angst vor dem, was auf mich wartete, eine Heidenangst sogar. Allein die Gedanken an die mögliche Operation, die dann sicherlich nicht lange auf sich warten lassen würde, und den Augenblick, wenn sich der Arzt nach dem Aufwachen aus der Narkose über mich beugte und mir sagte, ob ich überleben würde, machten mir so zu schaffen, dass ich mich setzen und mit beiden Händen am Laken festhalten musste, um nicht das Gleichgewicht zu verlieren.

Sicher gab es Menschen, die während einer solchen Krise am liebsten ihre Verwandten und Freunde um sich scharten und sich von ihnen aufmuntern und Trost zusprechen ließen, aber ich war lieber allein. Alles andere hätte bedeutet, die Überlegenheit der gefährlichen Krankheit einzugestehen, noch bevor überhaupt sicher war, dass der Feind bereits nah genug war, um einen endgültig ins Jenseits zu holen. Solange es noch Hoffnung gab, wollte ich kämpfen, und das konnte ich am besten allein. Ich wollte nicht, dass meine Eltern sich um mich sorgten. Ich wollte erst recht nicht, dass sie die Probleme mit ihrer übertriebenen Fürsorge wegredeten. Und schon gar nicht hätte ich geduldet, dass Mischa mit einem Strauß roter Rosen bei mir aufgetaucht wäre, mich mit Floskeln wie »Das wird wieder, Kati!« und »Ich lasse dich nicht aus den Augen, das verspreche ich dir!« abgespeist und dabei ständig auf die Uhr geblickt hätte, weil seine Bank keine Rücksicht auf persönliche Probleme nahm.

Ich umgab mich lieber mit meiner Plüschratte und schaltete den Fernseher ein. Eine Arztserie, das fehlte noch. Die Wiederholung eines Bundesligaspiels, auch nicht besser. Ein belangloser Krimi mit üblen Schauspielern … schon eher. Zu irgendetwas musste dieses Programm doch gut sein.

Es klingelte an der Tür.

Ich war wie geschockt, richtete mich kerzengerade auf und blieb sitzen, als hätte der Tod persönlich um Einlass gebeten. Erst beim zweiten Klingeln löste ich mich aus meiner Erstarrung und drückte den Knopf der Gegensprechanlage.

»Ich bin's, Lou«, erklang die Stimme meiner Freundin. »Wo bleibst du denn so lang? Ich dachte, wir wollten heute zusammen Sushi essen gehen.«

# 2

Lou hatte ich ganz vergessen. Wir trafen uns jeden zweiten Dienstag zum Sushi, ein Jour fixe, weil wir beide süchtig nach rohem Fisch waren und uns viel zu sagen hatten. Inzwischen war mir der Appetit vergangen, und zu sagen hatte ich auch nichts, nicht vor der Untersuchung am übernächsten Morgen.

Ich drückte zögernd auf den Sprechknopf und suchte krampfhaft nach Worten. »Mir geht's nicht gut«, war alles, was mir auf die Schnelle einfiel.

»Was ist denn los?«

»Hab mir den Magen verdorben.«

»Und deshalb lässt du mich hier draußen stehen?« Selbst durch den Lautsprecher glaubte ich ihre vorwurfsvolle Miene sehen zu können. »Ich gehöre weder zur Heilsarmee noch zu den Zeugen Jehovas. Ich komm nicht aus dem Knast und will dir kein Zeitschriften-Abo andrehen. Also mach schon auf!«

Mir blieb nichts anderes übrig, als sie reinzulassen. Die knappe Minute, die sie nach oben brauchte, nützte ich, um Jacques an seinen Platz zu stellen und mir vor dem Spiegel im Flur die Haare zu ordnen und einige Tränen aus den Augen zu wischen. Nicht genug für meine Freundin.

»Du hast schon besser ausgesehen«, begrüßte sie mich. Sie folgte mir ins Wohnzimmer und hängte ihre Handtasche über einen Stuhl. »Sag bloß, du warst bei den Messefritzen und hast dich von ihnen in der Kantine bewirten lassen? Ich hab dort nur einmal gegessen. Von dem Nudelsalat hab ich heute noch Bauchschmerzen, und der Kaffee schmeckte wie kalte Cola ohne Kohlensäure.« Sie blickte mich genauer an und berührte mich an den Schultern. »Hey, dir geht's anscheinend wirklich nicht besonders. Heißer Tee mit Honig, der hilft immer.«

»So schlimm ist es nicht«, versuchte ich die Sache nicht zu hoch zu hängen. »Nur ein wenig Bauchschmerzen. Wahrscheinlich von der Wurst, die ich heute Mittag auf meinem Brot hatte. Hab mir den Appetit verdorben, das ist alles. Einen Tag auf der Couch, und ich bin wieder die Alte.« Ich warf einen Blick auf Jacques, um Lou nicht in die Augen sehen zu müssen, und setzte mich rasch, als mich ein plötzlicher Schmerz im Bauch leise stöhnen ließ.

Lou kannte mich viel zu gut, um auf mein gequältes Lächeln hereinzufallen. Was hätte sie wohl gesagt, wenn ich ihr den wirklichen Grund für meine miese Stimmung verraten hätte? »Also doch Tee. Am besten grünen, wenn wir die Sushi schon sausen lassen müssen.« Sie war bereits am Schrank in meiner Küche und kramte zwei Beutel mit japanischem Tee aus dem Vorrat.

Nur wenige Minuten später saßen wir mit dampfenden Bechern auf der Couch und nippten vorsichtig daran. »Weißt du, warum die Japaner ihre Teebecher nur zu drei Vierteln vollschenken?« Mit dieser Frage vertrieb Lou die unangenehme Stille und fuhr auf mein Kopfschütteln hin fort: »Damit man sie noch anfassen kann, wenn der Inhalt zu heiß ist.«

Ihr Versuch, mich aufzumuntern, ging leider daneben. Das Ziehen in meinem Bauch, als ich mich setzte, erinnerte mich auf schmerzhafte Weise daran, dass es mit grünem Tee nicht getan war. Ich konnte nicht anders, ich lachte kurz, obwohl mir gar nicht danach zumute war, und begann gleich darauf zu weinen. Mit der freien Hand suchte ich vergeblich nach einem Taschentuch.

Lou nahm mir erschrocken den Becher aus der Hand und stellte ihn auf den Couchtisch. »Du hast gar keine Magenschmerzen, was? Es ist wegen Mischa. Der elende Mistkerl hat dich schlecht behandelt. Hab ich recht?«

»Ich weiß nicht.« Mir war es ganz recht, dass sie auf einer falschen Spur war, denn ich hatte nicht die Absicht, ihr die Wahrheit zu erzählen. Wenn ich ehrlich war, wollte ich überhaupt nicht mit ihr reden. Ich wollte das Handy aus dem Fenster werfen und mich in meiner Wohnung verstecken und dann allein zum Krankenhaus fahren. »Er hat sich die letzten beiden Tage nicht gemeldet. Sonst schickt er mir immer eine SMS, wenn er in einem seiner langen Meetings steckt oder ihn sein Chef nach London in die Filiale schickt.«

»Du glaubst, er hat Schluss mit dir gemacht?«

»Oder ich mit ihm. Keine Ahnung.«

»Aber ihr seid doch verlobt.«

Ich hatte mich etwas gefangen. »Das waren wir nie, oder siehst du einen Verlobungsring?« Ich hielt ihr die schmucklose Linke hin. »Wir wohnen ja nicht mal zusammen. Er sagt, er müsse in einem dieser sündhaft teuren Apartments bei der Europäischen Zentralbank wohnen, um Eindruck auf seine Chefs zu machen.«

»Ach ja. Und bei seiner ›Verlobten‹ meldet er sich nur, wenn er mit dir in die Kiste steigen oder seinen Kollegen und Kunden zeigen will, was er sich für ein hübsches Püppchen geangelt hat. Man möchte meinen, das sei ein Klischee, aber Männer von diesem Schlag gibt es leider mehr, als man denkt, besonders hier in Frankfurt. Mischa gehört zu diesen aalglatten Börsentypen, für die zuerst das Business kommt und dann eine ganze Weile nichts. Sei froh, dass du den Kerl endlich los bist.«

»Offiziell sind wir noch zusammen.«

»Du weinst ihm doch hoffentlich keine Träne nach.« Lou ahnte noch immer nicht, dass es gar nicht um Mischa ging. »Eigentlich solltest du dich freuen. Du hast was Besseres verdient als diesen Angeber.« Sie tätschelte mich, als wäre ich ihre kleine Nichte. »Du bist noch keine dreißig, Kati. Du hast noch ewig Zeit, um deinen Mister Right zu finden. Wenn nicht jetzt, dann eben nächstes oder übernächstes Jahr, was macht das schon aus? Und hübsche Jungs zur Überbrückung gibt's genug, das weiß ich aus Erfahrung.«

»Nächstes Jahr, übernächstes Jahr, noch viel Zeit ...« Ich verlor plötzlich die Beherrschung und sprang auf. »Ich hab keine Zeit, verdammt!«, fluchte ich. Ich wischte den halbvollen Teebecher vom Couchtisch, stieß mit dem linken Fuß einen Sessel um und trat mit dem anderen so fest gegen ein Tischbein, dass ich vor Schmerzen aufschrie. Ich sank zu Boden und war viel zu wütend, um gegen meine Tränen anzukämpfen. »Ich hab nicht mal Zeit für einen dieser hübschen Jungs! Ich hab ...« Ich merkte, dass ich drauf und dran war, ihr die Wahrheit zu sagen, und erschreckte sie mit einem weiteren Wutanfall, kickte den leeren Becher, der auf dem Teppich heil geblieben war, mit voller Wucht gegen die Wand, dass er zerbrach. »Lass mich allein!«, fuhr ich Lou an. »Geh lieber, bevor ich hier alles kurz und klein schlage!« Ich heulte eine Weile und schrie sie an: »Du sollst verschwinden! Hau endlich ab!«

Sie blickte mich eine Weile entsetzt an, wollte etwas erwidern und verschluckte die Worte. Wortlos schnappte sie sich ihre Handtasche und verließ die Wohnung. Nicht wütend oder beleidigt, nicht mal gekränkt, eher verwundert über mein Verhalten, das so gar nicht zu mir passte. Durch mein wütendes Schluchzen hörte ich, wie sie erst langsam, dann aber rascher die Treppe hinablief.

»Halt! Verdammt! Warte!« Mir wurde plötzlich klar, wie sehr ich sie verletzt haben musste, ausgerechnet Lou, meine beste Freundin, die immer ein offenes Ohr für meine Probleme gehabt hatte. Ich durfte sie nicht derart vor den Kopf stoßen, auch in meiner verzweifelten Lage nicht. »Ich hab's nicht so gemeint! Komm zurück, Lou! Ich kann dir alles erklären. Es ist nicht, wie du denkst.«

Ich griff nach meinem Hausschlüssel und lief ihr zwei Stufen auf einmal nehmend nach. Doch als ich die Straße erreichte, war Lou nicht mehr zu sehen. Sie war sicher mit dem Fahrrad gekommen und längst ein paar Ecken weiter. Auf dem Weg nach Hause und fest entschlossen, reichlich Abstand zwischen sich und ihre verrückte Freundin zu bringen.

Meine Wut war noch lange nicht verraucht, aber jetzt galt sie mir selbst und meinem verrückten Tobsuchtsanfall. In den Artikeln, die ich im Internet über meine Krankheit gelesen hatte, stand etwas von den verschiedenen Stadien, die ein Patient durchmachte, der von seinem Krebs erfahren hat, und dazu gehörten auch Wutausbrüche. Wahrscheinlich dachte Lou, ich hätte den Verstand verloren. Wir wussten beide, dass es nicht an Mischa liegen konnte. Wenn ich ehrlich war, deutete sich schon seit einigen Wochen an, dass sich unsere Wege trennen würden. Wegen eines Blenders, der in seine Aktien verliebt war, verwüstet man kein Zimmer. Dass da etwas anderes dahintersteckte, konnte sich Lou sicher an fünf Fingern abzählen.

Noch immer weit davon entfernt, eine vernünftige Entscheidung treffen zu können, aber fest entschlossen, Lou einzuholen und sie um Verzeihung zu bitten, rannte ich den Weg zu ihrer Wohnung hinter ihr her. Die Möglichkeit, sie auf dem Handy anzurufen, blendete ich vollkommen aus. Mir kam auch nicht in den Sinn, den Wagen zu nehmen oder mein Fahrrad aus dem Hausflur zu holen, um sie mit weniger Anstrengung schneller zu erreichen. Wie von Sinnen hetzte ich die Straße entlang, mit Tränen in den Augen und einem Kloß im Hals, als könnte ich meinen Kummer und meine Scham darüber, wie ich Lou behandelt hatte, allein mit meinen Schritten vertreiben.

»Lou!«, rief ich. »Komm zurück, Lou! So war's doch nicht gemeint!«

In meiner Verzweiflung achtete ich nicht auf die Leute, die mir entgegenkamen. Wahrscheinlich wäre ich sogar bei Rot über die Kreuzung gelaufen, wenn ich nicht vorher in den jungen Mann gerannt wäre. Ein schmächtiger Bursche, der durch den Aufprall gegen eine Hauswand geschleudert wurde.

Ich geriet selbst beinahe aus dem Gleichgewicht und verlor endgültig die Kontrolle über mich. »Können Sie nicht aufpassen?«, fuhr ich ihn an. »Sehen Sie denn nicht, dass ich es eilig habe? Oder wollten Sie mich anmachen? So funktioniert das nicht, und jetzt gehen Sie mir aus den Augen, verdammt!«

Meine Stimme wurde immer lauter und schriller, brach plötzlich ab und ging in ein verzweifeltes Schluchzen über. Ich schlug die Hände vors Gesicht und weinte wie ein kleines Kind, hörte nur die Stimme des verstörten Mannes, als er sagte: »Alles in Ordnung mit Ihnen? Haben Sie sich wehgetan?« Ich konnte von Glück sagen, einem umgänglichen Mann wie ihm in die Arme gelaufen zu sein, ein anderer hätte mir womöglich eine Ohrfeige verpasst.

»Nichts ist in Ordnung, verdammt! Nichts!«

»Kann ich Ihnen helfen? Sie zu einem Arzt bringen?«

Zu einem Arzt, das fehlte noch! »Lassen Sie mich in Ruhe! Ich brauch keine Hilfe!« Ich klang nicht mehr so aggressiv, eher verzweifelt, und meine Tränen taten ein Übriges, um den Beschützerinstinkt des Mannes zu wecken.

»Dann begleite ich Sie wenigstens nach Hause.« Er stemmte sich von der Hauswand ab und war nahe dran, mir einen Arm um die Schultern zu legen. »Keine Angst, ich will nichts von Ihnen.« Er hielt mitten in der Bewegung inne und blickte mich forschend an. »Sind Sie wirklich okay? Es hat Sie niemand geschlagen oder Ihnen sonst etwas angetan? Mein Hausarzt hat seine Praxis gleich um die Ecke, der würde Sie sofort drannehmen.« Er zögerte wieder. »Oder soll ich die Polizei rufen? Ist Ihnen ein Mann zu nahe gekommen?«

»Sie!«, fuhr ich ihn so wütend an, dass er erneut zurückzuckte. »Und damit Sie's wissen: Ich brauche weder einen Arzt noch einen Psychiater und schon gar nicht die Polizei. Ich bin okay.« Meine Worte klangen wie der reinste Hohn, aber das wurde mir erst auf dem Rückweg bewusst, als ich langsam zur Vernunft kam und erkannte, wie sehr ich mich zur Närrin gemacht hatte.

Zu Hause trank ich den Milchkarton halb leer und blieb eine Weile vor dem offenen Kühlschrank stehen. Die Kälte tat mir gut. »Mach den Kühlschrank zu, das kostet nur unnötigen Strom!«, hatte meine Mutter immer geschimpft, als ich noch bei meinen Eltern gewohnt hatte. Auch dass ich Milch direkt aus der Verpackung trank, war nicht gut bei ihr angekommen. Ich stellte den Karton zurück und beseitigte die Spuren meines Wutanfalls. Nachdem ich die Scherben meines Teebechers aufgekehrt und in den Abfalleimer geworfen und den Sessel aufgestellt hatte, legte ich erneut eine Pause ein, stützte mich mit beiden Händen auf die Sessellehne und wurde das Gefühl nicht los, nicht mehr so viel Luft wie früher zu bekommen. Alles nur Einbildung, weil ich seit dem letzten Arztbesuch zu genau und misstrauisch in meinen Körper reinhorchte? Würde ich jetzt immer gleich an den Tod denken, wenn mir übel war oder ich beim Joggen außer Puste geriet? Oder war das nur eine Folge der Aufregung und meines Wutanfalls? Ich wusste nicht mehr, was ich denken sollte.

Wie so oft, wenn ich mich ausgelaugt und erschöpft fühlte, trat ich unter die Dusche und hoffte, dass mir das heiße Wasser auch diesmal den Kummer und die Sorgen aus den Poren spülte.

Ich gönnte mir reichlich von dem teuren Duschgel, obwohl der Pfirsichduft schon nach wenigen Minuten verschwand, blickte mit offenen Augen in den Wasserstrom, um auch die letzten Tränen loszuwerden, und trocknete mich anschließend gründlich ab. Sofort ging es mir besser, doch als ich in meinen Hausanzug schlüpfte, meldete sich wieder dieses schmerzhafte Stechen in meinem Bauch, und mir wurde klar, dass auch die heißeste Dusche nicht alle Probleme vertreiben konnte. Ich stützte mich mit beiden Händen auf den Waschbeckenrand und wartete, bis der Schmerz nachließ.

Auf der Couch begegnete ich dem vorwurfsvollen Blick meiner Plüschratte. »Schon gut, Jacques«, erwiderte ich schuldbewusst, »ich weiß, was ich getan habe. Sie haben diese blöde Krankheit bei mir entdeckt, weißt du, und übermorgen früh sehen sie nach, ob der Krebs schon gestreut hat und ich nur noch ein paar Wochen oder Monate zu leben habe. Ziemlich daneben, was?«

Jacques schwieg wie immer, das Beste, was er im Augenblick tun konnte. Mit seinen weit geöffneten Augen starrte er mich ungläubig an, ein Gesichtsausdruck, an den ich mich wohl gewöhnen musste, wenn ich jemandem von meiner Krankheit erzählte. Nicht vor übermorgen, bekräftigte ich noch einmal, nicht bevor die Ärzte ihr endgültiges Urteil über mich gesprochen hatten.

Was empfand wohl ein Verbrecher, wenn er zum Tode verurteilt wurde? Erleichterung, weil seine Leidenszeit bald vorbei war? Oder klammerte er sich mit aller Macht an sein Leben, war er über jeden Moment glücklich, den er noch unter den Lebenden verbringen durfte, selbst wenn es in einem Gefängnis war? Was war besser: ein Gefängnis, in dem man hinter Gittern lebte, oder die Palliativstation eines Krankenhauses, auf der man die letzten Tage seines Lebens unter Schmerzen oder halb im Delirium verbringen musste?

Ich griff nach meinem Handy und wählte Lous Nummer. Auf gewisse Weise war ich erleichtert, als sie nicht drangen und nur ihre Ansage auf dem Anrufbeantworter zu hören war. Ich wartete, bis der Piepton erklang, und sagte: »Hey, Lou, es tut mir leid, das war ziemlich mies von mir vorhin. Mir geht's tatsächlich gerade nicht besonders. Warum, sag ich dir in ein paar Tagen. Vertrau mir, okay? Und verrate niemandem, dass ich mich heute wie ein Idiot aufgeführt habe, sonst sperren sie mich noch weg. Meinen Eltern hab ich erzählt, dass ich für ein paar Tage nach München zu meinem neuen Verlag muss. Verpfeif mich nicht! In ein paar Tagen sehe ich klarer, dann gehen wir Sushi essen, okay?«

Ich beendete die Verbindung und schaltete das Handy aus. Jetzt war mir schon wohler zumute. Lou würde mich verstehen, aber meine Mutter versuchte bestimmt, mich zu erreichen, und gab sich garantiert nicht mit einer solchen Erklärung zufrieden. Mischa würde sich kaum etwas dabei denken, wenn er mich nicht erreichte. »Na, hast du mal wieder vergessen, deinen Akku aufzuladen?«, würde er mich später fragen. Er kam hin und wieder auch unangemeldet. Wenn ihm nach Sex war, zum Beispiel, oder wenn es eine Lücke in seinem Stundenplan gab und er mich in ein teures Restaurant führen wollte. Viel zu lange war ich damit zufrieden gewesen. Wer sehnte sich nicht nach einem schönen Mann im Bett, trug gerne kostbaren Schmuck und modische Kleider und ging gerne vornehm essen? Aber ich taugte nicht zur Victoria Beckham und verbrachte den Rest meines Lebens lieber allein. Für ein paar Sushi reichte mein Geld immer, und auf exklusive Klamotten war ich nicht angewiesen.

»Den Rest meines Lebens …«, wiederholte ich nachdenklich. Wie lange hatte ich noch? Zehn Jahre, zehn Monate, zehn Tage? Ich blickte Jacques an, aber auch der wusste keine Antwort. »Scheißkrebs!«, murmelte ich wütend.

# 3

Auch am nächsten Morgen schien die Sonne, als hätte sie es darauf abgesehen, mich und meine Krankheit zu verhöhnen. Ein Frühlingstag wie aus dem Bilderbuch mit einem strahlend blauen Himmel und bereits blühenden Apfelbäumen. Aus dem Garten leuchteten die farbenprächtigen Blüten der Krokusse herauf.

Sollte ich noch einmal sehen, wie schön das Leben sein kann, bevor ich ins Krankenhaus einrückte und vielleicht nie wieder zurückkehrte? Oder sollte mich der Anblick aufheitern und daran erinnern, dass noch lange nichts verloren war? Ich merkte, wie meine Kehle eng wurde, und setzte rasch Tee auf, um mich zu beruhigen und die Trockenheit aus meinem Mund zu vertreiben. Hunger verspürte ich keinen. Das halbe Marmeladenbrot, das ich mir geschmiert hatte, nur um etwas in den Magen zu bekommen, landete im Kühlschrank. Am Fenster stehend nippte ich am Tee.

Mein Telefon klingelte. Den Festnetzanschluss hatte ich ganz vergessen, ich regelte fast alles über Handy, E-Mail oder WhatsApp. Die Nummer auf dem Display gehörte meinen Eltern. Es war kurz vor neun, und sie waren bestimmt schon in der Drogerie. Ich griff zögernd nach dem Hörer, hatte große Angst, Lou könnte meine Nachricht nicht rechtzeitig abgehört und ihnen bereits von meinem Ausbruch erzählt haben. »Mama?«, fragte ich. Mein Vater ging nur selten ans Telefon.

»Kati! Da bist du ja!«, antwortete sie. »Ich hab's schon auf dem Handy versucht, aber das war abgeschaltet.« In ihrer Stimme klang ein leichter Vorwurf mit. »Ich dachte, du bist schon auf dem Weg nach München. Wolltest du nicht zu deinem Verlag? Auf der Autobahn nach Süden ist immer viel los.«

»Ich weiß, Mama. Ich bin schon auf dem Sprung«, erwiderte ich und beschloss im selben Moment, dass es wieder einmal an der Zeit war, ihr die Meinung zu sagen. »Übertreib es nicht mit dem Bemuttern, Mama. Du weißt, ich freue mich über jeden Anruf von dir, aber ich bin kein kleines Kind mehr, das man ständig an etwas erinnern muss.«

»Ich will nur das Beste für dich, Kati.«

»Das weiß ich doch, Mama. Ich melde mich, wenn ich wieder in Frankfurt bin, okay? Dauert nur ein paar Tage. Mach dir keine Sorgen, mir geht es gut.«

»Pass gut auf dich auf!«

Ich legte den Hörer zurück und blickte Jacques an. Seine großen Augen machten mich nervös. »Soll ich ihr vielleicht sagen, was wirklich los ist? Du weißt doch, wie sie reagiert. Warum soll ich sie verrückt machen, wenn noch gar nicht raus ist, wie schlimm mein Krebs ist? Es reicht doch, wenn sie nach der Untersuchung erfährt, wie es um mich steht.« Wie erwartet, widersprach Jacques mir auch dieses Mal nicht – zumindest nicht mit Worten. »Ich glaube«, fuhr ich wesentlich sanfter und nachdenklicher fort, »es würde mir wesentlich schwerer fallen, meinen Eltern die schlechte Nachricht zu überbringen, als selbst damit fertigzuwerden.«

Ich stellte den Teebecher ins Spülbecken. Eigentlich hatte ich in dieser Woche mit der Übersetzung anfangen wollen, ein amerikanischer Krimi, der im Chicago der 1920er-Jahre spielte.

Ein kleiner Gangster, der eifersüchtig auf Al Capone und John Dillinger war und ihre schlimmsten Verbrechen kopierte. Und natürlich verliebte sich der Unglücksrabe auch noch in die Tochter eines FBI-Beamten, bevor er wie einst Bonnie und Clyde zur Hölle fuhr, von Kugeln durchsiebt in einem 1934er Ford Deluxe Sedan. Nicht gerade eine Szene, die in meiner Verfassung als Aufmunterung dienen konnte.

Stattdessen packte ich meine Tasche fürs Krankenhaus, legte das ausgeschaltete Handy und einen heiteren Roman dazu, den ich noch nicht gelesen hatte, und ging zur Tür. Bevor ich die Wohnung verließ, kehrte ich noch mal um und packte Jacques ein. »Mir doch egal, wenn mich die Schwestern auslachen«, sagte ich.

Vor dem Haus stieg ich in meinen Wagen, einen alten Corsa aus dritter Hand, und blickte unschlüssig nach vorn. Raus, nur raus aus der Wohnung, dachte ich, bevor mich jemand übers Festnetz anruft oder womöglich noch vorbeikommt. Ich will keinen sehen oder hören, nicht mal meine Eltern oder meine Freundin und schon gar nicht Mischa. Niemand sollte erfahren, was mit mir los war, bevor ich nach Hause zurückkam. Aber im Krankenhaus konnte ich um diese Zeit auch noch nicht auftauchen. Noch galt es, einen halben Tag durchzuhalten, bevor meine Leidenszeit in der Uniklinik begann.

Ohne rechtes Ziel fuhr ich los, überquerte den Main und sah, dass sie wieder ein Gerüst um den Dom aufgestellt hatten. Um ihn zu reinigen, nahm ich an. Die Sonne spiegelte sich in den verglasten Bürotürmen der Innenstadt und zauberte silberne Flecken auf den Fluss. So sah er gleich viel sauberer aus. Die Ausflugsschiffe unterhalb des Eisernen Stegs leuchteten im Sonnenlicht.

Ich überließ die Richtung scheinbar dem Zufall und merkte erst nach einiger Zeit, dass ich das Nordend ansteuerte. Ich war in einer Parterrewohnung an der Wielandstraße aufgewachsen, keine hundert Meter von der Eckenheimer Landstraße entfernt, und hatte das Gefühl, dort mal »nach dem Rechten sehen« zu müssen. So verteidigte ich mich gegenüber belustigten Mitmenschen, wenn ich mal wieder einen Ausflug in meine Vergangenheit machte. Ich tat das gern, weniger aus Nostalgie als aus Neugier. Ich wollte wissen, was aus der Heimat geworden war.

Als ich schräg gegenüber meinem ehemaligen Wohnhaus parkte, kam ich mir wie ein Detektiv vor, der verdächtige Personen observierte. Die ersten zehn Jahre meines Lebens hatte ich in der kleinen Wohnung verbracht, war in den Kindergarten und auf die ehrwürdige Schwarzburgschule gegangen, hatte sogar im Schulchor mitgesungen. Meine Mutter hatte recht, wenn sie sagte, sie und mein Vater hätten nur ganz selten miteinander gestritten und wenn, dann nur wegen Kleinigkeiten. Eine Kindheit also, wie sie sich jedes Mädchen wünscht. Im Rückblick fühlte ich mich manchmal schuldig, weil es einigen meiner damaligen Freundinnen schlechter ergangen war. Das Nordend war nicht gerade für seine Millionäre bekannt, und manchen Eltern fehlte sogar das Geld für Klassenfahrten und Ausflüge. Musste ich jetzt dafür büßen?

Natürlich mussten meine Eltern hart arbeiten, und ich verbrachte nicht selten den Nachmittag in einem Hinterzimmer der Drogerie und erledigte dort meine Hausaufgaben. Das arme Kind, dachte sich der ein oder andere Kunde sicher, wenn ich in den Verkaufsraum kam und meine Eltern etwas fragte, aber ich fand es toll, auch wegen der leckeren Süßigkeiten, die ich dort in Reichweite hatte. Auch damals verkauften Drogerien schon mehr als Handcreme, Zahnpasta und Babywindeln. Und weil ich zumindest in der Grundschule einigermaßen gute Noten nach Hause brachte, hatten meine Eltern auch nichts dagegen, dass ich gelegentlich nach einem Schokoriegel oder Bonbon griff.

Die Fenster im Parterre standen offen, und ich konnte sehen, wie unsere Nachmieter in der Küche standen und sich unterhielten. Auch wir hatten uns am liebsten in der Küche aufgehalten. Sie war relativ groß, Altbau eben, und da sich mein Vater für einen begnadeten Koch hielt und sich meine Eltern am Herd gern gegenseitig im Weg standen, waren wir die meiste Zeit dort. Ich mischte eifrig mit. Die Wahrheit ist, dass aus mir eine begeisterte Feinschmeckerin, aber lausige Köchin wurde, die mit kaum einem Rezept zurechtkam. Wenn ich jemanden einlade, schleppe ich ihn in die Sushi-Bar. Ich liebe Sushi.

Ich hatte den Motor angelassen und fuhr langsam weiter, folgte den Spuren, die meine Eltern und ich auf dem Asphalt hinterlassen hatten, als ich noch in den Kindergarten gegangen war. Am Holzhausenpark ließ ich den Wagen stehen und schlenderte über einen der sandigen Wege. Hier hatte ich Radfahren gelernt, zuerst mit Stützrädern, dann aber bald ohne, und wenn ich die Augen zusammenkniff, sah ich mich noch heute wackelig durch den Park fahren und plötzlich auf den Kiesweg fallen. Eine schmerzliche Szene, an die ich mich zeit meines Lebens erinnern werde. Ich mochte den Park und das herrschaftliche Schloss der Patrizierfamilie, die hier ihren Landsitz gehabt hatte. Damals lag er noch außerhalb Frankfurts, inzwischen wurde er längst von Häusern umgeben.

Ich ließ mich auf eine Parkbank nieder und genoss die warme Frühlingssonne. Tröstend berührten ihre Strahlen meine Haut und führten mir vor Augen, wie schön das Leben sein konnte. Bewusst drängte ich die aufkommende Verzweiflung beiseite und widmete mich meiner Vergangenheit. Ich hatte immer Glück gehabt. Eine unbeschwerte Kindheit, verständnisvolle Eltern, Abitur und Studium, wenn auch mit einigen Mühen, und ein Job, der mir gefiel und so viel einbrachte, dass ich nicht zu hungern brauchte. Das konnten die wenigsten von sich sagen. Was will man mehr?

Dass es immer so weiterging? Ein Mann, mit dem man auf einer Wellenlänge lag? Die Übersetzung eines Bestsellers? Ausgedehnte Reisen auf allen fünf Kontinenten? Dafür hatte ich eigentlich die nächsten Jahrzehnte eingeplant. Selbst wenn das Urteil der Ärzte einigermaßen erträglich ausfiel, würde ich wohl keinen dieser Träume verwirklichen können. Beinahe neidisch blickte ich auf ein Rentnerehepaar, das einen so glücklichen und zufriedenen Eindruck machte, dass mir die Tränen in die Augen schossen. Warum durften sie ihr Glück bis ins hohe Alter genießen, und ich ging leer aus?

Wieder in meinem Wagen, kam ich mir wie auf einer Abschiedstour vor. Die Todgeweihte, die noch einmal zu den Schauplätzen ihrer Kindheit und Jugend zurückkehrt, bevor sie die Erde verlässt. Ein makabrer Gedanke, der mich wütend machte. Ich schaltete das Radio ein und kämpfte mit lautem Rock dagegen an, hatte schon nach wenigen Minuten genug und drückte erneut auf den Knopf. Was mich nicht daran hinderte, an meinem Gymnasium vorbeizufahren. Das Goethe-Gymnasium war eine Institution in Frankfurt, wer dort das Abitur schaffte, hatte bei der Jobsuche einen Pluspunkt auf seiner Seite.

Damals hatte ich geglaubt, das Leben würde ewig dauern. Ungeachtet aller Erkenntnisse, die ich trotz einer schlechten Note im Biologieunterricht gewonnen hatte, erlaubte ich mir sogar, einige Dinge auf die lange Bank zu schieben, um später, vielleicht erst in einigen Jahren, darüber nachdenken zu müssen. »Lass dir Zeit, dein ganzes Leben liegt doch noch vor dir«, war einer der Sätze, die ich nach dem Abitur am häufigsten hörte, nur nicht von meiner Mutter, die mich am liebsten gleich verheiratet und in einer festen Anstellung gesehen hätte und nur schwer damit zurechtkam, dass ich freiberuflich arbeitete. »Und vergiss nicht, für dein Alter vorzusorgen«, sagte sie, »wir können dir kein Vermögen vererben, und du weißt, wie es um die Rente heute steht.«

Ich hatte genug von der Vergangenheit und kehrte in die Gegenwart zurück. Ich stellte den Wagen am Mainufer ab und setzte mich auf meine Lieblingsbank, von der aus ich über den Fluss auf die Skyline blicken konnte. Hier saß ich oft nach dem Joggen oder wenn ich etwas Ruhe brauchte. Ganze Kapitel hatte ich dort schon übersetzt. Ich verspürte weder Hunger noch Durst, wollte mich nur etwas sammeln, bevor ich zur nahen Uniklinik weiterfuhr.

Die Zeit verging quälend langsam. Ein glitzernder Fleck wanderte mit der Sonne über die Spiegelfenster der Bankhochhäuser und ließ das Glas wie flüssiges Silber glänzen. Ich beobachtete eine dunkle Wolke, die sich über eine Stunde Zeit ließ, bevor sie einen der Wolkenkratzer überquert hatte. Von der Untermainbrücke drang das Rauschen des Verkehrs herüber, der Soundtrack der Stadt, den man kaum noch wahrnahm, wenn man eine gewisse Zeit dort wohnte. Auf dem Main zogen schwer beladene Frachtkähne vorbei, eine Frau stand mit wehender Kittelschürze vor dem Steuerhaus und wies einen Jungen zurecht, der über die Luke eines Frachtraums geklettert war.

»Hey«, hörte ich eine vertraute Stimme. Wie aus dem Nichts tauchte Lou vor mir auf und setzte sich neben mich. »Wusste ich doch, dass ich dich hier treffe. Wenn du auf deiner Lieblingsbank sitzt, brütest du was aus, stimmt's?«

»Ich mach nur mal Pause.«

Lou lächelte, als wäre nichts geschehen, und blickte auf den Fluss hinaus. Erst nach einer ganzen Weile wagte sie zu fragen: »Ist es wegen gestern?«

»Ich war schlecht drauf, Lou. Tut mir leid.«

»Schon vergessen.« Ihr Lächeln war einer besorgten Miene gewichen. Anscheinend sah sie, dass ich geweint hatte. Wieder ließ sie fast eine halbe Minute vergehen, bevor sie sagte: »Das war nicht wegen Mischa, nicht wahr?«

Ich brummte nur.

»Hör zu«, fuhr sie sehr ernst fort, »ich bin deine beste Freundin. Mir kannst du alles erzählen. Dich beschäftigt doch irgendwas Ernstes, sonst hättest du gestern nicht durchgedreht. Sag es mir, Kati. Vielleicht kann ich dir helfen.«

»Mir kann niemand helfen.«

Lou wurde blass. »Wie meinst du das?«

Jetzt war ich mit Überlegen dran. Am liebsten wäre ich davongerannt und hätte mich irgendwo verkrochen, aber vielleicht war ihr Auftauchen auch ein Wink des Schicksals. Sie hatte recht, sie war meine beste Freundin. Sie kannte sogar die Parkbank, auf der ich meine Probleme wälzte. Wenn ich jemandem vorbehaltlos vertrauen konnte, dann ihr. »Ich … ich habe Krebs, Lou.«

»Wie bitte?«

»Ich habe Bauchspeicheldrüsenkrebs, und es besteht der Verdacht, dass er schon gestreut hat. Hab ich gestern erfahren. Ich bin auf dem Weg in die Uniklinik. Sie werden mich noch mal gründlich untersuchen, und dann erfahre ich, wie es wirklich um mich bestellt ist. Ob es noch Hoffnung gibt oder ob die Metastasen so gestreut haben, dass man nicht mehr operieren kann.«

»Kati!«, flüsterte sie entsetzt. »Das kann nicht sein. Die Ärzte haben sich bestimmt geirrt. Ich hab dich noch nie krank gesehen, eine Erkältung manchmal und der verstauchte Knöchel nach dem Volleyball, aber nichts Ernstes!«

»Die Diagnose ist narrensicher, Lou. Es gibt keinen Zweifel.«

»Oh, Kati!« Sie legte einen Arm um mich und lehnte ihren Kopf an meine Schulter, als wäre sie diejenige, die Trost brauchte. »Warum hast du mir das nicht früher gesagt, dann wäre es gestern doch gar nicht so weit gekommen.«

Ich weinte nicht mehr, war so erschöpft von den vielen Tränen, die ich bisher geweint hatte, dass mir die Kraft fehlte. »Ich wollte abwarten, was bei der Untersuchung herauskommt. Meine Eltern haben auch keine Ahnung. Warum soll ich sie verrückt machen, solange noch Hoffnung besteht? Du bist die Einzige, der ich es verraten habe.« Ich griff nach ihrer Hand und drückte sie fest und liebevoll. »Ich melde mich, sobald ich alles hinter mir habe.«

»Ich könnte dich in die Klinik bringen und Händchen halten, bis sie dich in den OP rollen, und auch danach. Ich könnte einige Tage freinehmen und …«

»Ich gehe allein«, fiel ich ihr ins Wort. »Das geht nicht gegen dich oder meine Eltern, aber ich bin viel zu nervös, um jemanden um mich zu haben.« Ich stand auf. »Ich muss gehen, Lou. Drück mir die Daumen, dass alles gut verläuft.« Mein Magen verkrampfte bei ihren Tränen. »Wenn ich wieder rauskomme, gehen wir Sushi essen, den De-Luxe-Teller für vier Personen.«

»Und kalten Sake, der haut am meisten rein.«

»Schlag keinen Alarm, okay? Ich rufe dich an, wenn ich mehr weiß.«

»Ist gut.«

Eigentlich wollte ich davonlaufen und so schnell wie möglich in meinen Wagen steigen, aber dann drehte ich doch um, und wir umarmten uns so fest, dass wir den Herzschlag des anderen spürten. Minutenlang standen wir auf dem Rasen und ließen erst voneinander ab, als ein neugieriger Hund an unseren Beinen schnüffelte. »Bis bald«, flüsterte ich und rannte zu meinem Corsa.

»Du schaffst das!«, rief Lou mir nach.


Bis zur Uniklinik brauchte ich nur ein paar Minuten. Ein Koloss von einem Krankenhaus, unpersönlich und Furcht einflößend, aber eines der besten, wie ich schon mehrfach gehört hatte. Wenn mir jemand helfen konnte, dann die Ärzte dieser Klinik. Ich zögerte nur einmal, nachdem ich geparkt hatte, blickte an dem etliche Stockwerke hohen Bau empor und war froh, an diesem Tag noch nichts gegessen zu haben, so übel wurde mir plötzlich. Für einen Augenblick musste ich mich an meinem Wagen festhalten, dann vertrieb ich die Übelkeit durch einige tiefe Atemzüge und hielt auf den Haupteingang zu.

Ich war nur einmal in meinem Leben in einem Krankenhaus gewesen, während meiner Blinddarmoperation vor drei Jahren, und zu meiner Beruhigung ging es auch diesmal nicht anders zu. Auf der Station angekommen, musste ich ein Formular ausfüllen, tauschte meine Jeans und meinen Pullover gegen T-Shirt und Jogginganzug und bekam von einem der Assistenzärzte am Handrücken einen Zugang gelegt. Er stellte sich sehr ungeschickt an und tat mir weh. Wenn es nur das war, meinetwegen, dachte ich und wartete auf den Oberarzt, der ungefähr eine halbe Stunde später kam, begleitet von einigen jungen Kollegen.

»Frau Bente, nicht wahr?«, vergewisserte er sich mit profihaftem Lächeln, das wohl alle Krebsärzte draufhatten. »Ich bin Dr. Olaf Lasse, die anderen Herren begleiten mich, weil sie etwas lernen wollen.« Er würdigte die kleine Schar in Weiß kaum eines Blickes. »Ich möchte Ihnen zuerst einmal versichern, dass wir alles versuchen werden, um Sie wieder gesund zu machen. Ein Pankreaskarzinom ist eine schwere und sehr ernsthafte Erkrankung, die nicht immer so verläuft, wie wir uns das vorstellen. Aber die Medizin hat in den letzten Jahren erstaunliche Fortschritte gemacht, uns stehen inzwischen weitaus erfolgversprechendere Methoden und wirksamere Mittel zur Verfügung als früher. Haben Sie keine Angst. Mit einer positiven Einstellung und dem Willen, dem Krebs keine Chance zu geben, können Sie wesentlich dazu beitragen, einen Heilungsprozess herbeizuführen. Dennoch möchte ich Ihnen nichts vormachen.« Er blätterte in meiner Krankenakte. »Die Untersuchungen der Kollegen bestärken den Verdacht, eine Metastasierung könnte schon eingesetzt haben. Nach den Untersuchungen, die wir morgen durchführen werden, wissen wir mehr. Lassen Sie sich nicht unterkriegen, Frau Bente! Sie sind jung und stark, und Ihr Körper verfügt über gute Abwehrkräfte. Unsere Schwestern kümmern sich um Sie, wenn Sie etwas benötigen.«

»Vielen Dank, Dr. Lasse«, erwiderte ich kleinlaut.

Obwohl ich die ganze Zeit im Bett blieb, schlief ich erst ein, als es bereits dunkel geworden war, der Mond hatte sich versteckt und von draußen schienen nur die Neonlampen auf dem Parkplatz herein. In ihrem Licht sah ich Jacques auf meinem Nachttisch sitzen. Seine großen Augen leuchteten im gespenstisch trüben Licht.

# 4

Den nächsten Morgen verbrachte ich vor allem mit Warten. Eine erfahrene Schwester, die wohl schon länger auf der Krebsstation arbeitete und es allein durch ihr Lächeln schaffte, mir einen Teil der Angst zu nehmen, nahm die üblichen Untersuchungen vor und zapfte mir Blut ab, anschließend wurde ich mit einem Laufzettel zum Ultraschall geschickt. Nachdem ich zwei Stunden auf einer Bank gewartet hatte und die Morgenzeitung bereits auswendig kannte, rief mich eine junge Assistenzärztin in den Untersuchungsraum. Außer ihr empfing mich dort Dr. Lasse, der Oberarzt meiner Station.

Die Untersuchung dauerte länger als bei meinem Hausarzt und bei dem Onkologen, die mich bisher geschallt hatten. Dr. Lasse stoppte die Assistenzärztin immer wieder, deutete auf den Monitor und ließ sie kritische Stellen markieren. Obwohl ich einiges über meine Krankheit gelesen hatte, verstand ich kein Wort von dem Fachchinesisch, das sie sprachen. Ich hatte den Eindruck, dass sie ganz bewusst so verklausuliert sprachen, um mich nicht zu ängstigen. Keine gute Idee. Die Fachausdrücke verunsicherten mich noch viel mehr. Ich wusste nicht, ob Dr. Lasse die Wahrheit sagte, als er mir erklärte: »Mit der Sonografie stoßen wir an Grenzen, Frau Bente, in einem Fall wie Ihrem ist sie zu unzuverlässig und kann lediglich als Anhaltspunkt dienen. Endgültiges kann ich erst sagen, wenn ich die Ergebnisse der Blutuntersuchung und die der Computertomografie habe. Die werden wir gleich morgen früh durchführen. Morgen Mittag wissen wir, wie Ihre Therapie aussehen muss.«

Das klang weder positiv noch negativ und ließ mich erst einmal weiterhin im Ungewissen. Ein Zustand, den ich keinem wünsche. Ich kam mir wie eine zum Tode Verurteilte vor, die darauf warten musste, zu erfahren, ob sie gleich hingerichtet wird oder sich über eine Gnadenfrist von ein paar Monaten freuen darf. Selbst bei einem positiven Bescheid war der Strohhalm, an dem ich mich festhalten konnte, nur sehr brüchig. Anderen Patienten meiner Station erging es wohl ähnlich. Wenn ich irgendwo mal ein Lachen hörte, klang es gezwungen und künstlich.

Ich lag in einem Doppelzimmer. Die Patientin im Nachbarbett, eine Dame um die achtzig, die an verschiedene Schläuche angeschlossen war, schlief die meiste Zeit. Ich hatte keine Ahnung, welchen Krebs sie hatte. Von meinem Bett aus warf ich immer wieder scheue, aber neugierige Blicke zu ihr hinüber und dachte darüber nach, wie sie sich wohl fühlte. Hatte sie genauso große Angst vor dem Tod wie ich? Verfluchte sie ihr Schicksal und ihre Schmerzen, oder konnte sie sich sagen, sie habe ihr Leben gelebt und brauche sich nicht zu beklagen? Ich bemerkte, dass sie blinzelte und mich aus ihren dunklen Augen ebenfalls neugierig musterte. Anscheinend brauchte sie einige Zeit, um zu begreifen, wer ich war.

»Kann ich Ihnen was bringen?«, fragte ich. »Frischen Tee?«

Sie antwortete mit einem Lächeln, beinahe wie eine Frau, die wunschlos glücklich ist. Ich musste an ihr Bett hinübergehen und mich tief zu ihr hinunterbeugen, um sie zu verstehen. »Sorgen Sie sich nicht um mich, Liebes«, flüsterte sie. »Ich habe alles, was ich brauche. Ich bin allein. Mein Mann und meine beiden Kinder sind tot. Ich habe sie alle überlebt. Ist das nicht furchtbar? Für mich ist der Krebs die reinste Erlösung, denn ohne meine Familie hatte ich schon lange keine Lust mehr zum Leben. Der Pfarrer sagt, es wäre eine Sünde, sich den Tod zu wünschen. Ich sehe das anders.« Sie blickte mir tief in die Seele und bedauerte wohl einige ihrer Worte. »Sie sind meine Zimmergenossin … Sie haben auch Krebs, nicht wahr?«

»Bauchspeicheldrüsenkrebs«, antwortete ich. Dass ich Krebs hatte, war kein Geheimnis auf dieser Station. »Es sieht nicht so gut aus. Morgen habe ich noch einige Untersuchungen, dann erfahre ich endgültig, wie es um mich steht.«

»Es wird alles gut. Sie sind noch zu jung …« Sie ließ den Rest des Satzes in der Luft hängen und schloss wieder die Augen. Ich reimte mir auch so zusammen, was sie sagen wollte. Nachdenklich kehrte ich in mein Bett zurück.

Vor dem Einschlafen gab mir die Schwester eine starke Schlaftablette, die mich bis zum frühen Morgen durchschlafen ließ. Sie hatte sicher ihre Erfahrungen mit der Nervosität von Krebskranken gemacht und wusste, dass ich sonst vor lauter Aufregung die halbe Nacht wach geblieben wäre. Ich träumte irgendetwas, das ich gleich danach wieder vergessen hatte, konnte mich nur erinnern, meine Eltern gesehen zu haben. Vor ihrer Reaktion, falls der Arzt den Daumen senken würde, hatte ich mehr Angst als vor meiner eigenen.

Am späten Vormittag schoben sie mich in die Röhre für das CT. Die Reaktion der Ärzte und Schwestern war neutral und ließ nicht erkennen, ob sie schon wussten, wie es um mich stand. Ich hütete mich, danach zu fragen. Die Grafiken, die ich nur flüchtig zu Gesicht bekam, sagten mir nichts. Anschließend war die Endosonografie dran. Ich bekam eine Spritze zum Einschlafen und spürte daher nicht das Geringste, als sich Dr. Lasse ein genaues Bild von meiner Krankheit machte. Ich blieb in einem Wachraum, bis ich wieder aufwachte und einigermaßen klar denken konnte. Das Kontrastmittel hatte mir schwer zugesetzt, und auch die Narkose war nicht spurlos an mir vorübergegangen, sodass ich noch ganz benommen war, als sie mich auf meine Station zurückrollten.

Ins Zimmer zurückgekehrt, fand ich das Bett meiner Zimmergenossin leer. Ich fragte eine Schwester, was mit der alten Dame passiert sei, und bekam zur Antwort, dass man sie verlegt hatte. Das konnte alles bedeuten, auch das Schlimmste. Wenn sie wirklich gestorben war, konnte man nur hoffen, dass sie im Jenseits wieder mit ihrem Mann und ihren Kindern vereint war. Ich weigerte mich, den Gedanken weiterzuführen, verkroch mich in meinem Bett, schaltete den Fernseher ein und versuchte, mich auf ein junges Pärchen zu konzentrieren, das antike Möbel in Trödelläden aufkaufte, fantasievoll und mit fachlicher Hilfe restaurierte und für teures Geld verkaufte.

Dr. Lasse erschien noch vor dem Mittagessen. Er wurde von einem der Assistenzärzte begleitet, der ihm die Krankenakte reichte und verlegen am Bettende stehen blieb. »Wir haben Ihre Ergebnisse«, sagte der Oberarzt. Seine Miene war emotionslos. »Leider sind sie nicht so ausgefallen, wie wir uns das erhofft hatten. Ich will Ihnen nichts vormachen.« Der Satz, den ich nun schon ein paarmal gehört hatte und der mir am meisten Angst machte. »Die Metastasierung ist schon zu weit fortgeschritten. Das Karzinom ist größer, als wir gedacht haben, und hat bereits auf die Leber und andere Organe übergegriffen, sodass eine Operation nichts nützen würde. Außerdem haben wir Tumormarker in Ihrem Blut gefunden, eine Eiweißsubstanz, die auf Ihren Krebs hindeutet. Es tut mir furchtbar leid, Ihnen nichts anderes sagen zu können.«

Er blickte in meine Krankenakte, wohl auch, um meinem entsetzten Blick zu entgehen. »Immerhin sind wir inzwischen so weit, Ihnen die schlimmsten Schmerzen ersparen zu können, ohne dass sie sich von Ihrem sozialen Umfeld abkapseln müssten. Eine Chemotherapie wird nicht mehr imstande sein, Ihre Krankheit zu heilen, kann Ihnen aber sehr wohl einige weitere Monate schenken. Mit dem ersten Zyklus sollten wir morgen oder übermorgen beginnen. Und natürlich stehen Ihnen auch die Ärzte unserer Psychoonkologie zur Verfügung, alles sehr gute Psychologen, die jahrelange Erfahrung im Umgang mit Krebspatienten haben. Ich lasse Ihnen die Telefonnummern da.«

»Wie lange?«, unterbrach ich ihn. Ich hatte nur seine ersten Worte gehört und diese eine Frage im Kopf. »Wie lange habe ich noch? Ein paar Monate?«

Obwohl er diese Frage sicher schon oft beantwortet hatte, wand er sich ein wenig. »So genau kann man das nicht sagen, Frau Bente. Das ist bei jedem Patienten anders und hängt von vielen Faktoren ab. Ich kenne Patienten, die einige Jahre mit einem Pankreaskarzinom gelebt haben, andere nur ein paar Monate. Sie sind jung und stark. Ich bin zuversichtlich, dass Sie dem Krebs relativ lang Paroli bieten können.« Er reichte meine Krankenakte an den Assistenzarzt zurück. »Ich denke, ich sollte Sie jetzt erst einmal allein lassen. Ich sehe heute Nachmittag noch mal bei Ihnen vorbei. Tut mir leid, Frau Bente.«

Selten hatte ich mich so leer gefühlt wie in dem Augenblick, als die beiden Ärzte mein Zimmer verließen. Als würde alle Kraft meinen Körper verlassen und mich als nutzlose Hülle zurücklassen. Minutenlang war ich nicht in der Lage, auch nur einen Gedanken zu fassen. Ich starrte schweigend ins Leere, unfähig, die Verzweiflung mit Tränen zu bekämpfen. Die Worte des Arztes hallten wie ein unheilvolles Echo in meinen Gedanken nach, *die Metastasierung ist schon zu weit fortgeschritten, das Karzinom ist größer, als wir gedacht haben*, bedeutungsschwere Sätze, die mich beinahe erstickten. Ich musste mich mit beiden Händen am Bettrand festhalten, um bei dem aufkommenden

Schwindel nicht in Ohnmacht zu fallen, war endlich zu einem leisen Stöhnen fähig, bevor ein heftiger Weinanfall meinen Körper schüttelte.

So fühlte man sich also, wenn man sein Todesurteil zu hören bekam. Tut uns leid, Sie haben Krebs. Warum ausgerechnet Sie, wissen wir auch nicht. Leider hat er schon zu weit gestreut, wir können nichts mehr machen. Ein paar Monate haben Sie noch, wenn Sie Glück haben und sich die Chemo antun, aber lange wird es nicht mehr dauern. So lautete das Urteil der Ärzte im Klartext. Ich hatte Bauchspeicheldrüsenkrebs. Ich würde sterben. Das Ende erleben, wenn andere einen neuen Anfang feierten. Keine Übersetzung eines weltweiten Bestsellers. Keine große Liebe. Langsamer Verfall. Ein paar Sushi-Essen vielleicht, solange ich noch Appetit hatte, tränenreiche Umarmungen mit den Eltern und Lou. Warum ich? Warum, zum Teufel, ausgerechnet ich? Was hatte ich getan, um mir dieses Urteil anhören zu müssen?

Ich blickte Jacques an, der emotionslos auf meinem Nachttisch hockte, und sah mein Handy neben ihm liegen. Noch würde ich meine Eltern nicht anrufen, auch Lou nicht, dazu war morgen noch genug Zeit. Ich wollte weder etwas sehen noch hören. Am liebsten hätte ich auch meine Plüschratte weggesperrt. Ich konnte jedoch nicht verhindern, dass eine Ärztin der Psychoonkologie bei mir auftauchte und mir eine Broschüre der Deutschen Krebsstiftung in die Hand drückte. »Wir sind für Sie da, Frau Bente«, sagte sie, nachdem sie sich vorgestellt hatte. »Lesen Sie sich unsere Angebote durch und entscheiden Sie, welche davon Sie in Anspruch nehmen wollen. Sobald Sie bereit sind, führe ich gern ein ausführliches Gespräch mit Ihnen.« Sie reichte mir ihre Visitenkarte: *Dr. Erika Bülow, Psychoonkologin*, ihre Adresse und Telefonnummer. »Rufen Sie mich an, Frau Bente. Am besten, solange Sie noch im Krankenhaus sind. Vertrauen Sie mir und meinem Team. Alles Gute für Sie.«

Ich legte die Broschüre auf den Nachttisch, wollte nicht über Probleme reden, die ich hatte und vielleicht noch haben würde, und schaltete erneut den Fernseher ein, wo inzwischen die Wiederholung irgendeines drittklassigen Fernsehfilms lief. Genau das Richtige als Geräuschkulisse, wenn man von Problemen und Gedanken wie ich gepeinigt wurde. Als der makellose Held seine kerngesunde Braut küsste, wäre mir auch ohne die Krankheit übel geworden, doch gleichzeitig beneidete ich die beiden um ihr Happy End und ihre problemfreie Zukunft. Oder würde die schöne Bauerntochter in ein paar Jahren auch an Krebs erkranken und ihren Ehemann frühzeitig verlassen?

Ich schaltete den Fernseher aus und musste an Mischa denken. Die ersten paar Wochen waren wir ein Herz und eine Seele gewesen. Er hatte sich noch Zeit für mich genommen, war sogar mit mir am Mainufer gejoggt und hatte mir rote Rosen geschickt, so wie Cary Grant und Clark Gable in den alten Schwarz-Weiß-Filmen. Er hatte mich zu einem Kurztrip nach Paris eingeladen, meine Eltern umgarnt, besonders meine Mutter, nur seine Eltern hatte ich nie zu Gesicht bekommen. Die lebten irgendwo auf dem Land und seien ein wenig griesgrämig. Alles verlief beinahe so, wie sich das eine naive Zwanzigjährige wünscht, bis er mich überall als seine Verlobte vorstellte und mir klar wurde, dass er mich als seinen, wenn auch kostbaren, Besitz betrachtete. Bis vor ein paar Tagen hatte ich mich damit arrangiert. Er hatte ohnehin nur seine Bankenkarriere im Kopf, und wir sahen uns seltener als sonst, waren eigentlich schon auseinander, als Lou mir die Augen geöffnet hatte.

Dr. Lasse war pünktlich. Er ließ den mitleidigen Ton beiseite, den ich mir später von so vielen Leuten gefallen lassen musste, wiederholte noch einmal, was er mir vor dem Mittagessen eröffnet hatte, und schilderte mir die Vorteile einer Chemotherapie, die zwar mit unangenehmen Nebenwirkungen

wie Entzündungen der Mundschleimhaut und Haarausfall auf-
wartete, aber anscheinend auch half, den Schmerz zu lindern
und das Ende hinauszuzögern.

»Übermorgen?«, schlug ich vor. Ich hatte während der letzten Tage so viel geweint, dass ich keine Tränen mehr hatte und
seinem Vorschlag verhältnismäßig nüchtern begegnen konnte.
Mir kam ein vor nicht allzu langer Zeit gelesener Artikel in
den Sinn, in dem die Reaktion eines Krebskranken in sechs
Stadien beschrieben wurde. Zuerst war man nicht bereit, sein
Schicksal zu akzeptieren, dann verweigerte man sich, zuerst
vollkommen und dann nur noch teilweise, reagierte mit tiefer
Niedergeschlagenheit oder auch panischer Wut auf die Diagnose,
bevor man sie annahm und versuchte, sich damit abzufinden.
Ich wusste nicht, in welchem Stadium ich mich befand, aber
ich wollte wenigstens versuchen, die Krankheit anzunehmen
und ihr so gut wie möglich zu begegnen. »Übermorgen früh,
dann kann ich morgen meinen Eltern Bescheid sagen. Sie wissen nicht, wie krank ich bin. Sie werden sich nur schwer damit
abfinden.«

»Auch für Angehörige steht die Psychoonkologie offen«,
erinnerte er mich. »Ihr Umfeld ist wichtig, wenn Sie Ihre
Lebensqualität zumindest in vielen Bereichen behalten wollen.
Zur Chemotherapie übermorgen um acht?«

»Übermorgen um acht«, bestätigte ich.

Nachdem er gegangen war, zog ich mich um und wartete am
Fenster, bis mir einer der Assistenzärzte die Entlassungspapiere
brachte. Schon komisch, dachte ich, normalerweise verlässt
man ein Krankenhaus erst, wenn man geheilt ist. Ich fühlte
mich gesund, als hätte sich der verdammte Krebs niemals in
meinen Körper verirrt, und hätte am liebsten die Erinnerung an
alle Untersuchungen getilgt. Ich hätte keine Ahnung von dem
Krebs gehabt, wenn ich nicht zum Arzt gegangen wäre. Außer
gelegentlichen Bauchschmerzen war nie etwas gewesen, und die

hatte doch jeder. Warum konnte ich nicht einfach so tun, als wüsste ich von nichts, und voller Freude den Abend genießen?

Ich verließ das Krankenhaus und lief Lou genau in die Arme. »Hey«, begrüßte sie mich, »ich wollte gerade mal nach dem Rechten sehen. Ich dachte, sie machen nur ein paar Untersuchungen mit dir. Mit dir ist doch alles okay?«

»Nicht direkt«, sagte ich.

Sie blieb stehen. »Nicht direkt? Was soll das heißen?«

»Mein Krebs ist unheilbar. Ich werde sterben.«

»Bist du verrückt? Du kannst doch nicht einfach ... sterben?«

Sie war zu Fuß gekommen, und ich zog sie auf den Parkplatz. In meinem Wagen erzählte ich ihr, was mir der Oberarzt mitgeteilt hatte. »Übermorgen muss ich zur Chemo, das kann einige Monate bringen, wenn ich Glück habe.«

»Monate? Und da bist du so ruhig?«

»Ich bin nicht ruhig«, gestand ich. »Ich hab eine Scheißangst, vor den Schmerzen, die irgendwann kommen werden, und vor dem Tod. Ich würde alles tun, um ein paar Jahre länger zu leben. Aber ich hab nur wenige Monate, so hab ich's jedenfalls herausgehört, und will die kurze Zeit nicht mit Jammern verbringen. Wer weiß, vielleicht liegt noch der ganze Sommer vor mir.«

»Der Sommer? Nur dieser eine Sommer?«

Ich verstand ihr Entsetzen und nahm sie in den Arm. Als wäre sie die Kranke und ich ihre tröstende Freundin. »Glaub mir, ich finde es genauso zum Kotzen wie du, aber die Ärzte sagen, dass man den Kampf gegen den Krebs aufnehmen soll, selbst wenn er tödlich ist. Auch das könnte ein paar Tage oder sogar Wochen bringen. Steht alles in der schlauen Broschüre, die sie mir gegeben haben. Ich versuche es, Lou, verdammt noch mal, ich versuche es!« Sie weinte in meinen Armen, klammerte sich so fest an mich, als hätte ihr meine Nachricht den

Boden unter den Füßen weggerissen. »Was meinst du? Wollen wir heute Sushi essen?« Ich blickte auf die Uhr. »Jetzt gleich?«

Sie hörte auf zu weinen und hob erstaunt den Kopf. »Wie kannst du denn jetzt an Sushi denken?«, erwiderte sie. »Du brauchst dringend Ruhe. Die Aufregung der letzten Tage war garantiert nicht gut für dich, und ich weiß nicht, ob gesäuerter Reis und Sojasoße das Richtige für deinen Magen sind. Der hängt doch mit der Bauchspeicheldrüse zusammen, oder? Lass uns lieber zu dir gehen. Du ruhst dich aus, und ich koche dir was Leichtes. Suppe oder so.«

»Ich mag keine Suppe. Und der Tee schmeckt im Lokal auch besser.«

»Reis ist bestimmt zu schwer, besonders der klebrige Sushi-Reis.«

»Ach was!« Ich winkte ab. »Der ist mir bis jetzt bekommen und wird mir auch künftig keine Bauchschmerzen verursachen.« Sicher war ich nicht, hatte aber keine Lust, mir ausgerechnet meine Lieblingsspeise verteufeln zu lassen. »Meine Henkersmahlzeit wird der große Sushi-Teller für vier Personen sein.«

Sie erkannte wohl, dass sie mich nicht umstimmen würde. »Okay, dann bestell wenigstens Sashimi, der Reis würde dir nur im Magen liegen. Und lass dir von deinem Arzt einen Essensplan geben. Ich hab gelesen, mit deinem Krebs sei man für Diabetes anfällig. Lass auf jeden Fall den Süßkram weg.«

»Du redest wie meine Mutter.«

»Ich mache mir Sorgen um dich, Kati! Dass du alle Vorsicht über Bord wirfst, nur weil die Ärzte sagen, dass du nicht mehr lange zu leben hast. Vielleicht haben sich die Ärzte geirrt, und du überlebst, wenn du beim Essen aufpasst und bewusster lebst.« Sie löste sich von mir und tupfte sich die Tränen aus den Augen. »Willst du wirklich zum Sushi-Essen gehen?«, fragte sie.

»Und ob«, sagte ich und startete den Motor.

# 5

Die Sushi schmeckten großartig wie immer und drängten das vernichtende Urteil, das mir der Arzt am Nachmittag überbracht hatte, für eine knappe Stunde in den Hintergrund. Für einige kostbare Augenblicke fühlte ich mich besser als zuvor, weil ich alles viel bewusster und intensiver erlebte und jeder Kleinigkeit eine besondere Bedeutung beimaß. Der fantasievollen Präsentation der Fischhäppchen, dem trockenen Humor des Sushi-Chefs, dem verliebten Lächeln eines Pärchens. Der feine Geschmack des rohen Fischs vertrieb sogar die dumpfe Übelkeit, die sich in meinem Magen ausgebreitet hatte.

Einem neutralen Beobachter musste es so vorkommen, als wäre Lou diejenige, die nur noch ein paar Monate zu leben hatte. Sie wirkte traurig und gehemmt, schien kaum Appetit zu haben und blickte mich forschend an, als könnte sie nicht glauben, dass ich in meiner Lage lächeln konnte. »Nimm nicht so viel Wasabi«, warnte sie mich, wenn ich den grünen Meerrettich in meine Sojasoße rührte, »das scharfe Zeug bekommt dir sicher nicht.« Und als ich eine Apfelschorle bestellte: »Lass sie eine Weile stehen, bis sie nicht mehr so kalt ist.« Und als ich mir einen Nachschlag kommen ließ: »So viel hast du sonst nie gegessen. Pass auf, Kati, davon bekommst du Magenschmerzen!«

»Bemuttere mich nicht ständig«, antwortete ich ihr, »ich weiß schon, was gut für mich ist. Die Chemo und was sonst noch in der Klinik auf mich wartet sind schon schlimm genug, da will ich wenigstens hier meinen Spaß haben. Oder hast du Angst, dass ich was Ungesundes esse? Was meinst du, was die Chemo morgen in meinem Körper anrichtet. Dagegen ist Wasabi der reinste Kinderkram. Und sieh mich nicht so komisch an. Lass uns einfach so tun, als wäre nichts passiert. Was macht dein Job? Alles im grünen Bereich?«

Lou gab etwas Ingwer in ihren Tee, wie wir beide es nur machten, wenn wir erkältet waren. »Ich hab einen Bonus bekommen. Von einem Unternehmer, der uns das Tagebuch seiner verstorbenen Frau gegeben hatte und besonders zufrieden mit meiner Übersetzung war.« Lou hatte Englisch, Französisch, Russisch und Spanisch studiert. »Kein Vermögen, aber jetzt kann ich mir endlich mal anständige Klamotten kaufen. Dieser Flohmarktkram geht mir langsam auf den Geist. Am Samstag gehe ich auf große Einkaufstour.«

»Aber nicht ohne mich«, erwiderte ich, »sonst kaufst du wieder irgendwas Ausgeflipptes, das noch vor dem Sommer außer Mode ist. Ich kenne ein paar gute Läden in der Berger Straße. Wenn die Chemo einigermaßen verläuft …«

»Ich kann das nicht!«, platzte Lou mitten in meinen Satz. Die Verzweiflung stand ihr ins Gesicht geschrieben. »Ich kann hier nicht sitzen und so tun, als wäre alles wie immer.« Sie sprach so laut, dass sich einige Gäste nach uns umdrehten. »Du musst dich schonen, Kati! Du kannst nicht einfach so weitermachen wie bisher!« Sie griff nach meinen Händen und blickte mich beinahe flehend an. »Vielleicht wird ja doch noch alles gut. Bist du nicht versichert? Dann bekommst du doch Krankengeld. Arbeite weniger oder gar nicht und erhol dich, das ist jetzt das Wichtigste. Einkaufen kann ich für dich, auch sauber machen, abspülen und so was. Ich komme alle zwei, drei Tage bei dir vorbei und sorge für Ordnung. Und wenn du zum Arzt musst oder sonst was zu erledigen hast, kann ich dich fahren. Ich mach das gern, Kati. Okay?«

Der Gedanke, von allen Seiten bemuttert zu werden, machte mir Angst. Wenn Lou schon so reagierte, wie würde sich dann erst meine Mutter verhalten? In der Broschüre, die man mir im Krankenhaus gegeben hatte, wurde betont, wie wichtig das persönliche Umfeld für einen Todkranken sein konnte, aber dort stand auch, dass die Patienten unterschiedlich reagierten und sich manchmal sogar vor ihren Ehepartnern zurückzogen. Ich wünschte mir nichts sehnlicher, als wie eine Normalsterbliche behandelt zu werden. Möglichst nichts von der Krankheit spüren, sich so benehmen, als gäbe es noch eine Zukunft.

Aber sollte ich Lou vorwerfen, dass sie Angst um mich hatte? Ich hatte doch selbst Angst, riesige Angst sogar, und mein vorgetäuschter Optimismus war doch nur eine Waffe, um diese Angst zu vertreiben. »Es geht schon«, sagte ich, als ich sie nach Hause gebracht hatte und sie noch eine Weile im Wagen sitzen blieb. »Ich komme klar, Lou. Mach dir keine Sorgen. Lass mich die Sache bei meinen Eltern morgen und die Chemo allein durchziehen. Sobald ich wieder klar denken kann, rufe ich dich an. Ich schaffe das schon.«

Ihr stiegen erneut die Tränen in die Augen, und auch ich musste wieder weinen. Wir umarmten uns so fest, als ginge es jetzt schon ums endgültige Abschiednehmen, und wir trennten uns erst, als uns ein Lieferwagen blendete.

»Ich drücke dir die Daumen, Kati!«, versprach sie. »Ganz fest!«

»Ich bin hart im Nehmen, Lou. Das weißt du doch.«

Ich wischte mir die Tränen aus den Augen und fuhr nach Hause. Die Lichter der anderen Fahrzeuge blendeten mich mehr als sonst, und das Rattern einer Straßenbahn klang so nahe, dass ich entsetzt auf die Bremse trat und mitten auf der Straße hielt, bis mich das laute Hupen meines Hintermannes daran erinnerte weiterzufahren. Vor meinem Haus war zum Glück ein Parkplatz frei. Ich fuhr hinein und hatte gerade eingeparkt, als ich Mischas BMW auf der anderen Straßenseite stehen sah. Er besaß einen Schlüssel für meine Wohnung und wartete sicher auf mich. Was war plötzlich in ihn gefahren?

Ich stieg aus und blickte nervös nach oben. Hinter einem meiner Fenster brannte Licht. Mit der festen Absicht, ihn so schnell wie möglich loszuwerden, lief ich nach oben. Was hatte mich bloß getrieben, so lange bei Mischa auszuharren? Auch ohne Lou hätte ich doch längst erkennen müssen, dass er nicht der richtige Mann für mich war. Mit etwas Abstand würde ich ihn wohl einen arroganten Schnösel nennen. Eine Frau hatte bei ihm einen ähnlichen Stellenwert wie ein Auto. Sie musste attraktiv sein, immer bereitstehen, wenn er etwas von ihr wollte, und ihn sexuell verwöhnen, wenn ihm nach einem profitablen Abschluss nach Sex zumute war.

»Kati!«, begrüßte er mich überschwänglich. »Da bist du ja! Ich hab schon versucht, dich auf dem Handy zu erreichen. Hast du meine SMS nicht bekommen?« Er umarmte und küsste mich, doch bevor er leidenschaftlich werden konnte, drückte ich ihn sanft von mir und sagte: »Bitte nicht, Mischa!«

Er behielt das jungenhafte Lächeln, auf das ich bei unserer ersten Begegnung angesprungen war, und ließ die Hände auf meinen Hüften. »Was hast du denn?«, fragte er verwundert. Einer wie er konnte sich nicht vorstellen, dass sich eine Frau von ihm abwandte. »Freust du dich nicht, dass ich hier bin?«

»Ich kann nicht mehr, Mischa.«

»Was soll das heißen, ich kann nicht mehr?« Eine Spur Verärgerung zeigte sich in seinem Blick. »Wir sind miteinander verlobt, schon vergessen?« Er nahm die Sache immer noch von der heiteren Seite. »Oder hast du dir inzwischen einen anderen zugelegt? Du bist mir doch nicht untreu, oder?«

»Ich … ich hab keine Lust!«, sagte ich ehrlich.

»Du hast keine Lust?« Vollkommen undenkbar für Mischa.

»Ich will allein sein.«

Er glaubte wohl, ich hätte den Verstand verloren. »Du willst allein sein? Willst du mich loswerden, verdammt? Du kannst mich doch nicht wie einen dummen Schuljungen abservieren. Ich hab einen verantwortungsvollen Job und kann doch erwarten, dass du für mich Zeit hast, wenn ich mich für ein paar Stunden freimachen kann. Du hast ja keine Ahnung, was an der Börse los ist. Wenn wir nicht 24/7 auf der Matte stehen, verlieren wir Millionen.« Er sagte tatsächlich 24/7 und nicht »rund um die Uhr« wie ein normaler Mensch.

»Ich bin krank, Mischa.«

»Du bist krank? Das sehe ich …«

»Ich bin wirklich krank.«

»Ich dachte, du hättest keine Lust?«

Mir platzte der Kragen. »Ich habe Krebs!«, rief ich so laut, dass man es in der Nachbarwohnung hören musste. »Bauchspeicheldrüsenkrebs! Ich werde sterben, spätestens in ein paar Monaten! Morgen muss ich zur ersten Chemo.«

»Dann … dann besteht noch Hoffnung?«

»Nein, es besteht keine Hoffnung mehr. Ich war beim Onkologen, und gestern und heute haben sie mich im Krankenhaus durch die Mangel gedreht. Der Krebs hat zu weit gestreut. Die Chemo bringt höchstens ein paar Monate.« Meine Stimme war leiser, aber nicht weniger eindringlich geworden.

»Das tut mir leid, Kati.« Er wusste wohl nicht, was er sonst noch sagen sollte, und wirkte plötzlich ängstlich und hilflos. Von einer Sekunde auf die andere änderte sich seine Körpersprache, gehörte zu einem Mann, der er nie sein wollte. Seine Antwort zerfiel in Bruchstücke. »Ich würde dir sehr gern helfen … ich meine, ich bin den ganzen Tag an der Börse, aber ... du bist sicher oft im Krankenhaus, und ich werde dich natürlich besuchen ... wenn ich Zeit habe, meine ich ... Ich bin für dich da ... du kannst mich immer anrufen ...«

»Geh jetzt, Mischa«, sagte ich leise, aber bestimmt.

»Du bist mir nicht böse? Ich meine ...«

»Geh einfach. Jetzt gleich.«

Er verließ meine Wohnung, ohne mir noch einmal in die Augen zu sehen, und ich war ziemlich sicher, dass er vor Erleichterung seufzen würde, wenn er erst in seinem BMW saß. Ich blickte durchs Fenster auf die Straße hinab und sah zu, wie er aus der Parklücke fuhr und in der Dunkelheit verschwand.

»Mach's gut, Mischa. Mit uns hätte es sowieso nicht geklappt.«

Obwohl ich Bücher über alles liebte, brachte ich auch an diesem Abend nicht die Kraft zum Lesen auf. Nicht mal zum Fernsehen reichte es, was aber auch an dem miesen Programm liegen konnte. Einige Minuten blieb ich an einer Kochshow hängen, dann schlief ich ein. Ich träumte wirres Zeug, wachte gegen Mitternacht auf und gönnte mir einen Schluck kalte Milch. Mit dem Karton in der Hand lief ich zum Fenster und blickte in die Nacht hinaus.

Alles wie immer, stellte ich erstaunt fest, als wäre nichts geschehen. Die Welt drehte sich weiter und kümmerte sich nicht darum, ob eine ihrer vielen Bewohnerinnen an Krebs erkrankt war. Wie viele Menschen da draußen waren noch dem Tode geweiht? Wie viele hatten die gleiche Nachricht wie ich bekommen? Wer ließ in dieser Nacht bei einem Unfall sein Leben? Wer starb in einem Krieg? Wer wurde Opfer eines Verbrechens? Wenn es einen Gott gab, was ich manchmal bezweifelte, fiel es ihm doch gar nicht auf, wie viele Seelen allein in einer einzigen Nacht zu ihm kamen. Ich war doch nur ein winziges Rädchen in einem großen Getriebe, und niemandem würde es auffallen, wenn ich plötzlich nicht mehr da war. Ich konnte doch von Glück sagen, dass ich in einem zivilisierten Land lebte, in dem es starke Medikamente gab, die mir den Schmerz nehmen und das Sterben erleichtern würden.

Noch schwerer, als mir selbst gegenüber einzugestehen, dass meine Zeit auf der Erde begrenzt war, fiel es mir, meine Eltern über meine Krankheit aufzuklären. Meine Mutter hatte sicher schon mehrmals versucht, mich auf meinem Handy zu erreichen, und machte sich fürchterliche Sorgen, weil ich es abgeschaltet hatte und mich nicht meldete. Und dennoch wartete ich am nächsten Morgen fast zwei Stunden, bevor ich den Mut fasste, zu ihrer Drogerie zu fahren. Ich stieg aus und betrat den Laden durch den Seiteneingang.

»Kati! Da bist du ja endlich!«, begrüßte mich meine Mutter. Sie war immer noch schlank und kleidete sich lange nicht so konservativ, wie sie sich manchmal mit ihren Ansichten gab. Unter ihrem offenen weißen Kittel leuchtete eine hellrote Bluse. »Wir haben uns schon Sorgen um dich gemacht. Warum hast du denn dein Handy abgeschaltet? Das machst du doch sonst nie.«

»Ich hatte Stress, Mama. Haben Papa und du mal kurz Zeit?«

»Natürlich, was gibt es denn?« Sie winkte meinen Vater heran und wandte sich an ihre einzige Angestellte. »Übernimmst du mal, Anja?« Und zu meinem Vater, einem untersetzten Mann, der sehr viel schneller alterte als meine Mutter und bereits graue Schläfen hatte: »Kati will uns etwas sagen, Paul.«

In der Kaffeeküche waren wir allein. Meine Mutter ahnte wohl, dass ich schlechte Nachrichten brachte, und setzte sich vorsichtshalber. Mein Vater hatte noch andere Dinge im Kopf und glaubte wohl eher, ich bräuchte einen Kredit oder hätte Ärger mit meinem Vermieter. Bei dem Gedanken, dass ich auch ihre Welt in wenigen Augenblicken zum Einstürzen bringen würde, zog sich mein Magen zusammen. Mir wurde so übel, dass ich mich am Tisch festhalten musste, bevor ich mich kräftig genug fühlte, um etwas zu sagen.

»Mama, Papa, ich habe Krebs«, zögerte ich nicht lange und schilderte ihnen die bedrohliche Lage. Ich beschönigte nichts, formulierte genauso nüchtern wie der Arzt in der Uniklinik und schob ein leises »Tut mir leid!« hinterher, auch um die bedrückende Stille nach meinem Geständnis zu füllen.

Natürlich glaubten sie mir nicht. Sie wollten mir nicht glauben, so wie ich bei der Nachricht selbst den Kopf geschüttelt und nicht akzeptiert hatte, dass die Krankheit ausgerechnet mich erwischt hatte. Ich sagte ihnen, dass der Krebs leider keine Einbildung und unheilbar sei, das hätten mehrere Ärzte bestätigt, und es gebe nicht den geringsten Zweifel. »Ich hab nur noch ein paar Monate zu leben, Mama, Papa. Morgen muss ich zur Chemotherapie.«

»Dann gibt es noch Hoffnung?«, fragte meine Mutter.

»Die ist vor allem gegen die Schmerzen«, stellte ich richtig.

»Kati … Liebes«, sagte mein Vater nur.

Ich nahm meine Eltern in den Arm und hielt sie lange. Tapfer kämpfte ich gegen die Tränen an, um ihnen die Verarbeitung dieses Schocks etwas leichter zu machen. Meine Mutter begann heftig zu schluchzen, nachdem sie das ganze Ausmaß meiner Nachricht erkannt hatte. Sie heulte an meiner Brust, bis meine Bluse durchnässt war und sie kaum noch Luft bekam. Mein Vater ließ sich stöhnend auf einen Stuhl fallen und starrte reglos ins Leere. Ein beängstigender Blick, der mich an Bilder von Katastrophengebieten erinnerte.

Ich holte uns Kaffee und setzte mich ebenfalls. Keiner von uns wusste etwas zu sagen. Wir waren gezwungen, uns von der beängstigenden Stille quälen zu lassen, bis meine Mutter ihre Tränen trocknete und sagte: »Ab sofort wohnst du natürlich bei uns. Unsere Wohnung ist groß genug, das weißt du ja. Schon aus finanziellen Gründen ist das vernünftig. Für die Miete wird es kaum noch reichen, wenn du zu arbeiten aufhörst, außerdem brauchst du Hilfe. Ich …« Der Schmerz holte sie ein und trieb ihr erneut die Tränen in die Augen. »Ich … ich bleibe zu Hause und kümmere mich um dich. Papa schafft die Arbeit in der Drogerie allein, und um die Buchhaltung kann ich mich auch zu Hause kümmern.« Sie weinte leise. »Ist es … ist es wirklich so schlimm?«

»Leider, Mama. Wenn es wenigstens ein anderer Krebs wäre …«

»Aber du bist noch so jung, da bekommt man doch keinen Krebs.«

»Schicksal«, beantwortete ich die Frage, die ich mir selbst schon viele Male gestellt hatte. Angeblich erkranken vor allem Menschen, die es mit dem Alkohol übertreiben, an Bauchspeicheldrüsenkrebs. Ich trinke höchstens mal ein Glas Prosecco oder Wein. Aber auch kerngesunde Fitnessgurus, die sich nur von Obst und Gemüse ernähren, können Krebs bekommen. Junge und Alte. Schwarze und Weiße. Reiche und Arme. Es gibt keine Muster. In dreißig Jahren mochte das vielleicht anders sein, aber so lange hielt ich nicht durch.

»Das ist nicht fair«, klagte mein Vater. »Verdammt, das ist nicht fair.«

»Wir kümmern uns um dich, Kati«, sagte meine Mutter. »Dir soll es an nichts fehlen in dieser schweren Zeit. Ich werde dir jeden Wunsch von den Augen ablesen, das verspreche ich dir. Um deine Möbel kümmern wir uns, nicht wahr, Paul?« Sie blickte meinen Vater an. »Du darfst dich auf keinen Fall anstrengen. Eine Bekannte von mir hatte Krebs und war nach den Chemos immer todmüde. Bei dir wird es ähnlich sein. Du brauchst viel Ruhe.«

Ich hatte geahnt, dass meine Mutter so reagieren würde, und versuchte es ihr so schonend wie möglich beizubringen:

»Ich weiß, du meinst es nur gut mit mir, und natürlich hast du recht, die Chemos sind sicher anstrengend, und ich werde einigermaßen daran zu knabbern haben. Aber ich möchte mein Leben so normal wie möglich weiterführen, jedenfalls solange ich noch dazu fähig bin. Ich werde zu Hause wohnen bleiben und auch weiter arbeiten, wenn man mich lässt. Irgendwann werde ich vielleicht auf eure Hilfe angewiesen sein, dann nehme ich euer Angebot gern an. Erst einmal bleibe ich lieber allein.«

»Aber Kati! Du bist todkrank! Du brauchst Hilfe!«, sagte meine Mutter.

»Lasst mich einfach machen«, bat ich sie. Mit einem tapferen Lächeln kämpfte ich gegen die Tränen an. »Ihr bekommt mich früh genug in eure Klauen. Ich melde mich, sobald ich von der Chemo zurück bin, in Ordnung?«

»Du willst so weitermachen, als wäre nichts gewesen?«

»›Das ist das Beste‹, steht in der Broschüre, die ich vom Krankenhaus bekommen habe. Ich soll natürlich aufpassen, keine schweren Sachen essen, möglichst wenig Alkohol, am besten gar keinen, mich nicht überanstrengen, aber das ist keine große Sache, das muss man bei vielen Krankheiten. Mit den Medikamenten, die inzwischen entwickelt wurden, ist es möglich, einen Großteil der Lebensqualität beizubehalten. Und dazu gehört auch, in meiner Wohnung zu bleiben und weiterhin zu arbeiten. Ich will mich nicht verkriechen.«

Meine Mutter litt Höllenqualen. »Es tut mir so leid, Kati.«

»Keine Angst, Mama. Ich bin hart im Nehmen.«

Aber ob ich das wirklich war, musste sich erst herausstellen. Als ich am nächsten Morgen zu meiner ersten Chemotherapie in der Uniklinik erschien, war ich mit meinen Nerven jedenfalls am Ende, und mir war schon vorher so schlecht, dass ich am liebsten sofort wieder umgedreht wäre. Nur widerwillig meldete ich mich auf der Station. »Ich komme zur Chemotherapie«, sagte ich.

# 6

Ich hatte mir die Krebsstation eines Krankenhauses immer als düsteren Ort mit traurigen Gesichtern vorgestellt. Wo man, anders als in der chirurgischen Abteilung, kein Lachen und keinen fröhlichen Laut mehr hört. Wo das Personal mit angespannten Mienen herumlief, ständig auf dem Sprung, und wo man ständig mit unsagbaren Leiden und dem drohenden Tod konfrontiert war.

Umso überraschter war ich, dort auch scherzende und lachende Menschen anzutreffen und eine gewisse Gelassenheit zu spüren, die wohl daran lag, dass diese Patienten ihr verändertes Leben oder auch den nahenden Tod akzeptiert hatten und versuchten, die Zeit, die ihnen noch blieb, so sinnvoll wie möglich zu verbringen. Ob ich jemals dazu in der Lage sein würde, wusste ich nicht.

Bevor es losging, besprach Dr. Lasse mit mir das weitere Vorgehen. Er sprach leise, aber sehr bestimmt, als würde es um die Therapie einer wenn auch ernsten Krankheit gehen und nicht nur darum, die Schmerzen zu lindern und die verbleibende Lebenszeit um ein paar Monate hinauszuzögern. »Wir haben erst einmal sieben Zyklen mit Gemcitabin geplant. Das Mittel gehört zu den sogenannten Zytostatika …« Obwohl ich die Broschüren gelesen hatte, verstand ich nur Bahnhof, kapierte aber, dass ich sieben Mal für eine Chemotherapie eingeteilt war, immer eine pro Woche, dass ich dann eine kurze Pause einlegen durfte, um mich von den Nebenwirkungen zu erholen. Und die würde es wohl reichlich geben. Durchfall, Blutarmut, Entzündungen, Magenschmerzen, eventuell auch Haarausfall. »Aber ich kann Sie trösten«, fügte er hinzu, »Gemcitabin ist weniger aggressiv als viele andere Mittel.«

Ich hörte mit angehaltenem Atem zu. Nur wenige Minuten vor meiner ersten Chemo war ich hochgradig nervös und sehnte die Behandlung regelrecht herbei, um endlich zu erfahren, wie sich so eine Chemo anfühlt, und ob ich stark genug war, sie einigermaßen zu ertragen. Das wusste wohl auch Dr. Lasse und rief einen jungen Kollegen aus der onkologischen Tagesklinik, der mich in eines der geschmackvoll eingerichteten Behandlungszimmer führte. Die bunten Gemälde und modernen Möbel ließen es eher wie einen Wohnraum aussehen. Für die Chemo standen in einem edlen Grau gehaltene Liegesessel bereit. Alles ganz anders, als ich es mir vorgestellt hatte.

Nachdem der Arzt einen Zugang gelegt hatte und der giftige Cocktail in meine Venen floss, atmete ich vorsichtig durch. Noch spürte ich nicht mehr als bei einer normalen Infusion. »Welche Wirkung eine Chemotherapie zeigt, hängt von den Mitteln und der Dosierung ab«, hatte mir Dr. Lasse erklärt. »Es gibt Patienten, die gleich danach wieder voll einsatzfähig sind und noch am selben Tag wieder arbeiten gehen.« Sicher nicht die Regel, dachte ich, aber wenn der liebe Gott ein Einsehen und einen Sinn für Gerechtigkeit verspürt, würde er mir die hässlichen Nebenwirkungen ersparen. Die Nachrichten, die er mir während der vergangenen Tage zugemutet hatte, reichten völlig aus.

»Du bist zum ersten Mal hier, stimmt's?«, erklang eine weibliche Stimme neben mir. Ich hatte gar nicht registriert, dass dort auch jemand lag. »Beim ersten Mal kommt den Leuten kein Lächeln über die Lippen.« Wie zur Bestätigung zogen sich ihre Mundwinkel nach oben. »Es ist nicht so schlimm, wie du denkst. Jedenfalls besser als die Schmerzen, die man sonst haben würde.«

»Hoffen wir's«, erwiderte ich.

»Ich bin Bibi«, fuhr sie fort. Sie war höchstens achtzehn, versteckte anscheinend ihren kahlen Schädel unter einem Kopftuch, und ihr Lächeln wirkte so offen und ehrlich, dass auch ich davon angesteckt wurde. »Ich hab Lymphdrüsenkrebs. Bekomm das Zeug hier nur noch, um die Schmerzen einigermaßen im Zaum zu halten. Ein, zwei Monate geben sie mir noch. Ziemliche Scheiße, was?« Ihr Lächeln wurde bitter. »Aber nicht zu ändern. Liegt an den Genen, sagt der Doc. Muss irgendein Germane in grauer Vorzeit unserer Familie zum Geschenk gemacht haben. Vielleicht gibt's ja doch ein Jenseits. Wenn ich den Kerl dort erwische, kriegt er die Prügel seines Lebens.«

»Lymphdrüsenkrebs?« Ich konnte es nicht fassen. »In deinem Alter?«

»Hab ich auch gesagt«, erwiderte sie, »aber der Doc sagt, das kriegen sogar Kinder. Hier hast du's ja meist mit älteren Jahrgängen zu tun. Unter siebzig halten sie sich noch für jung. Ich weiß gar nicht, was ich mit denen reden soll. Du bist die Erste in den letzten drei Monaten, die noch keine Rente kriegt.«

»Sechsundzwanzig«, sagte ich. »Bauchspeicheldrüsenkrebs.«

»Klingt auch nicht besonders.«

»Er hat schon gestreut.«

»Scheiße.« Kein Wort passte besser zu meiner Lage. »Dann geht's dir wie mir. Ich hab noch Glück, dass mir das Zeug so wenig ausmacht.« Sie blickte zum Behälter mit der Flüssigkeit empor. »Nur die Haare fallen mir aus. Was soll's, mit meiner Frisur konnte ich sowieso nie bei den Kerlen punkten.«

»Und es gibt keine Hoffnung?« Ich wollte einfach nicht glauben, dass ein junges Mädchen wie sie dem Tod geweiht war. »Nur noch … zwei Monate?«

»Wenn ich Glück habe«, erwiderte sie so fröhlich, als läge sie auf einer Terrasse. »Ich will unbedingt noch erleben, wie die Eintracht in der ersten Liga bleibt. Wir haben noch schwere Spiele gegen Köln und Schalke vor uns.«

»Eintracht? Du interessierst dich für Fußball?«

»Eintracht Frankfurt, olé«, sang sie in bester Fanmanier. »Ich gehöre zum harten Kern, und sobald ich einigermaßen geradeaus laufen kann, geh ich wieder ins Stadion. Du kannst ja mal mitkommen. Da vergisst du alles andere. Wenn's eine Therapie für unsere Krankheit gibt, dann ist es Fußball.«

Wie Bibi mit dem Krebs umging, verwirrte mich. Ich hatte bei Lou und meinen Eltern ebenfalls versucht, gelassen zu wirken und so zu tun, als ginge es nur noch darum, die letzten Monate besonders und sinnvoll zu verbringen, aber meine Lockerheit war gespielt gewesen. In Wirklichkeit fühlte ich mich wie ein geprügelter Hund, den man auf irgendeinem Parkplatz zurückgelassen hat, vom Schicksal gebeutelt und dem Schmerz überlassen. Gab es etwas Schlimmeres, als der eigenen Zukunft beraubt zu werden? War ich stark genug, um mit dem bisschen Gegenwart, das mir noch blieb, zufrieden zu sein?

Bibi hatte es anscheinend geschafft. Ihre Fröhlichkeit war nicht gespielt, sie machte das Beste aus dem kurzen Leben, das ihr noch blieb. Zuerst wehrst du dich gegen die vernichtende Diagnose, stand in den schlauen Berichten, die ich im Internet gefunden hatte. Dann verweigerst du dich, stürzt in Depressionen und akzeptierst schließlich das Unvermeidbare. Und wenn du Glück hast, so richtig viel Glück, reagierst du irgendwann so locker wie Bibi.

»Bibi«, sagte ich, »cooler Name. Passt zu dir.«

Ihr schien die Chemo überhaupt nichts auszumachen. »Kommt von Beatrice, aber wer will schon Beatrice heißen. So heißen doch nur Königinnen.«

»Ich bin Kati. Steht für Katharina. Katharina Bente.«

»Weiß ich doch«, erwiderte sie. »Hat mir eine Schwester verraten, bevor sie dich gebracht haben. Dass du nervös bist und ich dich aufmuntern soll.«

»Deshalb bist du so fröhlich?«

»Quatsch! Ich bin, wie ich bin. Das mit dem Aufmuntern klappt sowieso nicht. Wer hier reinkommt, ist vollkommen fertig. Ich hab Leute erlebt, die haben geheult wie Schlosshunde, als sie zum ersten Mal an den Tropf angeschlossen wurden. Und es gab andere, die haben mich übel beschimpft. Du bist eine von den Stillen. Jeder reagiert hier anders, und manche brauchen länger und andere kürzer, um endlich zu kapieren, was mit ihnen los ist.«

»Und du?«

Sie war ein wenig nachdenklicher geworden. »Ich hab so ziemlich alles durch. Bei der ersten Chemo hätte nicht viel gefehlt, und ich hätte den verdammten Tropf aus der Halterung gerissen und vor lauter Wut aus dem Fenster geworfen.« Sie grinste wieder. »Weißt du, was der Cocktail wert ist?«

»Ein paar Hunderter?«

»Über tausend Euro! Die Typen von der Krankenkasse hätten mir eine Todesspritze verschrieben, wenn sie das erfahren hätten. Inzwischen bin ich ruhiger. Mein Puls geht nur noch hoch, wenn die Eintracht verliert.« Sie kicherte leise, ein Laut, der so gar nicht in diesen Raum passte. »Würde doch sowieso nichts nützen. *Carpe diem.* Nutze den Tag. Sagen sie das nicht alle?«

»Einer meiner Lieblingssprüche.«

»Der eigentlich nur zu uns passt«, ergänzte sie. »Alle wissen, dass das Leben nicht ewig dauert und jeden Tag zu Ende gehen kann, aber nur wir kapieren es. Eine ziemlich harte Nummer, die man sich erst mal reinziehen muss.«

Ich beneidete sie. Wer die letzten Wochen seines Lebens so begeistert anging, brauchte den Tod nicht zu fürchten. »Wie hast du das geschafft? Mit deinen Eltern? Einer Freundin? In einer Selbsthilfegruppe? Bei einem Psychologen? Haben sie mir alles empfohlen, und ich hab keine Ahnung, wo ich anfangen soll. Ich glaub überhaupt nicht, dass mir jemand helfen kann.«

»Da liegst du einigermaßen richtig«, antwortete sie. Ihr Grinsen war verschwunden. »Wenn du mich fragst, kannst du die ganzen guten Ratschläge vergessen. Aber das muss jeder für sich entscheiden, und wahrscheinlich ist es sowieso bei jedem anders. Ich weiß, ich klinge wie eine verdammte Klugscheißerin, ist aber so. Meine Eltern verhalten sich eigentlich ziemlich cool. Brechen nicht ständig in Tränen aus, jetzt nicht mehr, und bringen mir ständig irgendwelche Goodies vorbei. Meine Freundin betet für mich. Mein Lover ging schon vor ein paar Monaten auf Tauchstation, wahrscheinlich hat er längst eine Neue. Warum auch nicht? Nun ja, und für das Psychogequatsche bin ich auch nicht geschaffen. Wenn ich da den Mund aufgemacht habe, gab's sofort böse Blicke. Nee, ich komm am besten allein mit allem zurecht.«

»Du bist jung und stark.«

»Ich bin jung und schwach.«

Ihr Tropf ging zur Neige, und eine Schwester kam herein. Sie befreite Bibi von ihrem Zugang, sah nach, ob bei mir alles okay war, und ging wieder. Erst als Bibi aufstand, erkannte ich, wie mager und beinahe ausgezehrt sie war. Sie war wackelig auf den Beinen und musste sich an der Liege festhalten, bis sie ihr Gleichgewicht gefunden hatte. Ein Wunder, dass sie wieder lächelte.

»Alles okay mit dir?«, fragte ich dennoch.

»Sicher«, antwortete sie. »Seitdem sie meinen Cocktail etwas stärker mixen, brauche ich ein paar Minuten länger, um wieder auf die Beine zu kommen. Ich sollte mir mal wieder eine Pizza gönnen. Manche Mädels wären froh, wenn sie so schlank wären wie ich, aber ich hätte nichts gegen ein paar Pfunde mehr. Ich hab immer auf italienische Küche gestanden. Pizza, Spaghetti, Penne, Risotto und zum Nachtisch Zabaione ... das volle Programm.«

»Und jetzt nicht mehr?«

»Schmeckt mir alles nicht mehr. Noch so was, was ich dem Krebs übel nehme. Wenigstens das gute Essen hätte er mir doch lassen können. Jetzt schaffe ich gerade mal einen Biss oder eine Gabel voll, und dann ist Sense.«

Ich dachte an meine Vorliebe für Sushi und seufzte betreten.

»Was soll's, wir sehen uns nächste Woche.« Sie griff nach ihrer Umhängetasche, eine von diesen winzigen Dingern, in die gerade mal ein Taschentuch passte. »Das hoffe ich jedenfalls. Vielleicht klappt es gegen Dortmund?«

Ich brauchte eine Weile für ihren Gedankensprung. »Klar doch. Ich hab's nicht so mit Fußball, aber wenn du mir alles erklärst, macht es sicher Spaß.«

»Darauf kannst du wetten. Forza, SGE!«

Um den Spruch zu entschlüsseln, brauchte ich noch länger. »Forza« bedeutete so viel wie »vorwärts!«, und SGE stand für »Sportgemeinde Eintracht«. Bibi war tatsächlich ein begeisterter Fan, und die Begeisterung für den Verein gehörte wohl zu den wenigen Dingen, die ihr Krebs nicht zerstört hatte.

Hatte ich auch etwas, an dem ich mich festhalten konnte? Meine Verwandten und Freunde? Interessante Bücher und Filme? Leckere Sushi? Würde ich bei einem Psychodoktor oder in einer Selbsthilfegruppe besser zurechtkommen als Bibi? Würde ich zu den Dauerflennern oder Ausrastern gehören, die sie beobachtet hatte? Zum Teufel, wie werde ich mit dieser Krankheit fertig?

Ich blickte zu dem Beutel mit der klaren Flüssigkeit empor. Noch ungefähr zehn Minuten, schätzte ich, dann hatte ich die erste Sitzung geschafft. Ich spürte nichts, fühlte mich weder besser noch schlechter, war lediglich ein wenig benommen, als mich die Schwester von dem Beutel befreite. Und erleichtert, die erste Chemo überstanden zu haben. Die Hoffnung, zu den Glücklichen zu gehören, die kaum Nebenwirkungen verspürten, war natürlich groß.

»Rufen Sie uns an, falls Sie sich schlecht fühlen«, sagte der junge Arzt, der mich in den Behandlungsraum geführt hatte. »Und sprechen Sie heute noch mit unserer psychoonkologischen Therapeutin. Ich habe Frau Dr. Reuter bereits Bescheid gesagt. Natürlich brauchen Sie Ihr Angebot nicht anzunehmen, aber die meisten unserer Patienten haben sehr gute Erfahrungen mit einer zusätzlichen Therapie gemacht. Wir sehen uns dann nächste Woche wieder.«

Ich war schon lange genug im Krankenhaus und hätte am liebsten sofort das Weite gesucht, wollte mir aber später nichts vorwerfen müssen. Nicht jeder war so robust wie Bibi. Und wenn sie mir nicht weiterhalf, konnte ich immer noch dankend ablehnen und mich in meine Wohnung verkriechen.

Also bedankte ich mich bei dem jungen Doktor und ging zu ihr. Während ich durch den langen Gang der Tagesklinik lief, wurde mir schwindlig, und ich musste mich ein paarmal an der Wand abstützen, doch das Gefühl verging jedes Mal gleich wieder, und das seltsame Ziehen in meinem Magen resultierte wohl eher aus der Angst, die Nebenwirkungen könnten später kommen.

Dr. Franziska Reuter sah nicht wie eine Ärztin aus. Sie trug weder einen weißen Kittel noch hatte sie ein Stethoskop um den Hals hängen. In ihrem dunklen Kostüm und der roséfarbenen

Bluse sah sie eher wie eine leitende Angestellte aus. Sie trug ihre braunen Haare halblang und lächelte milde, als sie mich in ihrem Büro empfing. Oder war es ein Behandlungszimmer? Eigentlich sah es wie ein Wohnzimmer aus. Sie bot mir den Besucherstuhl an und machte sich nicht die Mühe, meine Krankenakte auf dem Monitor ihres Computers zu studieren. Anscheinend wusste sie längst über mich Bescheid.

»Wie ich sehe, haben Sie die erste Chemo gut überstanden«, sagte sie, »das ist schon mal ein gutes Zeichen. Sie sind in guten Händen. Wir haben hervorragende Ärzte und erfahrenes Pflegepersonal in unserer Klinik.« Sie stützte sich mit den Unterarmen auf den Schreibtisch. »Wie haben Sie die Behandlung empfunden? Gibt es irgendetwas, was wir besser machen könnten?«

»Sie könnten mir den Krebs aus dem Bauch schneiden«, reagierte ich wütender, als ich beabsichtigt hatte. »Wozu bin ich jeden Abend gejoggt, hab Gemüse und Obst gegessen und mein Leben lang keine Zigarette angefasst, wenn ich jetzt doch dran glauben muss? Das ist nicht fair, Frau Dr. Reuter!«

»Nein, das ist nicht fair«, wiederholte die Ärztin ruhig. Mein kurzer Wutausbruch hatte sie weder überrascht noch aus der Ruhe gebracht. »Was meinen Sie, wie oft unsere Ärzte das jeden Tag sagen? Aber glauben Sie mir, überall auf der Welt wird geforscht und nach wirksameren Heilungsmethoden gesucht, und schon jetzt sind wir so weit, dass kaum ein Patient körperliche Schmerzen empfinden muss. Ich weiß, das ist ein schwacher Trost.« Sie blickte mich eine Weile an. »Konnten Sie sich mit anderen austauschen?«

»Ja«, erwiderte ich, »mit Bibi. Sie hat mir sehr geholfen.«

Die Ärztin lächelte. »Bibi Gerhardt, ein tapferes Mädchen. Eine der mutigsten und stärksten Patientinnen, die wir jemals hatten. Leider will sie nicht an den Treffen unserer Selbsthilfegruppe teilnehmen. Zu viel Geschwafel, behauptet sie. Dabei hätte sie den anderen sicher einiges zu sagen.« Sie blickte mich fragend an. »Ich nehme an, sie hat Ihnen ordentlich Dampf gemacht. *Carpe diem*, nütze den Tag. Das war wohl immer ihr Wahlspruch, und ich habe selten eine Patientin in ihrem Stadium getroffen, die so danach lebt.«

»Sie hat mir sehr viel Mut gemacht.«

»Das ist gut«, erwiderte die Ärztin, »es ist immer gut, wenn sich Patienten und Patientinnen austauschen. In unserer Selbsthilfegruppe tun wir das jede Woche. Vielleicht schnuppern Sie mal rein. Wir treffen uns jeden Mittwoch um siebzehn Uhr.« Sie reichte mir einen Merkzettel. »Würde mich sehr freuen.«

»Ich werd's mir überlegen«, sagte ich.

# 7

Ich war nicht gerade in bester Stimmung, als ich die Uniklinik verließ. Die Chemo hatte mir nicht so stark zugesetzt, wie ich befürchtet hatte. Körperlich war ich okay, außer dass mir ein bisschen flau im Magen war, aber ich war stocksauer. Auf meine Krankheit, weil sie so gnadenlos und unbarmherzig war. Auf das Krankenhaus, das mir schon früher auf die Nerven gegangen war, als ich meine Mutter nach ihrer Blinddarmoperation besucht hatte. Auf mich selbst, weil ich dabei war, die Kontrolle über mein Leben zu verlieren.

Obwohl den Patienten in der Broschüre empfohlen wurde, nicht mit dem eigenen Auto zu kommen, weil man nach der Sitzung nicht fahrtüchtig sei, hatte ich mich in meinen Corsa gesetzt. Schon aus Protest, weil ich nicht vorhatte, mich von der Chemo in die Knie zwingen zu lassen. Bevor ich mich von meinen Eltern oder Lou im Rollstuhl aus der Klinik rollen ließ, würde ich den Karren lieber an die Wand fahren. Dass mir beim Verlassen der Klinik etwas schummrig wurde, schob ich auf die helle Frühlingssonne, die hoch am blauen Himmel stand. Ein unverschämt sonniger Tag, wenn man bedachte, was hinter den Mauern des Krankenhauses an diesem Morgen alles geschah.

»Kati! Da bist du ja!«

»Lou!«

Meine Freundin hatte anscheinend auf mich gewartet und umarmte mich so vorsichtig, als hätte sie Angst, ich könnte zerbrechen. »Kati! Bist du okay? Hast du alles gut überstanden? Ich hab mir solche Sorgen um dich gemacht.«

»Alles okay«, erwiderte ich. »Es war nicht so schlimm, wie ich dachte.«

Sie löste sich von mir und blickte mich an, behielt ihre Hände aber an meinen Hüften. »Ich hab mich im Internet über Chemo schlau gemacht. Das viele Gift, das muss doch furchtbar sein. Konntest du dich denn ausruhen?«

»Ich bin okay, Lou.«

»Ich dachte eigentlich, man müsste nach so einer Strapaze noch eine Nacht zur Beobachtung drinbleiben, aber in der Klinikinfo stand, dass man danach gleich wieder gehen kann.« Seltsamerweise wirkte sie besorgter als ich. »Warum hast du denn nichts gesagt? Ich hätte dich doch herfahren können. Ich hab zurzeit einen längeren Text in der Mangel und arbeite sowieso zu Hause.«

»Ich bin mit dem eigenen Wagen hier.«

Ihre Augen wurden groß. »Du willst dich nach so einem Eingriff ans Steuer setzen? Das kannst du nicht machen, Kati! Das ist viel zu gefährlich!«

»Ach, was. Ich war bei der Chemo, nicht im OP.«

»Aber ich hätte Zeit!« Ihre Stimme klang beschwörend. »Und wenn nicht, würde ich mir die Zeit nehmen. Du darfst nach so einer Strapaze nicht allein durch die Stadt fahren. Ich bringe dich nach Hause. Ist kein großes Ding für mich. Ich koch dir was zu essen, Hühnersuppe oder so, und wir sehen uns einen Film an. Ich hab eine neue DVD im Wagen liegen. Was meinst du?«

»So weit bin ich noch nicht, Lou!« Wir waren ein paar Schritte gegangen, und ich blieb wieder stehen. »Ich bin todkrank, das weiß ich auch, aber dass ich zur Chemo gehe, heißt noch lange nicht, dass ich nicht mehr gerade stehen kann und für jeden Handgriff eine Amme brauche. Sieh mich doch an! Sehe ich vielleicht so aus, als würde ich gleich schreiend zusammenbrechen?«

»Ich mein's doch nur gut mit dir, Kati.«

»Ich komme klar, okay?«

Ich ließ sie stehen und stapfte davon, drehte noch einmal um und schloss sie rasch in die Arme. »Tut mir leid, Lou.« Mir kamen die Tränen. »Ich wollte dir nicht wehtun. Es ist nur alles so ... es kam alles so plötzlich ... ich wollte doch nicht ...« Ich wusste nicht so recht, was ich sagen sollte. »Tut mir leid.«

»Du brauchst dich nicht zu entschuldigen«, sagte sie.

»Es geht mir gut. Bestimmt.«

»Wenn du lieber allein sein willst ...«

»Du bist mir nicht böse?«

»Nein«, sagte sie, »wie könnte ich meiner besten Freundin böse sein? Aber nur, wenn wir sobald wie möglich Sushi essen gehen. Das darfst du doch?«

Ich beruhigte sie. »Wenn ich keinen Liter Sake dazu bestelle.«

»Und wenn du dein Auto stehen lässt.«

»Ich gehe noch ein bisschen am Main spazieren«, sagte ich. »Sobald ich klar genug im Kopf bin, nehm ich den Wagen. Wenn nicht, eben ein Taxi.«

»Ich soll nicht bleiben?«

»Ich muss über einiges nachdenken, Lou.«

Sie ahnte wohl, dass ich keinen Rückzieher machen würde, und drückte mich noch mal an sich. »Okay, aber nur, weil du darauf bestehst. Du weißt, dass ich alles für dich tun würde. Pass gut auf dich auf und melde dich bald.«

»Mach ich. Morgen, spätestens übermorgen.«

Ich wartete, bis sie vom Parkplatz fuhr, und überquerte die Straße zum Mainufer. Auch ohne meine Parkbank fühlte ich mich dort am wohlsten. Ich mochte das Meer und das Rauschen der Wellen, wenn sie an die Küste drängten, hatte es immer als beruhigend empfunden, wenn wir an der Küste gewesen waren. Der Main war ein schwacher Ersatz, auch wenn ich Frankfurt mit seiner imposanten Skyline ins Herz geschlossen hatte, doch auch er strahlte Ruhe und eine gewisse Magie aus, wenn sich das silberne Sonnenlicht in den Wellen spiegelte. Der Main ließ sich von der Hektik der geschäftigen Bankenstadt nicht anstecken, floss beinahe gemächlich dem Rhein entgegen.

Ich passte meinen Herzschlag dem Rhythmus des Flusses an und beruhigte mich wieder. Die Stimmungsschwankungen, unter denen manche Krebspatienten litten, machten anscheinend auch mir zu schaffen. Lou hätte ich früher nie angeschrien, wir waren Seelenverwandte, auch wenn sie sich etwas schriller kleidete und lockere Sprüche draufhatte. Ich würde mich in Zukunft zusammenreißen müssen. Mit solchen Ausbrüchen würde ich alles nur noch schlimmer machen. Lou konnte nichts dafür, dass ich diese Krankheit hatte.

Um mich gar nicht erst in Versuchung zu führen, schaltete ich mein Handy aus. Meine Verlage schickten sowieso meist E-Mails, und die konnte ich auch später lesen. Ich würde ein wenig in der Gegend herumfahren, die Sonne auf mich wirken lassen und versuchen, auf andere Gedanken zu kommen. Autofahren hatte mich schon als Kind beruhigt. Wenn ich nicht einschlafen konnte, hatte mein Vater mich öfter mal in unseren Wagen gepackt und ein paar Runden mit mir gedreht, so wie den Jungen in der Werbung, der nicht einschlafen konnte. Eine beknackte Idee, wie ich fand, aber immer noch äußerst wirksam.

Ich fuhr am Mainufer entlang, überquerte den Fluss in Schwanheim und hielt auf den Taunus zu. Meine Großeltern hatten in Hofheim gewohnt, bevor sie beide innerhalb weniger Monate gestorben waren, und wir sind dort oft gewandert. Auch jetzt noch glaubte ich den verlockenden Duft der Erdbeeren zu riechen, die auf den ausgedehnten Feldern wuchsen, und fand es schade, dass sie noch nicht reif waren. Leichter konnte man nirgendwo Erdbeeren klauen, auch wenn die Gefahr bestand, dass ein wütender Bauer auftauchte.

Als ich überzeugt war, mein seelisches Gleichgewicht wiedergefunden zu haben, fuhr ich in die Stadt zurück. Was die Chemo in meinem Körper angerichtet hatte, merkte ich erst auf der Autobahn. Aus dem leichten Unwohlsein, das ich vor allem der bedrückenden Atmosphäre im Krankenhaus zugeschrieben hatte, war eine ernsthafte Übelkeit geworden, die meinen Magen so stark verkrampfen ließ, dass ich mich mit beiden Händen ans Lenkrad klammern musste. Ich konnte von Glück sagen, dass in diesem Augenblick kein anderer Wagen neben mir fuhr, sonst hätte es wahrscheinlich einen schlimmen Unfall gegeben. Ich verlor für ein paar Sekunden die Kontrolle über meinen Wagen, driftete nach links und zurück, geriet auf die Standspur und hätte um ein Haar die Leitplanke gestreift.

Auf der Autobahn konnte ich nicht stehen bleiben, und als endlich eine Ausfahrt kam, war dort so viel Verkehr, dass ich ebenfalls gezwungen war weiterzufahren. Glücklicherweise ließen die Krämpfe nach. Erleichtert fuhr ich weiter, erreichte Sachsenhausen und war schon fast zu Hause, als die Krämpfe erneut kamen und ich mich vor Schmerzen krümmte und dabei die Augen schloss. Mein Corsa schleuderte nach rechts, streifte eine Mülltonne und blieb in einer dichten Hecke stecken. Mein

Schutzengel hatte wohl dafür gesorgt, dass mir keine Passanten oder parkenden Autos im Weg waren und die Hecke den Aufprall dämpfte.

Nicht einmal der Airbag öffnete sich. Ich hing über dem Lenkrad und übergab mich würgend, war viel zu benommen, um die Tür oder das Fenster zu öffnen, und wartete leise stöhnend darauf, dass irgendetwas geschah. Nur wenige Augenblicke später klopfte jemand ans Fenster und öffnete die Tür.

Ein Polizist. »Sind Sie okay?«, rief er. Und dann: »Ach, du liebe Zeit!«

Ein zweiter Polizist tauchte hinter ihm auf und blendete mich mit einer Taschenlampe. »Allmächtiger, die hat wohl einen Schoppen zu viel erwischt!«

»Steigen Sie bitte aus!«, forderte mich der erste Polizist auf. Er musterte mich vom Scheitel bis zu den Schuhen. »Führerschein und Fahrzeugschein!«

Ich kehrte langsam wieder unter die Lebenden zurück und tat, was er mir befohlen hatte. Der Brechreiz hatte nachgelassen, aber mir war immer noch hundeelend, und ich musste mich an meiner Wagentür festhalten. »Es ist nicht so, wie es aussieht«, sagte ich, »ich bin nicht betrunken. Ehrlich nicht.«

»Ach ja? Und wie erklären Sie sich dann den Unfall?«

»Mir wurde schlecht«, antwortete ich, »von den Medikamenten.« Aus einem Grund, der mir selbst nicht klar war, wollte ich nicht, dass er von meiner Krankheit erfuhr. »Ich muss die Tabletten erst seit einiger Zeit nehmen und kenne mich noch nicht damit aus. Ich hätte wohl nicht Auto fahren dürfen.«

»Medikamente? Sind Sie sicher, dass es keine Drogen waren?«

»Ich nehme keine Drogen.«

»Sondern?«

»Starke Schmerzmittel. Ich hab noch nie Drogen genommen!«

»Dann haben Sie doch sicher nichts gegen einen Bluttest, Frau Bente.« Der andere Polizist hatte inzwischen meinen Wagen fotografiert und ihn auf einen Parkplatz am Straßenrand gefahren. Er hatte etwas von meinem Erbrochenen an seinen Schuhen und rümpfte die Nase, als er mir meine Umhängetasche reichte. »Wir bringen Sie zur Blutprobe in unsere Dienststelle und anschließend nach Hause. Ich hoffe für Sie, dass Sie uns die Wahrheit gesagt haben.«

Die Dienststelle war in einem flachen Neubau untergebracht, und ich musste noch mal meine Personalien angeben, bevor man mich aufforderte, im Flur auf den Arzt zu warten. Ich setzte mich auf einen der Stühle und griff gelangweilt nach einer Zeitschrift. Zum wiederholten Male verfluchte ich meine Entscheidung, so kurz nach der Chemo durch die Gegend gefahren zu sein.

»Ist der Platz noch frei?«

Ich blickte auf und war zu verwirrt, um gleich zu antworten. Der Mann, der mich angesprochen hatte, kam dem Ritter in der weißen Rüstung, von dem ich manchmal träumte, ziemlich nahe. Okay, seine Haare hatten einen rötlichen Schimmer, und er war kleiner als mein Ritter, wenn auch nicht viel, aber seine blauen Augen machten alles wett. Sie leuchteten vertrauensvoll und hätten mich wohl auch ohne Medikamente aus dem Gleichgewicht gebracht. Sein Gesicht wirkte männlich, und seine Kleidung war lässig genug, um ihn nicht als Businessmann aus dem Viertel um die EZB zu brandmarken.

»Sicher«, sagte ich.

»Und was haben Sie verbrochen?«, fragte er.

Sein Lächeln war unwiderstehlich, und sein britischer Akzent erinnerte mich an Jamie Oliver, den berühmten Fernsehkoch. Ausgerechnet, würde ich schon bald sagen. »Mir wurde übel, und ich hab meinen Wagen in eine Hecke gesteuert. Kam von den Schmerztabletten, die ich gegen mein Kopfweh nehmen muss.« Eine Notlüge. »Sie wollen eine Blutprobe. Sind Sie Engländer?«

»Ire«, antwortete er, »aus dem schönen Kinsale. Ein kleiner Fischerort in der Nähe von Cork. Ich hab für einen Augenblick vergessen, dass auf Deutschlands Straßen Rechtsverkehr herrscht, und ausgerechnet einen Streifenwagen angefahren.«

»Dann müssen Sie auch Blut lassen?«

»Die wollen auf Nummer sicher gehen. Ich glaube nicht, dass sie mich ins Gefängnis sperren werden.« Er reichte mir die Hand. »Jordan O'Connor. Sagen Sie Jordan oder Jordy zu mir. Ich bin zu einem Kongress in Frankfurt.«

Hoffentlich kein Arzt. »Arzt?«, fragte ich.

»Koch«, antwortete er. »Ungefähr hundert Restaurantbesitzer und Köche aus ganz Europa. Es geht um Superfood und solche modischen Sachen. Ich habe gerade ein kleines Restaurant in Kinsale übernommen. *Jordy's Cottage.*«

»Das klingt sehr irisch. Ich bin Katharina. Kati«, erwiderte ich.

»Studentin?«

»Übersetzerin. Bücher, Texte und auf Messen.«

»Das klingt … wie sagt man? Spannend?«

»Manchmal schon«, sagte ich. Jordan gefiel mir, seine sanfte Stimme, die Art, wie er seinen Kopf neigte, wenn er zu mir sprach, die Grübchen, die sich bei jedem Lächeln um seine Mundwinkel bildeten. »*Jordy's Cottage*, das klingt sehr irisch. Gibt es denn auch was typisch Irisches bei Ihnen zu essen?«

Seine Augen begannen zu glänzen. »Oh ja! Mein Irish Chowder gehört zum Besten, was die Küste zu bieten hat. Wenn Sie sich mal nach Irland verirren, sollten Sie unbedingt bei mir vorbeikommen und ihn probieren. In meinem Meereseintopf landen nur die besten Zutaten. Als Vorspeise kann ich meine Austern empfehlen. Oder wie wär's mit Lachs auf Lauchgemüse?«

Mir war kein bisschen übel mehr. »Das klingt sehr verlockend.«

»Ich lebe nur ein paar Schritte vom Atlantik entfernt. Kinsale gehört zu den schönsten Orten im südlichen Irland, das sagt nicht nur das Tourismusbüro. Verwinkelte Gassen, bunte Häuser, ein großer Fischereihafen, und der Markt jeden Mittwoch kann sich auch sehen lassen. Sehr touristisch, das Ganze, aber wir leben von den Touristen und dürfen uns nicht beschweren.«

»Ich liebe das Meer«, gab ich zu, »das Rauschen, den Geruch.«

»Und das, was darin schwimmt«, ergänzte Jordan lachend. »Wussten Sie, dass Kinsale für seine Feinschmeckerküche bekannt ist? Es gibt über zwanzig Restaurants in unserem kleinen Ort, und die meisten sind jeden Tag ausgebucht, zumindest im Sommer. Auch *Jordy's Cottage*. Es gibt sogar Food Tours in Kinsale. Die Fremdenführerin erzählt den Teilnehmern amüsante Anekdoten aus der Geschichte unserer kleinen Stadt und führt sie in vier Restaurants. Dort bekommen sie Kostproben. Bessere Werbung gibt es nicht.«

»Und was ist mit diesem Superfood?«

»Ein blödsinniger Marketingbegriff für gesundes Essen. Bei mir ist alles gesund, vor allem der Wildlachs, den müsste man eigentlich auf ärztliche Anweisung bekommen. Und mein Nachtisch, der kommt der Seele zugute.«

Jetzt lächelte sogar ich. »Vielleicht sollte ich tatsächlich mal nach Irland reisen. Eigentlich will ich nach Japan, wegen der Sushi. Ich bin Sushi-Fan, wissen Sie? Bei so viel gutem Fisch wäre Kinsale doch ideal für Sushi-Bars.«

»Wir haben keine einzige in Kinsale«, räumte Jordan ein, »aber mein Lachstatar kommt der Sache ziemlich nahe. Und für eine supernette Frau wie Sie würde ich sogar bei einem japanischen Meister in die Lehre gehen.«

»Das würden Sie tun?«

Sein Lächeln war wirklich unwiderstehlich. »Natürlich. Obwohl ich glaube, dass Sie meinen gekochten Fisch genauso schätzen würden. Das Meer steckt voller Überraschungen.« Er zögerte eine Weile. »Dürfte ich Sie denn morgen Abend zum Essen einladen? Heute Abend sind wir beruflich unterwegs, aber morgen Abend hätte ich frei. Wir könnten uns in der Stadt treffen und uns ein hübsches Restaurant suchen. Sie kennen sicher eine Sushi-Bar.«

»Das *Mikuni*«, rutschte es mir heraus, »in der Fahrgasse.«

»Wollen wir uns dort treffen? Um sieben?«

Ich kam nicht dazu, ihm zu antworten. Während ich noch darüber nachdachte, rief einer der Polizisten meinen Namen auf und führte mich zu dem herbeigeeilten Arzt in ein Nebenzimmer. Der Arzt war schon älter und wirkte sichtlich gelangweilt. »Was haben Sie genommen? Schmerztabletten? Drogen? Sagen Sie lieber gleich, wenn es Drogen waren, sonst kriegen Sie richtigen Ärger.«

»Es waren keine Drogen. Ich komme von der Chemotherapie.«

Er blickte mich verwundert an. »Sie hatten eine Chemo? Heute?«

»Heute Morgen.« Da sich die Medikamente sowieso im Blut zeigen würden, brauchte ich den wahren Grund für den Unfall nicht mehr zu verschweigen. Ich kramte meine Unterlagen aus der Umhängetasche und zeigte sie ihm.

»Gemcitabin? Sie haben ein Pankreaskarzinom?«

»Leider«, sagte ich. »Ich weiß, ich sollte nicht Auto fahren.«

»Zumindest nicht nach einer Chemo. Warten Sie hier.« Er verließ das Zimmer und kehrte wenige Minuten später wieder zurück. »Einer der Beamten bringt Sie nach Hause. Die Polizei belässt es bei einer Verwarnung. Aber nehmen Sie das nächste Mal ein Taxi. Das übernimmt sogar die Krankenkasse. Alles andere wäre fahrlässig und gefährlich. Versprechen Sie mir das?«

»Ich verspreche es.«

»Alles Gute!«, wünschte er mir.

Ich ging hinaus und erntete die mitleidigen Blicke der Polizisten, die ich mir durch mein Schweigen gern erspart hätte. Im Vorbeigehen sah ich Jordan bei einem Beamten sitzen.

»Morgen um sieben? Im *Mikuni*?«, rief er mir zu.

Ich war zu perplex, um nachzudenken. »Um sieben«, erwiderte ich.

# 8

Zu Hause kochte ich mir einen Kamillentee, mein Allheilmittel gegen Bauchschmerzen aller Art. Gegen die Nachwehen einer Chemotherapie war er wohl weniger wirksam, aber ich bildete mir zumindest ein, dass er dabei half, die lästigen Krämpfe aus meinem Magen zu vertreiben. Den Hauptanteil daran hatten jedoch die starken Tabletten, die ich im Krankenhaus bekommen hatte.

Ich setzte mich mit dem Becher in meinen Lieblingssessel und blickte auf das Poster über dem Bücherregal. Stürmische Nordseewellen, die ich während einer Reise nach Helgoland selbst fotografiert hatte. Ich glaubte, das Meer rauschen zu hören, so lebendig wirkte das Foto. Mit den modernen Kameras brachten selbst Amateure wie ich einigermaßen attraktive Fotos hin.

Die Ruhe tat mir gut. Die Übelkeit ließ nach, und zurück blieben nur Müdigkeit und leichter Schwindel. Im Sitzen leicht zu ertragen; als ich aufstand und mir neuen Tee aus der Küche holte, eher lästig. Ich stellte den vollen Becher auf den Couchtisch und lehnte mich zurück. Meine Augenlider wurden schwer. Als ich einschlief, dachte ich nicht an meine Krankheit und die Ungewissheit über das, was noch passieren würde. Ich dachte an Jordan.

Der Gedanke an den irischen Traummann überlagerte alles andere und ließ mich regelrecht ins Schwärmen geraten, als gäbe es noch eine Zukunft für mich, als könnte ich auf einen neuen Anfang hoffen, mit einem Mann, der mir auf Anhieb sympathisch gewesen war und mit seinem Lächeln meine Seele berührt hatte. Der keine Ahnung von meiner Krankheit hatte und mich wie eine Frau behandelte, in die man sich noch verlieben konnte. Eine Frau, die weder übertriebenes Mitleid brauchte noch einem Mann das Gefühl gab, so schnell wie möglich weiterzuziehen, weil sie für Enttäuschung und den nahen Tod stand.

Wahrscheinlich war ich die einzige Krebskranke, die nach ihrer ersten Chemotherapie lächelnd einschlief. Zumindest für den Augenblick fühlte ich mich wie ein Schulmädchen, das die berühmten Schmetterlinge im Bauch spürt und ihrem ersten Date entgegenfiebert, ein beschwingtes Gefühl, das mir zeigte, wie schön und aufregend das Leben sein konnte. Noch war mir diese Art von Leben vergönnt, noch kämpfte ich gegen die Dämonen, die mich in die Dunkelheit zerren wollten. Ich dachte nicht daran, das Handtuch zu werfen und die letzten Wochen oder Monate mit meinem Schicksal zu hadern.

Gegen Mitternacht wachte ich auf. Ich brauchte eine Weile, um mich zu orientieren, quälte mich vom Sessel hoch und stützte mich an der Lehne ab, bis der leichte Schwindel verflog. Mein Mund war ausgetrocknet, der Gaumen sogar ein wenig entzündet, und ich verzichtete auf die kalte Milch, die ich mir normalerweise aus dem Kühlschrank geholt hätte. Stattdessen begnügte ich mich mit einem Schluck von dem abgestandenen Kamillentee in dem Becher, der noch immer auf dem Couchtisch stand. Ich wankte ins Schlafzimmer, zog mich aus und legte mich ins Bett. Ich schloss die Augen und wartete auf das Lächeln von Jordan, doch diesmal blieb es aus, und um mich herum war nur das trübe Licht des Mondes und der Sterne. Ich hatte wieder mal vergessen, die Jalousie zu schließen. Seufzend setzte ich mich auf.

»Schade, dass du nicht sprechen kannst«, sagte ich zu Jacques. Meine Plüschratte saß unbeeindruckt auf ihrem Stammplatz hinter dem Bett. »Du hättest mich doch sonst hoffentlich daran erinnert, das blöde Ding runterzulassen?«

Seine Glasaugen glänzten im Mondlicht.

Ich schob die Decke zur Seite und setzte mich auf den Bettrand. Von meinem Schlafzimmer aus konnte ich die beleuchteten Bürotürme der Innenstadt über die Häuser von Sachsenhausen ragen sehen. »Du glaubst nicht, was ich heute alles erlebt habe«, fuhr ich fort. Ich merkte nicht, ob ich laut oder nur in Gedanken zu Jacques sprach. »Die Chemo war gar nicht so schlimm. Ich hab mich sogar dabei unterhalten, danach war mir nur ein wenig übel. Aber ich hab das dumpfe Gefühl, das wird nicht besser, sondern höchstens schlimmer. Oder was meinst du, was passiert, wenn sie alle paar Tage diesen Giftcocktail in dich reinpumpen? Nicht jeder ist so stark wie Bibi, das Mädchen, das ich bei der Chemo kennengelernt habe. Die steckt das locker weg und träumt nur noch davon, ins Stadion zu gehen und die Eintracht wieder siegen zu sehen.«

Jacques hätte wohl den Kopf geschüttelt, wenn er lebendig gewesen wäre, und mitleidig grinsend auf mich herabgeblickt. Aber das gelang ihm auch als lebloses Plüschtier recht gut. Er kannte mich eben besser als jeder andere.

Ich hielt seinem Blick stand. »Aber das war noch lange nicht alles. Das Zeug wirkte nämlich später umso heftiger, als ich in mein Auto gestiegen war und aus dem Taunus zurückkam. Ich wollte allein sein, hatte wohl Angst, dass zu Hause meine Mutter warten könnte.«

»Mein einziger Lichtblick war Jordan«, verriet ich Jacques, der wie immer geduldig zuhörte, als ich ihm meine heutigen Erlebnisse schilderte. Meine Übelkeit war verflogen. »Ganz recht, ich hab einen Mann kennengelernt. Passt nicht gerade zum heutigen Tag, aber so ist es nun mal. Einen Traummann, auf den ersten Blick zumindest. Auf einer Skala von eins bis zehn eine glatte Elf. Ein Gourmetkoch aus Irland. Wir haben ein Date morgen Abend. Er ist wirklich ein toller Mann, und es wäre doch jammerschade, wenn ich nur …« Die Tränen schossen so plötzlich in meine Augen, dass ich mich nicht dagegen wehren konnte. »Oh verdammt! Tut mir leid, Jacques!«

»Zu wissen, dass man bald sterben muss, ist ein Scheißgefühl«, sagte ich. Mir versagte beinahe die Stimme. »Wenn man wenigstens wüsste, was danach kommt.« Mit tränenumflorten Augen blickte ich nach draußen, und der nächtliche Himmel, Mond und Sterne verschmolzen zu einem endlosen Nebel. »Ob überhaupt was nach dem Tod kommt?«

Darauf wusste auch Jacques keine Antwort.

Mit dem Ärmel trocknete ich mein Gesicht. »Ich glaube nicht ans Paradies. Um mit den anderen Engeln die Harfe zu schlagen, tauge ich sowieso nicht. Wenn ich entscheiden dürfte, wie es aussieht, wär's eine tolle Stadt mit Sushi-Bars, Buchhandlungen, Kinos und allen meinen Freunden und Verwandten. Fast allen Verwandten. Aber ich befürchte, es wird eher so wie vor dem langen Prozess des Auf-die-Welt-Kommens. Dass man überhaupt nicht da ist. Nicht mehr da ist. Eigentlich praktisch, wenn es so wäre. Dann würde man keinen Schmerz mehr spüren, nicht mehr traurig sein, man könnte nicht mehr lieben, würde niemanden vermissen. Dann ging's mir so wie dir.«

Ich stand auf und blieb eine Weile am Fenster stehen, öffnete es einen Spalt und atmete die schlechte Stadtluft ein. Was konnte sie mir schon noch anhaben? Ich wischte mir ein neues Tränchen aus dem Augenwinkel. Ob sich irgendjemand in diesem unermesslichen Universum da draußen Sorgen um mich machte? Ob es diesen Gott wirklich gab? Oder waren wir noch kleiner als Ameisen und die Erde ein so winziger Planet, dass ihn sein Schöpfer längst vergessen hatte? Waren wir viel zu unwichtig, um irgendeine Rolle zu spielen? »Wenn das so weitergeht, werde ich noch zur Philosophin«, sagte ich zu Jacques.

Ich ließ die Jalousie herunter und kehrte ins Bett zurück. »Na, komm schon her!«, sagte ich zu meiner Plüschratte und nahm sie in den Arm. Minuten später war ich eingeschlafen.

Das Gespräch mit Jacques, wenn auch einseitig, hatte mir geholfen, meine Probleme zumindest für diese Nacht zu verdrängen, und als ich am nächsten Morgen aufwachte, schaffte ich es sogar zu lächeln und küsste mein Plüschtier beschwingt auf die Nase, so herzlich, wie ich es lang nicht mehr getan hatte.

»Ich hab ein Date«, rief ich ihm zu, »stell dir vor, ich hab ein Date!«

Ich gönnte mir ein leichtes Frühstück, trank Tee statt Kaffee, wie es mir der Arzt empfohlen hatte, und zögerte ein wenig, bevor ich die Tabletten schluckte, die von nun an täglich zu meiner Diät gehören würden. Dr. Lasse hatte gesagt, sie würden ein wenig schläfrig machen, aber das war immer noch besser, als wieder von diesen Bauchkrämpfen geplagt zu werden. Fraglich nur, ob ich noch so zügig arbeiten konnte wie bisher. Die Verlage waren gewohnt, dass ich ziemlich flott übersetzte, und sahen es nicht gern, wenn man einen Termin überzog. Noch hatte ich nicht vor, sie über meine Krankheit aufzuklären; das hatte Zeit, bis es wirklich kritisch wurde.

Ich hatte mich gerade an das neue Kapitel des Krimis gemacht, den ich zurzeit in der Mangel hatte, als es an der Tür klingelte. Schon bevor ich den Türöffner betätigte, wusste ich, wer gleich in meine Wohnung marschieren würde. »Mama!«, rief ich dennoch überrascht. »Warum rufst du denn nicht an?«

Meine Mutter trug ihre Caprihosen, die während der Sechzigerjahre modern gewesen waren, als sie Urlaub an der Riviera gemacht hatte, und jetzt wieder gefragt waren, und ein gemustertes Shirt, das ihren leichten Bauchansatz kaschieren sollte. Sie lief an mir vorbei, stellte die volle Einkaufstasche in der Küche ab und beeilte sich, mich in die Arme zu schließen. »Komm her, mein Kleines! Nicht auszudenken, was du durchmachen musst. Lass dich drücken!« Sie legte ihre Arme um mich und hielt mich lange umschlungen. »Ich habe gestern Nachmittag mehrmals versucht, dich anzurufen, und immer nur deinen blöden Anrufbeantworter erwischt. Warum nimmst du denn nicht ab, Kati?«

»Ich war unterwegs, Mama.«

»Nach der Chemotherapie?« Sie löste sich von mir und blickte mich besorgt an. »Ich dachte schon, es hätte irgendwelche Komplikationen gegeben, und sie hätten dich im Krankenhaus behalten. So war es bei einer Bekannten von mir, die hatte auch Krebs und musste nach der Chemo drei Tage in der Klinik bleiben. Aber als ich auf der Station anrief, warst du schon gegangen.«

»Ich wollte allein sein und bin ein bisschen in der Gegend herumgefahren«, erwiderte ich wahrheitsgemäß. Meinen Unfall verschwieg ich natürlich.

»Du bist Auto gefahren? Nach der Behandlung?«

Noch ein Grund, ihr nicht von dem Unfall zur erzählen. »Es ging mir gut, Mama. Die Nebenwirkungen waren nicht so stark, wie ich befürchtet hatte. Und ich dachte, die frische Luft täte mir gut. Ich hätte mich heute gemeldet.«

»Das will ich doch hoffen.« Sie sah meinen eingeschalteten Computer und die aufgeschlagenen Bücher. »Du arbeitest doch nicht etwa? Hat dich der Arzt denn nicht krankgeschrieben? Du hast doch diese Zusatzversicherung.«

»Ich fühle mich gut, Mama!«, widersprach ich. »Und ich will arbeiten. Ich will, dass mein Leben so bleibt, wie es war, alles andere würde mir nur noch mehr zusetzen. Ich werde erst aufhören, wenn es wirklich nicht mehr geht.«

»Aber die vielen Medikamente ...«

»Die sorgen dafür, dass ich keine Schmerzen habe. Der Krebs bedeutet nicht, dass ich ab sofort im Bett liegen und auf mein Ende warten muss. Dr. Lasse sagt, ich bräuchte selbst im fortgeschrittenen Stadium kaum Schmerzen auszuhalten. Die Medizin sei so weit fortgeschritten, dass man die Beschwerden einigermaßen kontrollieren könne. Ich dürfte sogar arbeiten. Ich soll mich natürlich nicht überanstrengen und auch beim Essen vorsehen, keinen Alkohol trinken und nicht rauchen und so, aber da braucht er keine Angst zu haben. Ich werde alles tun, was mir hilft, die letzte Zeit gut zu überstehen.«

»Die letzte Zeit?«, flüsterte meine Mutter. Sie drückte mich noch einmal und wartete, bis sie sich wieder einigermaßen in der Gewalt hatte. Mit einem Taschentuch tupfte sie sich die Tränen von den Wangen. »Tut mir leid, das alles ist sehr schwer zu ertragen für mich.« Sie versuchte zu lächeln. »Aber du sollst wissen, dass ich für dich da bin. Dein Vater und ich, wir wollen dir helfen, so gut es geht. Wir werden dir jeden Wunsch von den Augen ablesen, das verspreche ich dir, mein Schatz.«

Ich glaubte nicht, dass ich das wollte, sagte aber nichts. Stattdessen ging ich in die Küche und setzte Teewasser auf. »Wie wär's mit Kamillentee?«

»Oh, ich hab was viel Besseres!« Die Erkenntnis schien sie zu neuem Leben erweckt zu haben und vertrieb ihre Traurigkeit. Sie kramte eine Schachtel aus ihrer Einkaufstasche. »Ein spezieller Biotee, der dir bei der Behandlung helfen könnte. Hab ich aus dem Reformhaus. Er bindet die sogenannten Antioxidantien und enthält ein krebsschädigendes Enzym, das die bösen Zellen zerstört.« Sie lächelte. »Ich hab gestern im Internet nach deiner Krankheit gegoogelt und einiges herausgefunden. Vor allem sollst du natürlich essen.«

Sie packte die Einkaufstasche aus und räumte frisches Gemüse und Obst in meinen Kühlschrank. Sündhaft teures Zeug aus dem Bioladen und einige Brausetabletten und Riegel aus ihrer Drogerie. Während ich noch staunte, machte sie sich bereits daran, den mitgebrachten Biotee aufzusetzen. Auf der Schachtel stand nichts von dem krebsschädigenden Enzym. Wahrscheinlich fürchteten die Hersteller, man könnte ihnen sonst den Prozess machen.

»Und ich habe noch etwas anderes herausgefunden«, verkündete sie, als das Wasser kochte. Sie zog einen Ausdruck aus der Einkaufstasche und hielt ihn mir triumphierend hin. »Es gibt doch noch Hoffnung«, sagte sie. »Ich habe eine Naturheilklinik in Bayern gefunden, deren Ärzte auch deinen Krebs mit alternativen Methoden bekämpfen. Sie haben außergewöhnliche Erfolge zu verzeichnen, lies dir die Stimmen der Patienten durch. Das heißt nicht, dass du die Chemo abbrechen und vollständig auf die Schulmedizin verzichten solltest, aber wer weiß, vielleicht können dir die Ärzte dort wirklich helfen. Natürlich übernimmt die Kasse bei einer solchen Behandlung nicht alles, aber wir haben einiges gespart, und ich würde es auf jeden Fall versuchen.«

Ich wusste von solchen Kliniken, hatte Heilpraktikern aber immer skeptisch gegenübergestanden und glaubte nicht, dass man einer so schweren Krankheit wie Krebs mit ganzheitlichen Methoden beikommen könnte. Ich griff nach dem Ausdruck und sah ein Foto mit einer bunten Blumenwiese, darunter fröhliche Menschen. »Die immunbiologische Behandlung könnte auch Ihnen helfen«, stand dort. Natürlich war mir klar, dass es auch für eine Krebserkrankung mehrere Ursachen gab und es sogar psychische Gründe sein können, aber es gab auch genügend gewissenlose Scharlatane, die eine solche Therapie über den grünen Klee lobten, weil sie extrem gut damit verdienen konnten. Die Zeitungen und das Internet waren voll von kritischen Beurteilungen und Berichten. Ich wollte mir keine Hoffnung einreden lassen, wenn es faktisch keine mehr gab.

»Ich weiß nicht, Mama«, sagte ich. »Wenn solche Methoden wirklich helfen würden, hätten sie sich längst durchgesetzt und man würde sie doch in den Kliniken anwenden. Nun, ich werde auf jeden Fall mit Dr. Lasse darüber sprechen.« Ich legte den Ausdruck seufzend beiseite. »Ich würde mir keine falsche Hoffnung machen, Mama. So was hilft vielleicht gegen Brustkrebs im frühen Stadium, aber Bauchspeicheldrüsenkrebs ist so aggressiv, da helfen weder Kräuter noch irgendein Tee. Alles, was ich tue, kann lediglich die Schmerzen vermindern. Der Krebs hat längst gestreut. Um mich zu retten, müsste man sämtliche Organe ersetzen ... mindestens.«

»So darfst du nicht reden, Kati.« Sie begann wieder zu weinen. »Hörst du? Du darfst die Hoffnung nicht aufgeben, ganz egal, was die Ärzte dir sagen.«

»Lass mich so weiterleben wie bisher«, erwiderte ich. »Das würde mir am meisten helfen. Oder willst du, dass ich den Rest meines Lebens in einer dieser Naturheilkliniken rumhänge, Kräutertees trinke und irgendwelche Bäder nehme und am Ende doch qualvoll sterbe? Ich will leben, Mama! Die Zeit, die mir noch bleibt, will ich in vollen Zügen genießen. Verstehst du das?«

»Natürlich, mein Schatz. Es ist nur ... es ist alles nur so traurig.«

»Ich bin ein tapferes Mädchen, das weißt du doch.«

Ich atmete erleichtert auf, als meine Mutter gegangen war. Der Biotee schmeckte fürchterlich, und ihre Fürsorge machte mich nervös und aggressiv. Ich verstand sie ja, ich hätte vielleicht genauso reagiert, wenn sie an Krebs erkrankt wäre. Wenn ein Verwandter oder guter Freund an so einer schweren Krankheit litt, griff man nach jedem Strohhalm, um zu helfen. Bestimmt hätte auch ich nicht begriffen, dass der Betroffene lieber in Ruhe gelassen werden und sein Leben so normal wie möglich weiterführen wollte, wenn der Tod so nahe war. Um auf andere Gedanken zu kommen und weil ich die Kiste brauchte, ließ ich mich von einem Taxi zu meinem Wagen bringen und reinigte ihn mit den mitgebrachten Utensilien, bis er wieder einigermaßen erträglich aussah. Zu Hause stellte ich ihn ab und ließ das Fenster einen Spalt offen, um wenigstens etwas Luft hineinzulassen. In der Nachbarschaft standen größere Wagen, und es würde ihn schon keiner mitnehmen.

Ich kehrte an meinen Computer zurück, ließ mein Telefon und mein Smartphone aber unberührt, als beide nacheinander klingelten. Ich hatte keine Lust, mit irgendjemandem zu reden, weder beruflich mit einem meiner Auftraggeber noch privat mit meinen Eltern oder mit Lou. Am liebsten hätte ich einfach einen Schalter betätigt, ihn auf »Normal« gestellt und mich nur noch auf mein Date mit Jordan gefreut.

Da ich nicht die Kraft hatte, mich noch einmal mit meiner Mutter oder mit meiner Freundin auseinanderzusetzen, falls sie unangemeldet vorbeikamen, machte ich mich zurecht, zog mich um und verließ die Wohnung. Ich fuhr in das Parkhaus in der Nähe der Sushi-Bar und ging zum Main hinunter, wo ich ein Stück am Flussufer entlangspazierte und mich dann auf einer Bank niederließ und den vorbeifahrenden Lastkähnen zusah. In einem nahe gelegenen Café bestellte ich mir anschließend einen Kamillentee und las in dem Buch, das ich zu Hause noch rasch in meine Umhängetasche gepackt hatte. Ein Roman, der witzigerweise in Irland spielte und die unglückliche Romanze zwischen einer Engländerin und einem irischen Farmer während der Hungersnot schilderte.

Die Zeit verging schneller, als ich befürchtet hatte. Um kurz vor sieben ging ich zum *Mikuni* und beobachtete den Eingang aus sicherer Entfernung, sah Jordan aus einem Taxi steigen, sich suchend umsehen und das Restaurant betreten. Selbst aus der Ferne wirkte er warmherzig und irgendwie würdevoll.

Ich bekam es plötzlich mit der Angst zu tun, näherte mich dem Restaurant nur zögernd und zuckte erschrocken zurück, als ich ihn am Fenster sitzen sah.

»Jordan!«, flüsterte ich und rannte davon.

# 9

Eigentlich hätte ich am nächsten Morgen endlich an meiner Übersetzung weiterarbeiten sollen. Doch anstatt die Datei mit meinem bisherigen Text aufzurufen, öffnete ich das Internet und suchte nach Jordan O'Connor. Ich fand einige belanglose Einträge über ihn. Als Achtzehnjähriger hatte er einen Wettbewerb für Juniorköche gewonnen und später auf einem Kreuzfahrtschiff und als Souschef in einem eleganten Restaurant in Cork gearbeitet.

Die wenigen Fotos, die von ihm im Netz waren, wurden dem Mann, den ich getroffen hatte, nicht gerecht. Der weiße Kittel und die Kochmütze standen ihm hervorragend, aber seine Haare waren viel zu kurz, und er wirkte irgendwie jünger und unfertiger. Sein großes Plus, seine ausdrucksstarken Augen, kamen auf den Fotos nicht rüber. Ich versuchte es mit dem Suchbegriff »Jordy's Cottage« und fand die Homepage seines neuen Restaurants, die aber noch leer war und von der Ankündigung »Under Construction« geziert wurde.

Auf der Seite mit seinen Fotos strich ich mit dem Finger über sein Gesicht, als könnte ich das Bild dadurch zum Leben erwecken. »Tut mir leid, Jordan«, sagte ich, »ich wollte dich nicht versetzen. Ich hab kalte Füße bekommen, das ist alles. Ich hatte Angst, dich zu verlieren, bevor wir uns richtig kennen. Verrückt, nicht wahr? Wir hätten uns doch sowieso nicht wiedergesehen. Du musst nach Irland zurück, und ich warte hier in Frankfurt darauf, dass mich der Krebs endgültig in die Knie zwingt. Wahrscheinlich hättest du unser Date auch gar nicht ernst genommen. Ein netter Abend fern der Heimat, vielleicht mehr, wer weiß? Am Ende bist du sogar verheiratet oder sonstwie in festen Händen. Würde mich kein bisschen wundern, so wie du aussiehst.«

Ich klickte die Seite weg, rief meine Arbeit auf und musste feststellen, dass es mir schwerer fiel als erwartet, in den normalen Alltag zurückzufinden. Ohne meine Krankheit hätte ich mir doch niemals solche Gedanken gemacht. Ich hätte mir Jordan geschnappt, einen romantischen Abend mit ihm verbracht und mir nichts dabei gedacht, ihn mit in meine Wohnung zu nehmen, ohne an die mögliche Leere zu denken, die mich nach seiner Abreise plagen würde. Einen weißen Ritter wie ihn versetzt man nicht, und wenn er in Irland dreimal in festen Händen ist. Das hätte Lou jedenfalls gesagt und dabei herzlich gelacht.

Doch diesmal standen die Zeichen anders, und Lou reagierte eher entsetzt, als wir uns am nächsten Mittag eine Pizza bei dem kleinen Italiener neben ihrem Übersetzungsbüro teilten und ich ihr von Jordan erzählte. »Du wolltest dich mit einem Mann treffen? Wie kannst du in deiner Situation an Männer denken? Dir geht's nicht gut, Kati! Dich mit einem Kerl abzugeben, vielleicht sogar mit ihm ins Bett zu gehen, ist das Letzte, was du brauchst! Du brauchst Ruhe, vor allem Ruhe, dann wirst du auch gesund. Das wird schon wieder.«

»Das wird nicht wieder, Lou.« Anscheinend war ich die Einzige, die kapiert hatte, dass es kein Happy End für mich geben würde. »Ich hab den bösesten Krebs, den man kriegen kann, und mir bleibt höchstens noch ein halbes Jahr. In dieser Zeit will ich leben, so wie vorher, oder sehe ich plötzlich wie eine Hexe aus? Hat mich der Krebs schon so stark erwischt, dass ich am besten gleich ins Hospiz ziehe? Denken die Männer, was will ich denn mit der hässlichen Alten? Dann könnte ich mich auch gleich erschießen, gleich hier und jetzt!«

Ich war laut geworden und hatte die Aufmerksamkeit aller übrigen Gäste auf mich gezogen. Lou hatte alle Mühe, mich zu besänftigen. Ihre Wangen glühten vor Verlegenheit. »So war das doch nicht gemeint, Kati«, sagte sie. »Ich meine nur, du solltest dich jetzt schonen. Und du denkst doch genauso, sonst wärst du deinem Iren doch nicht weggelaufen. Du brauchst deine ganze Kraft, um die Chemo zu packen. Ich hab keine Ahnung, wie sich die anfühlt, aber im Internet steht, dass sie ziemlich heavy sein soll. Du kannst nicht so weitermachen wie bisher und du brauchst es auch nicht. Ich bin für dich da. Gönn dir mehr Ruhe, geh spazieren und setz dich auf deine Lieblingsbank! Wenn deine Kohle knapp werden sollte, bin ich auch noch da.« Sie deutete ein Grinsen an. »Ich zieh dich mit durch. Für Pizza reicht es immer, und das Geld für Sushi nehme ich von meinem Sparkonto. Ich sorge für dich, Kati!«

»Ich weiß, dass du nur mein Bestes willst, und bin dir sehr dankbar«, erwiderte ich ernst, »aber noch komme ich zurecht. Ich will wie früher leben, so lange wie möglich, und am besten gar nicht mehr über meine Krankheit sprechen. Es war ein Fehler, vor dem Date wegzulaufen. Ich hätte ins Lokal gehen sollen. So einen Mann lässt man nicht laufen. Du hättest ihn sehen sollen, Lou ...«

»Und was hättest du ihm gesagt?«, unterbrach sie mich. Diesmal war sie zu laut geworden. »Hör zu, ich hab leider Krebs, aber ich bin noch einigermaßen in Form und hätte nichts dagegen, wenn wir heute Nacht zusammenblieben?«

Wenn sie nicht meine Freundin gewesen wäre, hätte ich ihr wohl eine runtergehauen. So strafte ich sie nur mit einem langen, intensiven Blick. »Das ist nicht fair, Lou! Ich hab ein

Recht auf das bisschen Leben, das mir noch bleibt, und das lass ich mir von niemandem nehmen. Auch von dir nicht. Ich weiß, du meinst es gut mit mir und willst es mir so leicht wie möglich machen, aber so funktioniert das nicht. Diese übertriebene Fürsorge geht mir auf den Keks. Ich war schon als kleines Mädchen sauer, wenn meine Mutter ständig um mich herum war und darauf achtete, dass mir keiner wehtat. Ich weiß mich zu wehren, Lou. Gegen den Krebs komme ich nur an, wenn ich so tue, als wäre er gar nicht da. Okay?«

»Ich weiß nicht«, antwortete sie ehrlich.

Ich wusste es ja selbst nicht. Auch ein Grund, warum ich mein Handy ausgeschaltet ließ, als ich einige Tage später zur Chemo in die Uniklinik fuhr. Diesmal nahm ich ein Taxi, für alle Fälle und weil ich meinem Schutzengel keinen zweiten Unfall zumuten wollte. Nicht immer ging es so glimpflich wie neulich aus, und nicht immer traf man danach einen weißen Ritter. Der Taxifahrer war Eintracht-Fan und schimpfte während der ganzen Fahrt über die unglückliche Niederlage am Samstag. Ich musste sofort an Bibi denken.

Die letzten Tage hatte ich gut überstanden. Mein Gaumen war entzündet, und ich musste beim Essen aufpassen, aber das sei normal, hatte man mir gesagt, und es behinderte mich nicht wirklich. Schlimmer war, dass ich es zwar fertigbrachte, einigermaßen entspannt zu sein, doch von einer Sekunde auf die andere aus der Haut fahren konnte, ohne dass ich irgendeinen Grund dafür gehabt hätte. Es sei denn, man hielt eine falsche Formulierung für ausreichend. Als mir beim Übersetzen ein Fehler unterlief, über den ich früher nur gelacht hätte, wischte ich die Bücher auf meinem Schreibtisch mit einer wütenden Bewegung zu Boden und fluchte so laut, als hätte mir ein Stromausfall hundert Seiten Übersetzung gelöscht.

Lou ließ mich zwei Tage in Ruhe, rief am dritten wieder an und entschuldigte sich. Ich erzählte ihr von meinen

Stimmungsschwankungen und bat sie, alles nicht so eng zu sehen. »Gib mir etwas Zeit, bis ich mich an die verdammte Krankheit gewöhnt habe«, sagte ich. Meine Mutter rief morgens, mittags und abends an, und redete ständig auf mich ein, mich bei der Naturheilklinik in Bayern zu melden. »Schieb das nicht auf die lange Bank, hörst du?«

Schon um ihr den Gefallen zu tun, beschloss ich, vor der Chemo bei Dr. Lasse vorbeizugehen und ihn zu der Klinik zu befragen. Ich passte ihn nach der Visite ab und war dankbar, dass er sich spontan die Zeit nahm und mich in sein Büro bat. »Fragen dieser Art bekommen wir natürlich häufig gestellt«, antwortete der Arzt, als ich ihn auf die Klinik ansprach, »und Sie glauben vielleicht, dass ich als Schulmediziner bei diesem Thema nicht fair sein kann. Aber da irren Sie sich. Ich bin alternativen Methoden gegenüber sehr wohl aufgeschlossen, respektiere den ganzheitlichen Ansatz vor allem chinesischer Methoden. Bei Krebserkrankungen können Naturheilmittel allerdings nur unterstützend zum Einsatz kommen und beim Pankreaskarzinom eigentlich überhaupt nicht.«

Ich hatte keine andere Auskunft erwartet und nahm seine Worte gefasst auf. Ich mochte klare Fragen und klare Antworten, besonders bei einem so ernsten Thema. Nichts war schlimmer, als um den heißen Brei herumzureden.

»Um ehrlich zu sein, halte ich die meisten dieser Angebote für zum Teil sogar gefährliche Geldschneiderei«, fuhr er fort. »Auch von einem Naturheilmittel erwarte ich, dass es nach wissenschaftlich-medizinischen Kriterien getestet wurde. Dazu gehören Tierversuche. Die meisten dieser alternativen Arzneien basieren doch auf den Heilpflanzen des 19. Jahrhunderts, und zu viele Heilpraktiker und selbst ernannte Koryphäen vergessen dabei, dass sich die Welt und der Stand der Forschung inzwischen geändert haben. Zum Beispiel würde heutzutage niemandem einfallen, Kopfschmerzen mit Weiderindentee zu

93

behandeln. Dieser Tee schadet nachweislich dem Magen und der Blutgerinnung, und Acetylsalicylsäure, also der Inhaltsstoff von Aspirin, wirkt sehr viel besser und nachhaltiger. Genauso wenig sollte man Vitamine und Nahrungsergänzungsmittel als Zaubermittel anpreisen. Krebs entsteht nicht durch Geißeltierchen im Blut, wie manche unserer Vorfahren glaubten, sondern durch komplexe Vorgänge im Körper, die mit einer ganzen Reihe von Medikamenten bekämpft werden müssen.« Er lächelte. »Ich hoffe, ich klinge nicht zu wissenschaftlich. Ich würde Ihnen gern eine positivere Antwort geben, möchte Sie aber zum einen davor bewahren, Ihr Geld für eine solche Behandlung zum Fenster hinauszuwerfen, zum anderen auch davor warnen, ein falsches Vertrauen in unwirksame Mittel zu setzen. Sie sind bei uns in guten Händen. Wir tun alles, um Ihnen das Leben so angenehm wie möglich zu machen.«

Bibi wartete bereits auf mich, als ich den Behandlungsraum betrat, und begrüßte mich mit einem »Hey, Kati«. Außer ihr waren noch zwei andere Patienten zur Chemo gekommen, eine Frau mit Brustkrebs und ein Mann mit Hodenkrebs. Bei beiden bestand die Aussicht auf baldige und vollständige Heilung. Obwohl sie zum ersten Mal dabei waren, zeigten sie wenig Angst und betrachteten Bibi und mich wie Behinderte oder eben Todkranke, die man am liebsten übersah, um nicht an die eigene Sterblichkeit erinnert zu werden. Sie beteiligten sich nicht an unserer Unterhaltung, saßen ihre Zeit ab und sagten gerade mal »tschüss« und »alles Gute«.

Bibis Laune war nicht die beste. »Wenigstens ein Lichtstrahl an diesem trüben Morgen, dass du auch da bist. Den hab ich bitter nötig nach der Pleite am Samstag. 1:2 in der vorletzten Minute, das kann nur uns passieren.«

»Ich hab die letzten Minuten im Radio mitbekommen«, erwiderte ich. Ich verriet ihr nicht, dass ich nur zufällig auf den

Sender gestoßen war. »Hörte sich an, als wäre Köln gar nicht so schlecht gewesen. Trotzdem unglücklich.«

»Unglücklich? Unglücklich ist gar kein Ausdruck!« Man merkte ihr wirklich nicht an, dass sie todkrank war. »Das war pure Tragik! Ein Freistoß, der noch dazu unberechtigt war und niemals reingegangen wäre, wenn er nicht von einem anderen Spieler abgeprallt wäre. So was passiert zurzeit nur uns. Jetzt müssen wir sehen, dass wir am Samstag gegen den BVB gewinnen.«

»BVB? Das sind die Dortmunder, oder?«

»Ganz recht, und wir beide sind live dabei. Ich hab mein Sparschwein geschlachtet. Du bist natürlich eingeladen. Die Karten habe ich schon. Block 14A, da sitze ich meistens. Als ich noch kräftiger war, stand ich bei den Ultras auf der anderen Seite, aber dafür reicht es leider nicht mehr. Du bist doch dabei? Sag bloß nicht, dass du am Samstag was anderes vorhast.«

Die Schwester hatte mich längst angeschlossen, und ich spürte, wie die Medikamente in meinen Körper flossen. »Das würde ich doch niemals wagen. Wir fahren am besten mit dem Taxi. Das spendiere ich dann.« Ich warf einen verstohlenen Blick auf die beiden anderen Patienten und bemerkte, wie sie unserer Unterhaltung verwundert folgten. Sie konnten wohl nicht verstehen, dass sich eine Frau und ein Mädchen während der Chemotherapie über so was Banales wie Fußball unterhielten. »Bist du denn noch fit genug?«

Bibi lachte selbst bei dieser Bemerkung. »Du meinst, ob ich noch bis nächsten Samstag durchhalte? Sieht ganz so aus. Ich hab gerade einen positiven Schub, oder wie sie das nennen. Ich hoffe, der hält bis dahin an. Ich kann zwar nicht mehr so laut schreien wie früher, aber zum Singen reicht es noch.«

Ich befürchtete schon, sie würde auf der Stelle das Eintracht-Lied anstimmen, doch sie blieb stumm und lächelte nur. Niemals hatte ich einen tapfereren Menschen gesehen als sie. Wie sie ihre Krankheit und ihre Angst bewältigte, wie sie trotz allem die wenigen Wochen genoss, die ihr noch blieben, fand ich absolut bewundernswert. Sie war mein Vorbild, so tapfer wollte ich auch sein, wenn es bei mir kritisch würde. »Muss ich mir eine Fahne anschaffen oder ein Trikot oder Ähnliches?«

»Hauptsache, du trägst nicht Gelb oder Schwarz, das sind die Farben von Dortmund. Einen Schal für dich bring ich mit. Ich hab eine ganze Sammlung zu Hause.« Ihre Vorfreude war groß. »Leider muss ich auf die Bratwurst verzichten. Ich hab's in letzter Zeit mit dem Magen. Aber das ist das Wenigste.«

»Die ist für mich auch tabu«, erwiderte ich. »Hab ich dir schon erzählt, dass mir letztes Mal ziemlich übel war nach der Sitzung? So gut wie du vertrage ich den Giftcocktail anscheinend nicht. Und meine Stimmung ließ auch zu wünschen übrig. Ich hab meine beste Freundin angefahren und beinahe Krach mit meiner Mutter gekriegt, obwohl sie mir nur helfen wollte. Ich steh wohl nicht so auf übertriebene Fürsorge, obwohl ich vielleicht schon bald darauf angewiesen sein werde. Das wird mir wahrscheinlich den Rest geben, irgendwo im Bett zu liegen, nie mehr Sushi essen zu können, sich die Seele aus dem Leib zu kotzen und von anderen Menschen abhängig zu sein.«

»Mach's wie ich«, erwiderte sie so fröhlich, als säßen wir in einem Straßencafé auf der Schweizer Straße, »tu einfach so, als gäb's die blöde Krankheit gar nicht. Steck die Schmerzen weg und genieß das, was von deinem Leben noch übrig ist. Okay, ich hab Leute hier getroffen, die waren wahnsinnig religiös und schon damit zufrieden, wenn sie in die Kapelle gehen oder mit dem Pfarrer reden konnten, aber ich hab's nicht so mit der Kirche und lebe mein Leben so, wie es wohl geplant war. Auf dem Oberdeck, wo ich das Meer sehen kann und mir der Wind um die Ohren weht. Wenn mich der Tod schon holt, soll er wenigstens plötzlich kommen. Alles andere schlägt mir aufs Gemüt.«

»Du stehst offenbar auf Piratengeschichten?«

»*Pirates of the Carribean*. Johnny Depp und so.«

Ich konnte gerade noch ein Kichern unterdrücken, als ich die entsetzten Blicke der anderen beiden Patienten sah. Sie würden einiges zu erzählen haben, wenn sie nach Hause kamen, und ich war ziemlich sicher, sie würden sich an den Kopf greifen, wenn sie von unserer Unterhaltung berichteten. Dabei hatten sie viel mehr Grund zu lachen als wir. Sie hatten sich wesentlich leichtere Gegner ausgesucht und würden in absehbarer Zeit eine feuchtfröhliche Party feiern, während Bibi und ich unseren Kampf schon verloren hatten.

»Warst du schon in der Gruppe?«, fragte Bibi nach einer Weile.

»Da will ich am Mittwoch hin«, antwortete ich. »Eigentlich wollte ich mich drücken, aber ich hab gemerkt, dass ich launisch geworden bin und bei Sachen, die mir früher ein müdes Lächeln entlockt hätten, vollkommen durchdrehe. Früher hab ich mich bei Jacques ausgeweint, und das war's.«

»Jacques? Dein Freund ist Franzose?«

»So heißt meine Plüschratte. Mein Beichtvater.«

»Nicht wahr.« Sie grinste über beide Backen. »Ich hab einen Teddybären, der hat überhaupt keinen Namen und muss immer herhalten, wenn die Eintracht verloren hat. Dann bekommt er eine Tracht Prügel. Als wir das Pokalfinale verloren haben, hab ich ihm ein Bein ausgerissen und ins Klo geworfen.«

»Hey, du bist gemeingefährlich.«

»Nur wenn's um die Eintracht geht. Und bei meinen verehrten Lovern, wenn sie mich hinter meinem Rücken mit einer anderen betrogen haben.«

»Du hattest schon mehrere Lover?«

»Zweieinhalb.«

»Wie das?«

»Johnny war aus der Parallelklasse. Ein cooler Typ, aber mit der Treue nahm er's nicht so genau. Ich steh aber auf Treue, weißt du? Und Robby hab ich beim Fußball kennengelernt. Der ließ mich für einen Bayern-Fan stehen. Kapierst du das? Jenny Sowieso, die spielte sogar in der Jugend des Vereins.«

»Und der halbe?«

»Das war Tommy. Den zähle ich nur halb, weil das Ganze noch am Anlaufen war, als es schon wieder endete. Nicht mal zu einem Kuss hatten wir es gebracht, als ich von meiner Krankheit erfuhr. Am nächsten Tag war er verschwunden. Einfach so, ohne ein Wort. Ich hab gehört, er zieht jetzt mit einem langbeinigen Möchtegern-Model durch die Lande. Da kann ich mit meiner Glatze und meinem lädierten Körper natürlich nicht mithalten.« Sie lächelte tapfer. »Egal, einen wie ihn brauche ich nicht.«

»So wie Mischa«, flüsterte ich, »der bekam es auch mit der Angst zu tun.«

Bibi blickte mich fragend an.

»Ach, nichts«, sagte ich.

# 10

Ich hatte das Krankenhaus gerade verlassen und war zum Taxistand unterwegs, als mich die Übelkeit einholte. Mir wurde plötzlich so schlecht, dass ich es gerade noch bis zu der niedrigen Betonmauer schaffte und mich vor den Fenstern einiger Behandlungszimmer auf den Rasen übergab. Ich hielt mich mit beiden Händen an der Mauer fest und würgte, bis mir die Galle hochkam. Nur einer Krankenschwester, die gerade in der Nähe war und mich rechtzeitig auffing, hatte ich zu verdanken, dass ich nicht zu Boden ging.

Sie führte mich zu einer Bank und reichte mir ein Taschentuch. Anscheinend sah sie mir an, warum mir so schlecht war, denn sie sagte: »Wurden Sie gerade entlassen? Kommen Sie aus der Onkologie? Von der Chemotherapie?«

»Chemo«, antwortete ich und übergab mich gleich noch einmal.

»Kommen Sie!«, forderte sie mich auf. Sie griff mir unter die Arme und geleitete mich in die Eingangshalle, half mir in einen Sessel und kam wenige Minuten später mit einem Arzt aus der Onkologie wieder. Derselbe Arzt, der mich bei der ersten Sitzung verarztet hatte. »Alles Gute«, wünschte sie mir.

Der Arzt fragte mich, welche Medikamente ich nahm, hielt telefonisch Rücksprache mit Dr. Lasse und schüttelte bedauernd den Kopf. »Gegen die Übelkeit können wir leider nicht mehr tun. Aber bei den Medikamenten, die Ihnen bei der Chemotherapie verabreicht werden, sollte dieser Zustand nicht allzu lange anhalten. Bedauerlicherweise können wir die Nebenwirkungen der Chemotherapie niemals ganz ausschließen. Wollen Sie sich ein wenig hinlegen?«

»Es geht schon wieder einigermaßen«, sagte ich. Die drückenden Schmerzen im Bauch verschwieg ich ihm. »Aber könnte ich ein Glas Wasser haben?«

Der Arzt holte mir eins und blieb noch eine Weile bei mir sitzen, wohl um sicherzugehen, dass ich mich nicht noch mal übergab oder umkippte. Er war noch sehr jung, bestimmt erst seit ein paar Monaten im Job und schien sich in meiner Gegenwart unsicher zu fühlen. Er wusste nicht, was er sagen sollte.

Ich nahm ihm die Last ab, trank einen Schluck und sagte: »Alles okay. Ein wenig übel ist mir immer noch, aber das wirft mich nicht um. Ich werde mich zu Hause ausruhen, mir einen Tee gönnen und was Langweiliges im Fernsehen ansehen, das beruhigt mich am meisten. Vielen Dank für Ihre Hilfe.«

Ich schaffte es bis zum Taxistand, war aber froh, dass ich es mir gleich darauf auf der Rückbank bequem machen konnte. Mir ging es bei Weitem nicht so gut, wie ich vorgegeben hatte. Die Chemo hatte mir schwer zugesetzt, mein Bauch schmerzte stark und ich war so müde, dass ich am liebsten gleich eingeschlafen wäre. Das holte ich zu Hause nach. Ich war sogar zu schlapp, um Teewasser aufzusetzen, sank auf mein Bett und schlief augenblicklich ein.

Als ich aufwachte, war es dunkel, und ich fühlte mich noch elender als am späten Morgen. Die Schmerzen fraßen sich durch meinen Körper. Mir tat inzwischen alles weh, nicht nur der Bauch, und ich war immer noch so müde und erschöpft, als hätte ich keine Minute geschlafen. Noch nie hatte ich mich so miserabel gefühlt, nach der ersten Chemo schon gar nicht. Ich begann zu weinen, griff nach meiner Plüschratte und drückte sie verzweifelt. »Es tut so weh, Jacques!«, stöhnte ich. »Du glaubst nicht, wie verdammt weh das tut!«

Nachdem ich mich einigermaßen an die Schmerzen gewöhnt hatte, stand ich auf und schluckte meine Abendtabletten in der Hoffnung, dass es dann besser wurde. Ein Irrtum, wie sich schon bald herausstellte. Die Schmerzen hielten bis spät in die Nacht an und ließen sich selbst durch eine langweilige, aber nette TV-Komödie nicht vertreiben. Mal davon abgesehen, dass ich kaum etwas davon mitbekam. Erst nach Mitternacht ließen die Schmerzen nach, und ich konnte wieder normal atmen und sogar ein paar weitere Stunden schlafen.

So war das also, wenn man die Chemo nicht so gut vertrug. Ein höllisches Gefühl, das man kaum beschreiben kann und das ich nicht mal meinem ärgsten Feind wünschte. Wenn das ein Vorgeschmack auf die Schmerzen sein sollte, die mich in ein paar Wochen oder Monaten heimsuchen würden, standen mir wahrhaft schwere Stunden bevor. Von wegen, sie bekamen alle Schmerzen in den Griff. Im Hospiz vielleicht, wenn ich endgültig die weiße Fahne hisste und mich aufs Sterben vorbereitete. Oder wenn ich mich in der Notaufnahme meldete und unter schweren Drogen auf der Intensivstation vor mich hin dämmerte.

Den Morgen verbrachte ich wie auf rohen Eiern. Bei jedem Schritt hatte ich Angst, die Schmerzen könnten erneut über mich hereinbrechen. Ich beließ es bei einer Katzenwäsche, begnügte mich mit meinem Jogginganzug und beschränkte mich beim Frühstück auf einen Toast mit Marmelade und etwas grünen Tee. Alles andere wäre fahrlässig gewesen. Ob es richtig war, nach den Schmerzen des vergangenen Tages zu arbeiten, wusste ich nicht, aber ich hatte mir geschworen, mein Leben so wenig wie möglich zu ändern, um dem Krebs möglichst lange Paroli bieten zu können. Also setzte ich mich an den Schreibtisch, schaltete den Computer ein und machte mit der Übersetzung weiter.

Es lief besser, als ich befürchtet hatte. Die Übelkeit verschwand, und die Übersetzung ging mir so flott von der Hand wie früher. Die bleierne Schwere, die mir noch immer zu schaffen machte, bekämpfte ich, indem ich das Fenster weit öffnete und den Frühling hereinließ. Nachts hatte es geregnet, aber jetzt schien wieder die Sonne und kündigte den nahen Sommer an. Meinen letzten Sommer, wie mir beim Blick aus dem Fenster klar wurde.

Als das Telefon klingelte, dachte ich sofort an meine Mutter und überlegte bereits krampfhaft, wie ich ihr an diesem Morgen entkommen konnte. Stattdessen war meine Lektorin vom Verlag in München dran. »Evelyn«, spielte ich die Fröhliche. »Keine Angst, ich bin schon mittendrin in dem Krimi.«

»Das klingt gut«, erwiderte sie, »wenn du in zwei, spätestens drei Wochen fertig sein könntest, wäre ich dir sehr dankbar. Wir sind schon spät dran und wollen mit dem Titel unbedingt noch vor der Messe herauskommen. Hab ich dir gesagt, dass der Autor zur Messe kommt? Es wird eine Riesenfete geben, du bist natürlich auch eingeladen. Am Messefreitag im Frankfurter Hof.«

Im Oktober? Würde ich die Buchmesse denn noch erleben?

»Kati?«, hakte sie nach.

»Das klingt gut«, reagierte ich verspätet. »Muss ein knallharter Bursche sein, so wie der schreibt. Bist du sicher, dass er nicht selbst ein Gangster ist?«

»Im Gegenteil. Die Amis sagen, er sei ein Schmusetyp.«

»Na, da bin ich aber gespannt.« Ich hatte mich wieder gefangen, und der Smalltalk kam mir locker über die Lippen. »Der Roman liest sich sehr gut.«

»Deswegen haben wir ihn gekauft.« Ich stellte mir vor, wie sie lächelte. »Kommst du mit dem Zwanzigerjahre-Dialekt zurecht? Beim Lesen musste ich einige Male überlegen, ein paar Ausdrücke waren doch sehr speziell. Ich würde wahrscheinlich ein Jahr an so einer Übersetzung sitzen. Aber dafür haben wir ja dich. Gehörte dein Urgroßvater nicht zur Clique um Al Capone?«

Ich musste lachen. »Mein Urgroßvater wanderte nach Chicago aus, das stimmt, aber Al Capone oder Dillinger liefen ihm wahrscheinlich nie über den Weg. Es sei denn, sie kauften ihre Duftwässerchen in seinem Drug Store ein.«

»Hast du noch Briefe von ihm?«

»Er war schreibfaul.«

»Schade, er hätte vielleicht ein paar deutsche Ausdrücke draufgehabt. Aber deswegen rufe ich nicht an. Ich wollte lediglich wissen, ob du den Termin halten kannst, und dich zu unserem Sommerfest im Juni einladen.«

»Im Juni?« Also in wenig mehr als zwei Monaten, das könnte klappen, wenn die Chemos anschlugen und mir noch etwas Zeit blieb. »Danke, da müsste ich hier sein.«

»Das will ich doch hoffen«, sagte Evelyn. »Im Anschluss an den Krimi wollte ich dir nämlich einen Auswandererroman geben. Über fünfhundert Seiten. Die Geschichte einer irischen Familie, die während der Hungersnot nach Amerika auswandert. Das wäre doch was für dich. Von einer jungen irischen Autorin.«

In meinem Kopf begannen die Rädchen zu drehen. »Klingt interessant.«

»Und bringt ein gutes Honorar. Abgemacht?«

»Abgemacht«, erwiderte ich kühn.

Wir legten auf, und ich kümmerte mich wieder um meine Übersetzung. Schon nach wenigen Zeilen stiegen mir Tränen in die Augen, und ich konnte kaum noch was erkennen. Kein neuer Anfall, nur die Erkenntnis, dass ich kaum noch Pläne machen dürfte. Ehrliche Antworten auf die Fragen meiner Lektorin hätten anders ausgesehen: Ich weiß nicht, ob ich's zur Buchmesse noch schaffe. Die Ärzte haben mir fünf bis sechs Monate gegeben. Das wird, glaube ich, ziemlich knapp. Zum Sommerfest im Juni? Könnte klappen, obwohl man bei diesem Krebs nie weiß. Kommt drauf an, wie starke Schmerzen ich habe und ob die Chemotherapie was nützt. Ein Fünfhundert-Seiten-Wälzer? Ganz schön optimistisch, wenn man bedenkt, wie schnell es zu Ende gehen kann.

Meinem Sarkasmus gelang es nicht, die Tränen, die mir bereits in den Augen standen, zurückzudrängen. Ich vergoss sie reichlich und bekam mich nur mühsam wieder unter Kontrolle. Wenn mich eine dieser Nebenwirkungen besonders erwischt hatte, dann waren es diese Stimmungsschwankungen, die mir zwar vorübergehende Freude und Hoffnung schenken konnten, mich aber im nächsten Augenblick in ein tiefes Jammertal stürzten. Ich wehrte mich mit meiner ganzen Kraft dagegen, schaffte es aber nur selten, sie einigermaßen in den Griff zu bekommen. Die Chemo, redete ich mir ein, vielleicht hatte ich doch noch Glück und gewöhnte mich wie Bibi daran.

Bibi war mein Lichtblick, ihr Lächeln mein Hoffnungsstrahl. Obwohl ich gerade mal wusste, dass der Ball rund war, freute ich mich auf unseren gemeinsamen Stadionbesuch und machte mich vorher im Internet schlau, um am Samstag nicht ganz auf dem Schlauch zu stehen. Im *Kicker* fand ich einen Bericht über die Eintracht, erfuhr dort, dass sie immer noch in akuter Abstiegsgefahr schwebte und einen entscheidenden Schritt nach vorn tun konnte, wenn sie gegen Dortmund gewann. Bei der Lektüre musste ich grinsen. Was wohl meine Eltern sagen würden, wenn ich ihnen davon erzählte? Dass mir die Krankheit den Verstand vernebelt hatte? Ob es nichts anderes gab, was man in meiner Lage tun könnte? Warum ich mit einem Teenager herumzog?

Natürlich rief meine Mutter auch an diesem Morgen an, aber ich hatte mich inzwischen einigermaßen erholt und konnte ihr so gefestigt wie vor meinem Wissen um den Krebs begegnen. Es war viel zu früh, um schon vor dieser Krankheit zu kapitulieren, und sie sollte gar nicht erst auf die Idee kommen, schon wieder bei mir anzurücken und mich zu bemuttern. Das Gleiche galt für Lou. Warum ich mich nach wie vor so gegen ihre Fürsorge wehrte, wusste ich nicht. Wahrscheinlich aus Angst, damit die endgültige Niederlage einzugestehen und schon vor dem letzten Gong aufzugeben. Ich klammerte mich ans Leben und die Normalität.

»Hast du schon bei der Klinik in Bayern angerufen?«, fragte sie.

»Nein«, sagte ich, »aber bei meinem Krebs können die Ärzte dort ohnehin nichts ausrichten. Ich hab mich erkundigt. Meine Krankheit ist zu komplex. Aber ich mache am Mittwoch bei der Selbsthilfegruppe mit. Alles Leute, die ebenfalls an Krebs erkrankt sind und ähnliche Probleme wie ich haben.«

»Eine Selbsthilfegruppe? Du willst dich fremden Menschen anvertrauen? Warum kommst du nicht zu uns? Wir sind deine Familie, wir können dir besser helfen. Dein Vater und ich haben sehr viel über deine Krankheit gelesen.«

Ich hatte geahnt, dass sie so reagieren würden, blieb aber ruhig. Es war bestimmt nicht einfach, dabei zusehen zu müssen, wie die eigene Tochter an Krebs zugrunde geht. »Da ist ein Psychologe dabei, Mama. Und es hilft mir sicher, mit anderen Krebskranken über mein Schicksal zu reden. Das heißt doch nicht, dass ich kein Vertrauen zu euch habe. Auch ihr könnt euch übrigens psychologische Unterstützung im Krankenhaus holen, hat Dr. Lasse mir gesagt. Ich liebe dich, Mama.«

»Und wir lieben dich, das weißt du hoffentlich.«

Der Psychologe, der die Selbsthilfegruppe leitete, nannte sich Bully, obwohl er weder besonders bullig noch kräftig war. Er trug Jeans und ein Hawaiihemd und eine Nickelbrille auf der etwas zu lang geratenen Nase. Außer mir waren fünf andere Patienten gekommen. Die Frau mit dem Brustkrebs und der Mann mit Hodenkrebs, die neulich bei meiner Chemo anwesend waren, noch eine Frau und zwei ältere Männer, die am gleichen Karzinom wie ich erkrankt waren. Wir hatten mit unseren Stühlen einen Kreis gebildet, so wie die Anonymen Alkoholiker.

»Wir haben eine Neue«, sagte Bully, nachdem er alle Anwesenden begrüßt hatte. Er war noch keine fünfzig. »Kati, du stellst dich am besten selbst vor.«

Ich kam mir wie in einem Film vor, in einem dieser Fernsehkrimis, wenn der Kommissar undercover in einer Selbsthilfegruppe auftaucht und auf diese Weise einen Mörder enttarnt, weil der sich verplappert. »Mein Name ist Katharina Bente, Sie können mich Kati nennen. Ich habe Bauchspeicheldrüsenkrebs. Ich bin sechsundzwanzig Jahre alt und komme aus Frankfurt. Der Arzt sagt, ich habe noch fünf oder sechs Monate zu leben. Ich bin hier, um zu erfahren, wie andere Krebskranke fühlen. Ich komme einigermaßen zurecht und habe am meisten von einer jungen Frau gelernt, die ich bei der Chemotherapie kennen gelernt habe und die unter Lymphdrüsenkrebs im Endstadium leidet. Sie ist so lebhaft und fröhlich, als hätte sie noch Jahre zu leben, und wir gehen am Samstag sogar zusammen zum Fußball. Ganz recht, zum Fußball, obwohl ich keine Ahnung davon habe. Aber ich bin gern mit der jungen Frau zusammen. Sie lebt nach der Devise *Carpe diem!* – nutze den Tag. Das möchte ich auch. Und wenn mir das hier zu weinerlich wird, werde ich auch gehen.«

Der letzte Satz war mir so rausgerutscht, vor allem wegen der traurigen Mienen, denen ich mich gegenübersah.

Oh Mann, hatten diese Menschen sich denn schon alle aufgegeben? Warum zeigte nicht wenigstens die Frau mit dem Brustkrebs ein fröhliches Gesicht? Sie würde doch geheilt werden.

»So einfach ist das nicht«, sagte der junge Mann mit dem Hodenkrebs. Er nannte sich Pete, deutsch ausgesprochen. »Ich hab eine Frau und zwei Kinder zu Hause. Könnt ihr euch vorstellen, was es mich für eine Überwindung kostete, ihnen die Wahrheit zu erzählen? Sie weinen den ganzen Tag. Sie haben Angst, dass ich sterbe. Und wenn ich ihnen verspreche, dass die Aussichten auf Heilung sehr gut sind und ich vielleicht wieder ganz gesund werde, glauben sie mir kein Wort. ›Und was ist, wenn du tatsächlich wieder gesund wirst?‹, fragt meine Frau. ›Werden wir dann jemals wieder Sex haben?‹«

»Ihr wisst, dass es auch eine Gruppe für Angehörige gibt? Wie Pete schon sagt, auch sie haben es schwer und können manchmal noch weniger als die Betroffenen verstehen, dass ein ihnen nahestehender Mensch an Krebs erkrankt ist.« Er blickte die andere der beiden Frauen an, die offenbar auch Brustkrebs hatte. »Erika, du hattest eine nette Idee, wie man dem Krebs zu Leibe rücken kann. Was ist das für ein Trick?«

Erika war um die vierzig, trug einen Turban über ihrer Glatze und lächelte zum ersten Mal, seit wir in diesem Kreis saßen. »Eigentlich war es nicht meine Idee«, räumte sie ein, »ich habe den Trick, wie du es nennst, aus einem alten Heimatfilm. Da gab es einen kranken Bauern, dem schenkten alle seine Verwandten und Freunde ein Mutmacherlied. Eine Kapelle aus dem Dorf ließ es auf Platte pressen, damit er es ständig hören konnte. Damals gab es noch keine Computer und Handys. Er starb zufrieden zu den Klängen seines Liedes. Ich werde wahrscheinlich am Leben bleiben und habe meinen Lebensmut auch dem Song zu verdanken, den mein Sohn für mich geschrieben hat. Er ist Gitarrist in einer Kapelle. Ich habe das Lied auf meinem Handy bei mir.«

Natürlich mussten wir uns den Song anhören. Er klang wesentlich besser, als ich befürchtet hatte, nur der Text war zum Weglaufen und hätte bei mir sicher das Gegenteil bewirkt. Den restlichen Patienten ging es nicht anders, das sah ich an ihren verkniffenen Mienen. Aber es wäre falsch gewesen, sie deswegen auszulachen. Der Song war eine liebevolle Geste von ihrem Sohn und bewirkte sicher mehr bei ihr als Blumen, Schokolade oder fromme Worte.

Einer der älteren Herren, der wie ich an Bauchspeicheldrüsenkrebs litt, outete sich als gläubiger Christ und vertraute der Gnade Gottes. »Wir Menschen haben viel gesündigt, und der Allmächtige will nicht länger zusehen, wie wir uns gegenseitig in die Luft sprengen, unschuldige Tiere töten und Raubbau an der Natur betreiben. Krankheiten wie mein Krebs sind die Strafe, die er einigen von uns schickt. Ich werde den Rest meines Lebens damit verbringen, diesen Gott um Verzeihung zu bitten und meinen Mitmenschen ins Gewissen zu reden, sich nach seinen Geboten zu richten. Auf meinem Nachttisch steht eine handgeschnitzte Figur, die den Erzengel Gabriel darstellt und mein Tun überwacht.«

Jeder in der Runde kam mal dran, aber es gab keinen Einzigen, der sich so erfolgreich gegen sein Schicksal wehrte wie die junge Bibi, die ihren schleichenden Tod akzeptiert hatte, weil er nicht mehr aufzuhalten war, ihr restliches Leben aber in vollen Zügen genoss und sich selbst von starken Schmerzen nicht abhalten ließ. Vielleicht sagte ich auch deshalb: »Bei den Amerikanern gibt es eine ›Bucket List‹, eine Liste von Dingen, die man vor seinem Tod unbedingt noch kennen lernen, tun oder erleben will. Was steht denn bei euch so auf dieser Liste?«

Die beiden Frauen mit Brustkrebs hofften natürlich, noch sehr lange zu leben, und wollten sich verstärkt um ihre Familien kümmern. Das wollte auch der Mann mit dem Hodenkrebs, falls seine Frau bei ihm blieb. Der zweite ältere Herr mit Bauchspeicheldrüsenkrebs wusste keine Antwort auf diese Frage.

»Und du?«, fragte Bully mich. »Was willst du?«

»Ich?« Ich spürte, wie plötzlich der Gaul mit mir durchging. »Ich wandere vielleicht nach Irland aus und übersetze dort mein letztes Buch. Ich lasse mir die frische Luft an der Küste um die Nase wehen, vergesse, dass ich krank bin ... und wer weiß, vielleicht verliebe ich mich sogar in meinen Traumprinzen.«

# 11

Ich war auf Sashimi umgestiegen. Sushi-Reis lag schwer im Magen, und ich hatte keine Lust, mir unnötige Schmerzen einzuhandeln. Auch wenn ich mich nach der Chemo relativ schnell erholt hatte, durfte ich kein zu großes Risiko eingehen. Durch die Krankheit war mein Magen viel empfindlicher geworden, und es wäre fatal gewesen, in der Sushi-Bar für einen Eklat zu sorgen.

Seit ich zur Chemo ging, hatte ich nicht mehr so großen Hunger wie früher. Ein Grund mehr, sich bei meinen Lieblingsspeisen auf das Wesentliche zu besinnen und nur die feinen Sachen herauszupicken. Keine Misosuppe, kein Spinat mit Sesamdressing, keine Edamame, nur purer Fisch. Manchen Leuten mochte davon schlecht werden, doch ich konnte mir nichts Gesünderes und Magenfreundlicheres vorstellen. Besser als Salat und frisches Obst.

»Mach nicht so ein Gesicht«, sagte ich zu Lou. Wir saßen nebeneinander an der Sushi-Bar, ausnahmsweise mal am Freitag, weil wir beide in dieser Woche einiges weggeschafft hatten. Nach zwei schlechten Tagen hatte ich die Chemo einigermaßen verdaut und beinahe zehn Kapitel übersetzt. »Zum Trauern bleibt noch genug Zeit, wenn ich nicht mehr hier bin.

Lass uns die wenigen gemeinsamen Tage, die uns noch bleiben, in vollen Zügen genießen.« Ich hob mein Glas mit stillem Wasser und prostete ihr zu. »Sushi Ho!«

»Sushi Ho!«, erwiderte sie unseren Schlachtruf, allerdings nicht so laut wie früher und mit Tränen in den Augen. Sie nippte an dem Wasser und setzte das Glas wieder ab. »Dass du das kannst. In die Sushi-Bar gehen und lockere Sprüche klopfen, obwohl …« Einige Tränen kullerten über ihre Wangen. »Hast du denn keine Angst? Ich könnte das nicht. Ich glaube, ich wäre todtraurig und würde mich die letzten Monate in meinem Zimmer verkriechen.«

Ich hatte wieder die Stäbchen in der Hand und schob mir rohen Lachs in den Mund. »Weißt du, was Bibi zu mir gesagt hat? Die letzte Cola schmeckt genauso gut wie alle anderen, auch wenn du lange dafür büßen musst.« Für den Lachs, der mir auf der Zunge zerging, galt dasselbe. »Hab ich dir schon erzählt, dass Bibi und ich morgen ins Stadion gehen? Die Eintracht spielt gegen Dortmund und muss unbedingt gewinnen, wenn sie nicht absteigen will.«

»Ihr geht wohin?« Lou fiel beinahe die Kinnlade hinunter. »Ins Stadion? Zum Fußball? Seit wann interessierst du dich für Fußball? Und wie wollt ihr das durchhalten, wenn ihr beide …« Sie konnte es nicht fassen. »Ihr seid schwer krank, verdammt! Das ist doch viel zu gefährlich! Was, wenn eine von euch zusammenbricht? Wenn es plötzlich zu Komplikationen kommt? Warum bleibt ihr nicht zu Hause und seht euch das Spiel im Fernsehen an?«

»Weil es was ganz anderes ist, bei einem Spiel im Stadion zu sein, sagt Bibi. Nicht zu vergleichen mit einer Fernsehübertragung. Dafür, dass sie das noch mal erleben kann, würde sie ein paar Tage ihres Lebens opfern, und das ist verdammt viel, wenn man nur noch ein paar Wochen zum Leben hat.«

Lou grinste. Immerhin. »Du beim Fußball? Mit Fahne und Schal?«

»Bibi leiht mir einen Schal.«

»Ich mach mir Sorgen, Kati.«

»Vergiss die blöde Krankheit und tu einfach so, als wäre alles wie früher«, erwiderte ich. »Auch dann, wenn es mir irgendwann mal schlechter geht. So hilfst du mir am meisten. Freu dich mit mir, wenn mir die Sashimi schmecken oder ich mit meiner Übersetzung vorankomme. Lach, wenn ich einen blöden Witz mache, klau mir ein Sashimi, wenn ich auf der Toilette bin. Ich will noch ein wenig fröhlich sein, bevor ich endgültig den Löffel abgeben muss.«

Ihr verging das Grinsen. »Dass du so was sagen kannst.«

»Wer weiß?«, trieb ich es auf die Spitze. »Vielleicht suche ich mir sogar einen Lover! Ich könnte nach Irland fahren und Jordan besuchen. Den hätte ich niemals versetzen dürfen! Wir hätten hervorragend zusammengepasst. Zehn Mal besser als Mischa und ich. In Irland lässt es sich bestimmt leben.«

Und sterben, hätte ich beinahe hinzugefügt.

Lou dachte wohl das Gleiche. »Nach Irland? Das meinst du hoffentlich nicht ernst! Bis du ihn richtig kennengelernt hättest, wärst du ...« Sie erschrak über ihre eigenen Worte und bremste gerade noch rechtzeitig. »Was willst du denn in Irland? Hier hast du doch alles, was du brauchst. Deine Eltern, deine Freunde, deine Arbeit, und wer weiß, ob es dort eine gute Sushi-Bar gibt.«

Ich verriet ihr nicht, dass ich in der Selbsthilfegruppe darüber gesprochen und nach Jordans Restaurant im Internet gesucht hatte. Das wäre des Guten doch zu viel gewesen. Es war leichter, die Sache mit einem nervösen Lachen abzutun und sich wieder auf die Sashimi zu konzentrieren. Für die letzten Monate meines Lebens nach Irland auswandern, wegen einer flüchtigen Bekanntschaft auf einer Polizeiwache, daran glaubte ich doch selbst nicht. Mal davon abgesehen, dass ich keine Ahnung von der medizinischen Versorgung in Irland hatte und nicht einmal wusste, ob sie mich dort behandeln würden.

Weil Bibi und ich wegen unserer Krankheit beide nicht gewusst hatten, wie es am Wochenende um uns stehen würde, rief ich meine neue Freundin am Samstagmorgen an. »Ob ich bereit bin?«, erwiderte sie, als ob ich etwas vollkommen Abwegiges gefragt hätte. »Natürlich bin ich bereit. Und wenn ich auf allen vieren ins Stadion kriechen müsste, würde ich mir das heutige Spiel dort ansehen. Komm um eins, dann haben wir genug Zeit, falls wir unterwegs zusammenbrechen.«

Ich musste lachen, auch weil ich überlegte, wie wohl Lou oder meine Mutter auf so einen Witz reagieren würden. Eher hätte ich mir die Zunge abgebissen, als meiner Mutter von meinem Stadionbesuch zu erzählen. Sie würde panisch reagieren und sicher alles daransetzen, um das zu verhindern. In deinem Zustand, das wäre doch Selbstmord, würde sie sagen. Mir reichte schon, wie sie reagieren würde, wenn ich es ihr nach meiner Rückkehr beichtete.

Draußen schien die Sonne, und ich fühlte mich so gut, dass ich mir sogar ein Nusshörnchen zum späten Frühstück gönnte. Dazu gab es den Biotee, den meine Mutter dagelassen hatte. Ein furchtbares Zeug. Gegen Mittag rief meine Mutter an, und ich hatte alle Hände voll zu tun, sie von einem Besuch und einem Großputz abzuhalten, redete mich mit meiner Arbeit heraus. »Ich liege in den letzten Zügen mit meiner Übersetzung«, sagte ich, ohne darüber nachzudenken, welche Worte ich benutzte, »ich ruf dich am Montag an.«

Bibi stand vor dem Mietshaus, in dem sie mit ihren Eltern wohnte, als ich sie mit dem Taxi abholte. Ich hatte sie nur ein paar Tage nicht gesehen und erschrak, als ich bemerkte, wie eingefallen ihr Gesicht plötzlich war. Als wäre sie innerhalb einer Woche um zehn Jahre gealtert. Sie war auffallend blass, und lediglich ihr fröhliches Lachen, als sie mich sah und in den Wagen stieg, erinnerte an die alte Bibi. »Alles in Ordnung?«, fragte ich sicherheitshalber.

»Alles klar«, erwiderte sie. Sie umarmte mich und hängte mir den versprochenen Schal um den Hals. Aus der Nähe betrachtet, wirkte sie noch schwächer und zerbrechlicher, und ich hätte wetten mögen, dass sie auch unter starken Schmerzen litt. »Mach dir keine Sorgen, Kati! Ich mach nicht schlapp.«

Aber es klang nicht besonders zuversichtlich, eher verkrampft und auch verzweifelt, als hätte sie all ihre noch verbliebene Kraft gesammelt, um dieses eine Spiel noch live zu erleben. »Hast du schon gehört?«, sagte sie, während wir an der Rennbahn vorbeifuhren, »wir spielen heute voll auf Angriff. Mit zwei Stürmern. Hat der Trainer vorhin im Interview gesagt.« Sie schien sich langsam zu erholen. »Du wirst sehen, wir fegen die Dortmunder vom Platz.«

»Mir würde schon ein knappes 1:0 reichen«, meldete sich der Taxifahrer. »Die Dortmunder haben ihre besten Leute dabei. Sie wollen unbedingt in die Champions League und brauchen noch einen Punkt, um ganz sicher zu sein.«

»Die Eintracht gewinnt«, sagte ich zu Bibi, »für dich.«

Wir hielten vor dem Haupteingang und stiegen aus. Bis zur Arena führte der asphaltierte Weg durch lichten Wald und an den Trainingsplätzen vorbei. Das Stadion war ausverkauft, und ein dichter Pulk von Menschen war zu den Aufgängen unterwegs. Alle waren aufgeregt und voller Vorfreude, und viele trugen Trikots oder T-Shirts, hatten Schals umhängen oder schulterten Fahnen in den Vereinsfarben. In den Gesprächsfetzen, die wir aufschnappten, ging es nur um eines: wie man die favorisierten Dortmunder schlagen konnte.

»Heute gilt es!« Auch Bibi war fest entschlossen.

Weil ich merkte, dass sie etwas unsicher auf den Beinen war, griff ich nach ihrer Hand. Ich glaubte zu spüren, wie sie verzweifelt gegen einen Schwächeanfall ankämpfte. Nur das nicht, hoffte ich, wenn es einen Gott gab, durfte er ihr das nicht antun. Sie hatte es verdient, wenigstens noch dieses eine Spiel zu sehen. Und wenn es zwischen Himmel und Erde noch so etwas wie Gerechtigkeit gab, würde die Eintracht auch gewinnen. Ein Sieg wäre die beste Therapie für Bibi, was Besseres könnte man ihr gar nicht wünschen.

Ich war froh, als wir endlich unsere Plätze erreicht hatten und uns ausruhen konnten. Mir hatte der kurze Spaziergang gutgetan, aber Bibi brauchte einige Zeit, um sich davon zu erholen und Kraft zu schöpfen. In dem hellen Sonnenlicht fiel kaum auf, wie blass sie war. Doch Dr. Lasse hätte wahrscheinlich die Hände über dem Kopf zusammengeschlagen, wenn er sie in diesem Zustand gesehen hätte, und sie sofort nach Hause geschickt, obwohl ich mir fast sicher war, dass sie seine Anweisung nicht befolgt hätte. Die Eintracht sehen und sterben, ging es mir durch den Kopf. Der Fußball war zu ihrem Rettungsanker geworden, an dem sie sich zumindest eine Weile festhalten konnte.

»Ich hab's geschafft«, freute sie sich, als die Spieler zum Aufwärmen auf das Spielfeld kamen. »Meine Eltern wollten nicht, dass ich gehe, aber was wäre schon ein Leben ohne Eintracht und ohne liebe Freundinnen wie dich?«

Ich blickte auf den Videowürfel unter dem Stadiondach. Noch eine Stunde bis Spielbeginn, aber bereits jetzt lief ein Vorprogramm mit kleinen Filmchen und viel Musik, und die Zeit würde hoffentlich im Flug vergehen. Beim Hereinkommen hatte ich mir den Standort der Sanitätsstation neben den Imbissbuden gemerkt, um nicht lange nachdenken zu müssen, falls Bibi zusammenklappte. Immerhin hatten wir es im Stadion nicht weit zu einem Krankenwagen.

»Ich glaube, ich mache es nicht mehr lang«, sagte sie so plötzlich, dass ich erschrak. Ihre Stimme hörte sich leise und unscheinbar an, aber sie lächelte dabei. »Ist nicht schlimm. Ich wollte unbedingt noch mal die Eintracht sehen, und hier bin ich.« Sie beobachtete die Spieler bei ihren Übungen und schien mit ihren Gedanken für einen Augenblick woanders zu sein. »Und was hast du noch alles vor?«, fragte sie dann. »Hast du was Spezielles im Sinn?«

»Ein Sushi-Fest oder so was in der Art.«

»Zum Opernball gehen? Mit der *Queen Mary* fahren? Einen Mann kennenlernen und den Sex deines Lebens mit ihm haben? Irgendwas Wichtiges.«

»Ich hab schon jemand kennengelernt.«

»Mister Perfect?«

»Ein Traumprinz«, erwiderte ich. Ich sprach so leise, dass mich niemand außer ihr hörte. »Der weiße Ritter, von dem ich schon als kleines Mädchen geträumt habe. Einen Typ, wie man ihn sonst nur in manchen Filmen sieht.«

»Schlechtes Timing.«

»Und er lebt in Irland.«

»Jetzt wird's kompliziert.«

Ich erzählte ihr, wie ich ihn kennengelernt und versetzt hatte, aus Angst, ich könnte etwas mit ihm anfangen und alles noch komplizierter machen. »Inzwischen bereue ich, dass ich nicht zu ihm gegangen bin. Ich brauche nur die Augen zu schließen und sehe ihn erwartungsvoll in der Sushi-Bar sitzen.«

»Dabei hattest du dich längst in ihn verliebt«, sagte Bibi.

Ich kam nicht mehr dazu, etwas darauf zu erwidern. Aus den Lautsprechern erklang das Eintracht-Lied, und nicht nur die Ultras im Block gegenüber sangen laut mit. »Eintracht vom Main, nur du sollst heute siegen …« Bibi blieb sitzen, sang aber mit, wenn ihre Stimme auch kaum zu hören war. Sie konnte alle Strophen auswendig und klatschte begeistert, als das Lied von einer Fanfare abgelöst wurde und der Sprecher die Mannschaftsaufstellungen verlas. Ein Ritual, das sich wohl vor jedem Spiel wiederholte. Unter den Klängen von »Schwarz und weiß wie Schnee« liefen die beiden Mannschaften auf den Platz und winkten den Zuschauern zu. Wenig später gab der Schiedsrichter das Spiel frei, und die Eintracht startete den ersten Angriff.

Obwohl ich keine Ahnung vom Fußball hatte, ließ ich mich von der Stimmung mitreißen. Ich sprang auf, als der Ball eines Eintracht-Stürmers knapp am Tor vorbeiging, und schlug entsetzt die Hände vors Gesicht, als ein Dortmunder allein auf das Frankfurter Tor zulief und nur knapp vorbeischoss. Dass Fußball so aufregend und mitreißend sein kann, hatte ich nicht gewusst.

Bibi war glücklich, es zu diesem Spiel geschafft zu haben, und obwohl sie offensichtlich unter starken Schmerzen litt, schien sie jeden einzelnen Moment zu genießen. Sie reagierte nicht so überschwänglich wie die meisten anderen Zuschauer. Ihre Stimme war kaum zu hören, und sie blieb meist sitzen und sparte sich hektische Bewegungen. Nur an ihren glänzenden Augen erkannte ich, wie sehr sie sich an dem Spiel erfreute und wie begeistert sie war.

Doch das Spiel zehrte an ihrer Kraft, und ich merkte, wie viel Anstrengung es sie kostete, bei Bewusstsein zu bleiben. Ich sparte mir die Frage, ob ich sie nach Hause bringen sollte, sie wäre auf keinen Fall gegangen, aber ich legte einen Arm um ihre Schultern und griff nach ihrer Hand und drückte sie. Nach dem Spiel würde ich sie zur Klinik bringen, beschloss ich, es ging ihr zu schlecht, um unverrichteter Dinge nach Hause zu fahren. Ich befürchtete, dass ihre Kraft nur noch bis zum Abpfiff reichen würde, noch eine knappe Stunde.

Das Tor für die Eintracht fiel in der zweiten Halbzeit, ein satter Fernschuss, der oben in den Winkel einschlug und das

Stadion in einen Hexenkessel verwandelte. Die Leute sprangen vor Begeisterung von den Sitzen, rissen jubelnd die Arme hoch und klatschten sich gegenseitig ab. »Das Tor, das die Eintracht vor dem Abstieg rettete«, würde ich am Montag in der Zeitung lesen. Ich umarmte Bibi, die vor Rührung und Dankbarkeit weinte, schlang beide Arme um ihren ausgezehrten Körper und hielt sie fest. »Was für ein Schuss!«, hörte ich jemanden rufen. »Den Vorsprung geben wir nicht mehr her.«

»Wir haben es … es geschafft«, stammelte Bibi an meinem Ohr. »Versprich mir, dass … dass du nach Irland zu diesem … diesem Mister Perfect fährst.«

»Ich versprech's dir. Was ist mit dir, Bibi?«

Aus ihrem Körper war alle Kraft gewichen, und sie hing schlaff in meinen Armen. Sie war bewusstlos. »Bibi! Bibi! Sag doch was!«, rief ich verzweifelt. Ich legte sie auf unsere beiden Sitze und war froh, dass irgendjemand den Notarzt und die Sanitäter rief. Dem Arzt erklärte ich in wenigen Worten, wie es um Bibi stand. Ich folgte den Sanitätern mit der Trage zum Krankenwagen und kletterte hinter ihnen in den Behandlungsraum. »Zur Uniklinik! Sofort!«, rief der Notarzt, während der Fahrer bereits aus dem Stadion fuhr.

Bis zur Klinik waren es keine zehn Minuten. Ich sprang hinter den Sanitätern aus dem Wagen und lief mit ihnen in die Notaufnahme, wo ich von der diensthabenden Schwester aufgehalten wurde. »Sie können da nicht mit rein«, sagte sie. »Unsere Ärzte kümmern sich um sie. Sind Sie mit ihr verwandt?«

Ich erklärte, wer ich war und wie es um Bibi stand. Es stand so ernst um meine junge Freundin, dass die Schwester schon bald darauf die Telefonnummer ihrer Eltern aus ihrer Krankenakte heraussuchte und sie bat, in die Klinik zu kommen. Ich wusste, was das bedeutete. Als sie kamen, erklärte ihnen die Schwester wohl, dass Bibi mit mir zusammen gewesen war, und deutete in meine Richtung. »Wir wissen, wer Sie sind«, sagte die Mutter, als ich zu ihnen gegangen war. »Bibi hat oft von Ihnen gesprochen, dass Sie ihre einzige Freundin seien und versprochen hätten, mit ihr zum Fußball zu gehen. Dafür sind wir Ihnen dankbar. Tut mir leid wegen Ihrer Erkrankung.«

Weil die Eltern einverstanden waren, durfte ich mit ihnen in die Intensivstation und einen kurzen Blick auf Bibi werfen. Sie lag mit geschlossenen Augen in ihrem Bett und war an zahlreiche Schläuche angeschlossen. Man brauchte ihr nur in das wächserne Gesicht zu sehen, um zu wissen, dass ihr höchstens noch einige Tage blieben, vielleicht auch nur Stunden. »Die Eintracht hat gewonnen«, hörte ich einen Pfleger sagen, »1:0 gegen den BVB.«

»Hast du das gehört?«, sagte ich zu ihr. »Es ist beim 1:0 geblieben. Du hast nichts verpasst. Jetzt kann der Eintracht nichts mehr passieren, nicht wahr?«

Nur die SGE, hätte sie wahrscheinlich geantwortet.

»Es sieht leider nicht gut aus«, sagte der Arzt. »Wir geben ihr Schmerzmittel und versuchen sie etwas aufzurichten, aber ich fürchte, morgen müssen wir sie in ein Hospiz verlegen. Mehr können wir leider nicht tun. Der Krebs hat so weit gestreut, dass eine Operation völlig sinnlos wäre. Tut mir leid.«

»Damit haben wir gerechnet«, erwiderte der Vater.

Die Mutter begann zu weinen.

Wir hatten alle damit gerechnet, und doch traf uns die Diagnose des Arztes mit voller Wucht. Zum ersten Mal erlebte ich, wie bedrückend es war, einen geliebten Menschen auf dem Totenbett zu sehen, denn nichts anderes war dieses Bett für Bibi. »Wartezimmer Gottes« nannten manche Leute ein Hospiz, weil man dort ohne Hoffnung war und dem Tod nur in äußerst seltenen Fällen von der Schippe sprang. »Krebs im Endstadium« war gleichbedeutend mit einem sicheren Todesurteil. Dorthin ging meine Freundin, um zu sterben.

»Bibi hat ihr Leben bis zur Neige ausgekostet«, sagte ich, als wir die Intensivstation verließen. »Alles, was sie sich für die letzten Monate vorgenommen hatte, hat sie geschafft. Man wird sie im Himmel gebührend empfangen.« Ich blieb stehen und blickte zuerst die Mutter und dann den Vater an. »Sie ist das tapferste Mädchen, das ich jemals kennengelernt habe. Jede andere Krankheit hätte sie besiegt. Ich wäre auch gern so tapfer, wenn es bei mir so weit ist.«

»Sie sind eine gute Frau«, sagte der Vater.

# 12

Zum Abschied kaufte ich Bibi einen Teddybären. Einen ganz besonderen Teddybären im schwarz-weißen Eintracht-Trikot. Ich warf ihn auf ihren Sarg, als ich an der Reihe war, mich endgültig von ihr zu verabschieden, und sagte: »Mach's gut, Bibi! Du warst eine coole Freundin! Halt mir einen Platz frei und sieh schon mal nach, ob's da oben eine Sushi-Bar gibt. Wir sehen uns!«

Ich hatte schon so viel geweint, dass keine Tränen mehr kamen und ich mit leeren Augen auf ihren Sarg starrte. Nur für einen winzigen Moment dachte ich daran, dass es nicht mehr lange dauern würde, bis ich selbst dort unten liegen würde. Ich sprach ihren Eltern mein Beileid aus, blieb aber nicht mehr zum anschließenden Umtrunk in einem nahen Restaurant. Stattdessen kehrte ich in meiner Sushi-Bar ein und bestellte das Mittagsspecial mit Sashimi. Ich prostete Bibi mit grünem Tee zu und sagte: »Leb wohl, Bibi!«

Zu Hause stürzte ich mich in die Arbeit. Die letzten Kapitel des Krimis schaffte ich in zwei Tagen, rechtzeitig zum Ablieferungstermin und mit genug Spielraum, dass ich meine Übersetzung noch mal in Ruhe durchlesen und an einigen Stellen verbessern konnte. Eines der schönsten Geräusche in meinem Leben war das Klicken meiner Mouse, wenn ich eine fertige Übersetzung per Mail zum Verlag abschickte. Danach traf ich mich immer mit Lou zu einem außerplanmäßigen Sushi-Date und bestellte eine besonders üppige Portion.

Obwohl ich mich dieses Mal am liebsten zu Hause vergraben hätte, verabredete ich mich mit Lou zu unserem traditionellen »Mission Acclompished«-Dinner. So nannten wir es, wenn wir eine Arbeit erledigt hatten. Wer die Glückliche war, bezahlte auch. »Tut mir leid wegen Bibi«, sagte Lou, als wir uns in der Sushi-Bar umarmten. Ich hatte ihr am Telefon vom Tod meiner jungen Freundin erzählt. Wir setzten uns und bestellten, die Sashimi für mich. Zur Feier des Tages und weil es mir gerade einigermaßen gut ging, gönnte ich mir ein Hamachi-Temaki, eine Tüte mit Reis und klein gehacktem Yellowtail.

Lou und ich hatten uns mehrere Tage nicht gesehen, und ich glaubte auch den Grund dafür zu kennen. Ich machte ihr keinen Vorwurf. Es war sicher schwer, mit einer Todkranken zusammen zu sein. Man durfte nicht zu viel lachen oder weinen und musste sich jeden Satz genau überlegen, um den anderen nicht in Depressionen zu stürzen. Solche Gedanken waren auch mir durch den Kopf gegangen, als ich noch gesund gewesen war. Inzwischen wusste ich, dass es am besten war, wenn ein anderer ganz normal mit einem sprach. Als hätte er nicht die geringste Ahnung, dass man nicht mehr lange zu leben hatte. Ohne diese Betroffenheitsmiene, wie sie leider auch manche Ärzte an den Tag legten.

»Alles okay?«, fragte Lou wie jedes Mal, wenn wir uns trafen.

»Alles okay. Mach dir keine Sorgen.«

»Wie war die Übersetzung?«

»Einfach. Viel Action, viele Dialoge. Und du?«

»Ein zehnseitiges Gutachten. Lauter Fachausdrücke.«

Der übliche Smalltalk zwischen zwei Frauen, die den gleichen Job hatten und Erfahrungen austauschten. Und der Versuch, so viel Normalität wie möglich in unsere Unterhaltung zu bringen, um keine von uns an die schreckliche Zukunft denken zu lassen. Doch irgendwas war anders diesmal. Lou wirkte aufgeweckter und fröhlicher als sonst, zeigte keine bekümmerte Miene mehr, wenn sie sich unbeobachtet glaubte, und wagte sogar ein Lächeln.

»Lass mich raten«, sagte ich. »Ein neuer Lover.«

Sie strahlte. »Niko.«

»Auf einer Skala von eins bis zehn?«

»Eine glatte Zwölf«, ging sie auf unser übliches Spielchen ein. »Was die Optik anbelangt, sowieso, mit dem kann ich mich überall sehen lassen, aber auch sonst. Keiner von diesen Machos, wie sie sich zurzeit wieder stark zu vermehren scheinen. Stell dir vor, er steht auf Blumen. Er arbeitet im Blumengroßhandel seiner Eltern, will aber nächstes Jahr ein eigenes Geschäft aufmachen. Du glaubst nicht, was für schöne Rosen er mir mitgebracht hat.«

»Ich höre Hochzeitsglocken läuten.«

Sie lachte. »Immer hübsch langsam. Zuerst muss er sich im Alltag bewähren. Du weißt doch, wie es ist, die ersten sechs Wochen bist du voll auf Liebe und Sex programmiert, und dann kehrt das normale Leben zurück. Das packen nur wenige. Obwohl … bei ihm hab ich das Gefühl, es könnte klappen.«

»Hast du kein Foto?«

Sie zog ihr Smartphone aus der Handtasche und zeigte mir einen Mann mit einem großen Blumenstrauß in den Händen, darüber die Zeile »Sag's mit Blumen!« und der Hinweis auf den Blumengroßhandel in der Hanauer Landstraße. »Niko macht Werbung für das Geschäft seiner Eltern«, erklärte sie.

Ich nickte anerkennend. »Er sieht gut aus. Nicht so gut wie mein weißer Ritter aus dem schönen Irland, aber immerhin.«

Wir schwiegen beide, als die Bedienung unser Essen brachte, dann sagte ich: »Ich hab übrigens beschlossen, nach Irland zu fliegen und mein Date nachzuholen. Ich weiß, du hältst das für eine verrückte Idee, und wahrscheinlich ist es das auch, aber das stört mich nicht. Wo ich sterbe, ist doch egal. Ich ärgere mich schon die ganze Zeit, dass ich Jordan damals versetzt habe. Keine Ahnung, wie er reagiert, wenn ich plötzlich auftauche, aber einen Versuch ist es wert. Hab ich recht?«

»Nein, du hast nicht recht«, antwortete sie. Sie war plötzlich sehr ernst geworden. »Dir scheint noch gar nicht bewusst zu sein, an was du erkrankt bist und wie ernst es um dich steht. Warum schonst du dich nicht, Kati? Lass die nächste Übersetzung sausen und ruh dich aus. Die Chemo macht dir schwer zu schaffen, das sehe ich doch. Tritt endlich kürzer! Tu mir den Gefallen!«

»Dann wäre doch eine Reise nach Irland genau das Richtige.«

»Wenn du in einem netten Hotel absteigst und ein wenig spazieren gehst, vielleicht, aber nicht, um einem Mann nachzustellen, den du kaum kennst. Wer weiß, vielleicht ist er verheiratet. Oder er hat eine feste Freundin. Das wäre schon verrückt, wenn du kerngesund wärst, aber so? Was willst du ihm denn erzählen? Hallo, mein Liebster, hier bin ich. Ich will mit dir zusammen sein, aber leider habe ich nicht mehr lange …« Sie unterbrach sich und war wohl über sich selbst entsetzt. »Tut mir leid, Kati. Ich will dir nicht wehtun.«

Ich regte mich nicht auf, hatte ja selbst schon so gedacht. »Ich weiß, dass es verrückt ist, Lou. Aber irgendwas sagt mir, dass mir die Reise guttun wird. Was soll mir denn schon passieren? Der Flug nach Irland dauert zwei Stunden, die stecke ich locker weg. Und wenn ich sehe, dass Jordan nichts von mir wissen will, ziehe ich mich brav zurück und steig wieder in den Flieger.«

»Und das ganze Drumherum? Hotel? Fremdes Land und so?«

»So schwach bin ich nun auch wieder nicht.«

Wir aßen eine Weile. Die Sashimi schmeckten köstlich, und die Tüte mit dem Yellowtail war ein Geschenk des Himmels. Ein Glück, dass ich durch die Chemo nicht meine Geschmacksnerven verloren hatte. Die Entzündungen am Gaumen waren glücklicherweise zurückgegangen. Und mein Magen streikte nicht, wenn er rohen Fisch bekam. Noch war das Leben lebenswert.

»Und wann soll es losgehen, dein Irland-Abenteuer?«, fragte Lou.

»In ein paar Tagen«, antwortete ich kühn.

»Wissen es deine Eltern schon?«

»Bis jetzt noch nicht.«

»Das wird bestimmt keine leichte Geburt.« Sie grinste verhalten. »Sehen wir uns noch mal, bevor du fliegst? Ich könnte dich zum Flughafen fahren.«

»Lieber nicht. Ich würde die ganze Zeit nur heulen.«

»Aber du bleibst doch nicht für immer? Oder doch?«

»Nein«, antwortete ich, obwohl ich mir alles andere als sicher war. »Es ist außerdem gar nicht so sehr wegen Jordan. Ich will ein wenig Abstand von allem gewinnen. Die nächste Chemorunde beginnt erst in zwei Wochen, und ich hab mir sowieso eine kleine Pause verdient, bevor ich den Auswandererroman angehe.«

»Den solltest du besser nicht annehmen, Kati.«

»Das hatten wir doch schon.«

»Und ich sag's trotzdem immer wieder«, blieb sie dabei. »Ich hab Angst um dich, Kati! Ich will, dass du so lange wie möglich bei uns bleibst! Warum solltest du dich mit einer Übersetzung belasten? Genieß das Leben, solange es geht.«

Ich vermied eine dramatische Abschiedsszene, obwohl mir bewusst war, dass wir uns in diesem Augenblick vielleicht für immer voneinander verabschiedeten. Aber genauso gut konnte es sein, dass ich nach ein paar Tagen zurückkam und wir schon in zwei Wochen wieder zusammen Sushi essen würden. »Mach's gut, Lou«, sagte ich nur und machte, dass ich so schnell wie möglich wegkam. Ich wollte nicht, dass ich vor ihr einen Heulkrampf bekam.

Der kam später, als ich wieder zu Hause war und mit Jacques im Arm in mein Kissen heulte. Jetzt erschütterte mich der Gedanke, dass ich meine Freundin vielleicht nie mehr wiedersehen würde, und ich zweifelte plötzlich daran, ob es eine gute Idee war, nach Irland zu fliegen.

»Was sagst du, Jacques?«, fragte ich meine Plüschratte, als ich mir die Tränen vom Gesicht wischte. »Wollen wir beide nach Irland durchbrennen?«

Jacques blickte mich mit großen Augen an.

»Bringt es was, aus Frankfurt zu verschwinden und in Irland was anderes anzufangen? Den ganzen Rummel und die Fürsorge meiner Eltern und anderer lieber Menschen hinter mir zu lassen? Oder lüge ich mir in die Tasche?«

Jacques hatte wieder nichts zu sagen.

»Meine Eltern meinen es doch gut mit mir, und auch Lou will mir die letzten Monate so leicht wie möglich machen. Sollte ich mich nicht freuen, dass sie sich so liebevoll um mich kümmern? Bin ich wirklich bereit, auf ihre Fürsorge zu verzichten und darauf zu hoffen, dass ich in Irland ein normales Leben führen kann?« Ich blickte die Plüschratte an. »Sag doch was, Jacques!«

Jacques hustete mir was und überließ mich meinen Gedanken.

Ach was, beruhigte ich mich selbst. Lass mich erst mal für ein paar Tage buchen, dann kann man immer noch sehen, ob ich länger dort bleibe. Vielleicht bin ich in zwei, drei Wochen ja froh, wenn ich vertraute Menschen wie meine Mutter oder meine Freundin um mich habe. Nicht jeder ist so stark und widerstandsfähig, wie es Bibi gewesen war. Selbst die Ärzte hatten mit höchster Anerkennung von ihr gesprochen.

Noch vor dem Einschlafen setzte ich mich an den Computer. Wenn ich mich einmal zu einer Entscheidung durchgerungen hatte, hielt mich nichts mehr auf. So war es gewesen, als ich vor sechs Jahren von zu Hause ausgezogen war und als ich mich entschieden hatte, freiberuflich zu arbeiten, sehr zum Leidwesen meiner Eltern, die wussten, wie risikoreich das Leben einer Selbstständigen war. Ich hatte viel Glück und musste die Entscheidung nie bereuen.

Da ich mich schon ausgiebig im Internet umgesehen hatte, musste ich nicht mehr lange suchen. Mit einer deutschen Airline über London nach Cork, um elf Uhr morgens ging es los, um fünfzehn Uhr war man dort. Übermorgen, entschied ich, das gab mir genug Zeit, mich von meinen Eltern zu verabschieden, und würde alle Beteiligten daran hindern, lange darüber zu diskutieren. Ein Hotel hatte ich auch schon gefunden, die Lancaster Lodge nahe der Innenstadt. Gediegen und einigermaßen preiswert. Wenn ich länger blieb, konnte ich mir immer noch ein Apartment suchen. Meine Medikamente reichten noch für zwei Wochen, dann würde ich mit dem neuen Chemozyklus beginnen. Spätestens dann musste ich mich bei einem Arzt sehen lassen. Eine große Klinik lag nur ein paar Hundert Meter vom Hotel entfernt.

Nachdem ich mein Ticket und die Hotelreservierung ausgedruckt hatte, war mir wohler. Es hatte so was Endgültiges. Ich hatte mich entschieden und brauchte nicht mehr darüber nachzudenken. Jetzt musste ich nur noch meine Siebensachen packen, und es konnte losgehen. Abgesehen von dem schweren Gang zu meinen Eltern und dem Anruf beim Verlag. Evelyn hatte mir den Auswandererroman und den Vertrag geschickt und erwartete wie bei jeder neuen Übersetzung, dass ich den Roman anlas und mich dazu äußerte.

Noch bevor ich sie anrufen konnte, meldete sie sich selbst, als hätte sie eine Ahnung gehabt, dass mit mir etwas nicht stimmte. »Guten Morgen«, begrüßte sie mich. »Ich muss nachher zu einem Meeting, deshalb melde ich mich gleich. Den Krimi hab ich bereits an die Bearbeiterin weitergegeben, deine Übersetzung ist wie immer klasse. Was sagst du zu dem neuen Schmöker?«

»Liest sich gut weg«, antwortete ich. »Hab die ersten Kapitel überflogen und war gleich mittendrin. Genau das, was viele Leute wollen. Lesefutter.«

»Das ist die Idee. Schaffst du die Übersetzung bis zur Messe?«

»Normalerweise schon.«

»Normalerweise?«

Ich war ihr eine ehrliche Antwort schuldig. »Ich hätte es dir gern unter vier Augen gesagt, Evelyn. Ich habe Krebs. Bauchspeicheldrüsenkrebs. Leider unheilbar. Ich hab noch fünf bis sechs Monate. Ich weiß, das kommt alles …«

»Krebs?«, schnitt sie mir das Wort ab. »Unheilbar?«

»Leider«, erwiderte ich. »Er hat schon gestreut, und sie können nur noch was gegen die Schmerzen tun. Die erste Chemo hab ich schon hinter mir.«

»Aber das geht nicht! Du bist doch noch so jung!«

»Ich hab Pech gehabt. Der schlimmste Krebs von allen.«

»Mein Gott, Kati! Das darf doch nicht wahr sein.«

»Ist es aber.« Ich konnte mir vorstellen, wie die Nachricht auf sie wirkte. »Das heißt aber nicht, dass ich jetzt den ganzen Tag im Bett liege und mit meinem Schicksal hadere. Ich versuche so weiterzuleben wie bisher. Sicher, die Chemo ist kein Zuckerlecken. Mir wird öfter mal schlecht oder ein wenig schwindlig, nicht anders als bei einer Schwangerschaft.« Ich musste gegen meinen Willen kichern. »Aber ich bin noch voll einsatzfähig. Ich weiß, du würdest mir die Übersetzung jetzt am liebsten wegnehmen, weil du Angst hast, dass ich sie versaue oder vorher sterbe, aber das wird nicht der Fall sein. Ich hab keinen Gehirntumor. Ich bin geistig voll auf der Höhe und kann mir nichts Besseres vorstellen, als auch die letzten Monate meines Lebens zu arbeiten. Lass mich den Roman machen. Ich werde dich nicht enttäuschen.«

Sie brauchte eine ganze Weile, um meinen Redeschwall zu verarbeiten. »Mein Gott, Kati! Ich weiß gar nicht, was ich sagen soll. Das ist furchtbar, das ist wirklich furchtbar, und ich hoffe sehr, dass sich die Ärzte irren und du doch noch gesund wirst. Bist du denn wirklich stark genug, um zu arbeiten? Wäre es nicht besser, du würdest die Arbeit sein lassen und dich erholen?«

»Vertrau mir, Evelyn! Arbeit ist die beste Therapie.«

»Okay«, entschied sie, »ich lass dir die Übersetzung. Aber ich erwarte, dass du ehrlich zu mir bist und Bescheid sagst, falls du nicht mehr kannst. Ich hab zwei, drei erfahrene Leute, die dann weitermachen können. Ich bin dir auf jeden Fall sehr dankbar, dass du's mir gesagt hast. Auch wenn ich mir wesentlich bessere Nachrichten gewünscht hätte. Ich drücke dir die Daumen, Kati. Lass dich nicht unterkriegen!« Sie begann zu weinen, schaffte es gerade noch, sich zu verabschieden und mir alles Gute zu wünschen, und legte auf.

Ich zögerte eine Weile, bevor ich weitermachte. Langsam kam es mir so vor, als wäre es für andere schwieriger als für mich selbst, mit meiner Krankheit zurechtzukommen. Vielleicht wollte ich auch deshalb eine Luftveränderung. Das Leben war wesentlich angenehmer, wenn man nicht ständig darüber nachdenken musste, wie man sich ausdrücken und was man tun durfte.

Die Mail an die Messeleitung machte mir keine Schwierigkeiten. Ich sagte den lukrativen Übersetzerjob, den man mir angeboten hatte, »aus persönlichen Gründen« ab, auch in dem Wissen, dass ich einer anderen Übersetzerin damit einen großen Gefallen tat. Messejobs waren in meiner Branche sehr begehrt und brachten schnelles Geld. So was lehnte man eigentlich nicht ab.

Auf den schweren Gang zu meinen Eltern hätte ich am liebsten verzichtet. »Drück mir die Daumen!«, rief ich Jacques zu, bevor ich die Wohnung verließ. Wider Erwarten fand ich sofort einen Parkplatz im Westend und ging die restlichen zweihundert Meter zu Fuß. Fast eine Viertelstunde trieb ich mich in der Nähe unserer Drogerie herum, bevor ich den Mut fand hineinzugehen.

»Kati! Das ist aber schön, dass du vorbeikommst!«, rief meine Mutter.

Ich musste die Sache schnell hinter mich bringen, das wurde mir sofort klar. »Habt ihr kurz für mich Zeit?«, fragte ich, nachdem ich sie begrüßt hatte.

»Was gibt es denn?«, fragte meine Mutter besorgt.

Sie überließen die Drogerie ihrer Angestellten und gingen mit mir ins Nebenzimmer. Anscheinend ahnten sie, dass ich schlechte Nachrichten brachte, auch mein Vater, der sich aber wie immer im Hintergrund hielt. In unserer Familie regierte meine Mutter, und weil sie es gut machte, rebellierte keiner.

Ich verzichtete auf alle Umschweife: »Ich fliege nach Irland. Morgen schon. Wahrscheinlich nur für ein paar Tage, vielleicht auch länger. Ich möchte ein wenig Abstand von allem gewinnen. Die frische Meerluft atmen, über mein Leben nachdenken, einfach mal allein sein, solange ich noch selbstständig denken und handeln kann. Ihr braucht keine Angst zu haben. Ich bin erwachsen, hab genug Geld gespart, und kompetente Ärzte gibt es auch dort.«

Jedes meiner Worte schien sie tief ins Mark zu treffen. Sie blickten mich lange und verständnislos an, bevor meine Mutter sagte: »Du willst uns im Stich lassen? Wie sollen wir dir denn helfen, wenn du nicht mehr hier bist?«

»Ich bin ja nicht aus der Welt. Ich rufe euch öfter an, okay?«

»Nach Irland, warum denn ausgerechnet nach Irland? Haben wir irgendetwas falsch gemacht, Kati? Willst du uns loswerden? Der Gedanke, dass du … dass du ohne uns …« Sie sprach den Gedanken nicht aus, umarmte mich stattdessen, und auch mein Vater drückte mich. »Kati, wir lieben dich«, sagte er.

So etwas hatte ich meinen Vater noch nie sagen gehört, und ich war entsprechend gerührt. »Und ich liebe euch«, versicherte ich ihnen. »Aber auf mich stürzt gerade etwas viel ein, und ich brauche unbedingt etwas Urlaub.«

Das verstand sogar meine Mutter, obwohl es nicht ganz der Wahrheit entsprach. »Urlaub … Urlaub, vielleicht hast du recht, mein Schatz. Aber melde dich sofort, wenn du Probleme bekommst oder du irgendetwas brauchst.«

»Sicher.«

»Versprichst du mir das?«

»Ich verspreche es, Mama!«

»Dann ist es gut«, sagte sie, »dann ist es gut.«

# 13

Das Erste, was ich von Irland sah, waren die grünen Wiesen. Noch grüner als in den Werbespots von Kerrygold, so leuchtend grün, als wollte man den Besuchern schon beim Anflug zeigen, dass Irland noch viel schöner als auf Bildern und in Träumen war. »Grün ist die Hoffnung«, fiel mir ein, als das Flugzeug landete und wir zum Gate rollten. »Irisches Grün kommt bei mir gleich nach dem Schwarz, Weiß und Rot der Eintracht«, hätte Bibi gesagt.

Nachdem ich meinen Koffer vom Band genommen hatte, schnappte ich mir ein Taxi und fuhr zum Hotel. Nur das, was ich unbedingt brauchte, befand sich in meinem Gepäck. Kleidung, Laptop, der Auswandererroman, meine Lieblingsbücher, persönliche Unterlagen, und Jacques durfte natürlich auch mit. Bis zur Stadt war es nicht weit. Keine dreißig Kilometer, hatte das Hotel geschrieben. Der Fahrer fragte, ob ich Urlaub in Irland machen würde, und ich antwortete, ein paar Tage, und hörte mir an, was Cork alles zu bieten habe. »Den English Market müssen sie unbedingt sehen«, sagte er, »das Lokal auf der Empore ist auch nicht zu verachten.« Er klopfte sich lachend auf den Bauch. »Bei mir dreht sich alles ums Essen. Bestellen Sie das Lamm!«

Das Hotel lag am südlichen Kanal des River Lee und war so, wie ich es mir vorgestellt hatte. Bis zur Innenstadt, die sich zwischen den beiden Armen der Flussgabelung ausbreitete, waren es nur ein paar Hundert Meter. Mein Zimmer war sauber, es gab einen kleinen Schreibtisch und einen Wasserkocher, und durch das Fenster blickte man auf die drei Türme der Saint Finn Barre's Cathedral. Jacques bekam einen Ehrenplatz neben meiner Nachttischlampe.

Ich setzte mich auf den Bettrand und schnaufte erst mal durch. Der Flug hatte mich mehr angestrengt, als ich gedacht hatte, und ich brauchte ein paar Minuten. Oder Stunden. Bevor ich michs versah, war ich eingeschlafen und wachte erst auf, als draußen Schritte erklangen, und ich hörte, wie ein Mann und eine Frau das Nachbarzimmer betraten und sich dabei laut unterhielten. Ein Blick auf den Wecker verriet mir, dass es beinahe acht Uhr abends war.

Ich nahm schnell meine Tabletten und zog mich aus. Das Auspacken verschob ich auf den nächsten Morgen. Ich war so erschöpft, dass ich gleich wieder einschlief und in seltsamen Träumen versank, sowie ich mich ins Bett gelegt hatte. Als ich frühmorgens aufwachte, hatte ich schon vergessen, wovon sie handelten.

Nach einer ausgiebigen Dusche ging es mir besser, viel besser, und ich verspürte sogar Hunger. Kein Wunder, ich hatte seit dem Abflug in Frankfurt nichts mehr gegessen. Zum Frühstück gab es jede Menge Rührei und Toast mit Marmelade. Butter und Speck standen auf meiner schwarzen Liste und blieben unberührt. Der Tee war so gut, dass ich mir eine zweite Tasse gönnte.

Ich zog mein Smartphone aus der Tasche und schickte meinen Eltern und auch Lou eine kurze Nachricht: »Ihr Lieben, bin gut angekommen. Alles okay hier. Der Arbeitsurlaub wird mir guttun, glaubt mir. Seid mir nicht böse, aber ich werde mein

Handy die nächsten Tage abschalten. Ich brauche viel Ruhe, und die finde ich nur, wenn ich nicht erreichbar bin. Ich liebe euch, Kati.«

Kaum waren die E-Mails versandt, drückte ich mein Handy tatsächlich aus, auch wenn ich die eingehenden Nachrichten dann nicht lesen konnte. Aber wer sollte mir schon schreiben? Meine Mutter, sie würde sich bestimmt nicht zurückhalten und mir täglich gute Ratschläge geben und mich bitten, so bald wie möglich wieder nach Hause zu kommen. Sie konnte nicht anders. Lou würde irgendetwas schreiben, nur um mir das Gefühl zu geben, dass sie an mich dachte und für mich betete, und mit Evelyn hatte ich alles Wesentliche abgesprochen. Es reichte, wenn ich mich nach den ersten Kapiteln bei ihr meldete.

Während ich mir noch einen Tee einschenkte, um die leichte Entzündung an meinem Gaumen zu lindern, betraten zwei Männer den Frühstücksraum: der Koch in voller Montur und ein junger Mann im Anzug, der wie ein Vertreter aussah und wahrscheinlich auch einer war. Sie nickten mir beiläufig zu und setzten sich an den Nachbartisch. Eine Bedienung brachte ihnen Tee.

»Gab's am Wochenende wieder Chowder?«, fragte der Vertreter.

»Am Samstag und am Sonntag«, antwortete der Koch, »und ich bin immer noch nicht zufrieden. Wenn wir beim Cook-off auf einen der vorderen Plätze kommen wollen, müssen alle Zutaten stimmen. Nur das Beste vom Besten.«

»Du nimmst die Sache wirklich ernst, was?«

Der Koch nippte an seinem Tee. »Wenn wir schon mitmachen, dann richtig. Dann wollen wir auch gewinnen. Obwohl die Konkurrenz diesmal besonders stark ist. Ein Zwei-Sterne-Koch aus Dublin soll sich angemeldet haben und eine Hausfrau, die irgendeinen TV-Wettbewerb in Kilkenny gewonnen hat.

Die hat schon jetzt mehr Presse, als wir alle zusammen bekommen. Na, und dann ist da dieser junge Koch aus Kinsale, dieser Jordan O'Connor. Er hat gerade ein neues Restaurant eröffnet. Er wird als Geheimtipp gehandelt.«

Ich erschrak, als ich den Namen hörte. »Jordan?«, entfuhr es mir.

Die beiden Männer blickten mich verwundert an.

Ich hatte mich zu ihnen umgedreht und entschuldigte mich mit einem Lächeln. »Tut mir leid, ich wollte nicht lauschen. Aber ich habe Jordan in Deutschland getroffen und hätte nicht gedacht, hier seinen Namen zu hören.«

»Dann kommen Sie aus Deutschland? Da war ich auch, zum Superfood-Kongress. Wir hatten eine großartige Zeit in Frankfurt, nur der Apfelwein, der schmeckt wesentlich saurer als unser Apple Cidre.« Er blickte mich genauer an. »Sind Sie etwa die geheimnisvolle Lady, die er dort getroffen hat?«

Ich zog die Augenbrauen hoch. »Geheimnisvolle Lady?«

»So nannte Jordan die junge Frau, die er in Frankfurt kennengelernt hatte. Auf einem Polizeirevier, stellen Sie sich das vor! Er hatte vergessen, dass man in Deutschland rechts fährt, und einem Streifenwagen die Vorfahrt genommen. Ausgerechnet! Aber die Bekanntschaft mit der hübschen Lady sei es wert gewesen. Er hat sie genau beschrieben ... das waren Sie, nicht wahr?«

»Kann schon sein«, antwortete ich vieldeutig.

»Besuchen Sie ihn in Kinsale?«

»Sie sind ganz schön neugierig.«

»Tut mir leid, ich wollte nicht ...«

Ich musste lachen. »So war's doch nicht gemeint. Kann schon sein, dass ich das bin. Aber dass ich in Cork bin, ist eher Zufall. Ich habe geschäftlich hier zu tun.« Was nicht einmal gelogen war, wenn man berücksichtigte, dass ich im Hotel an meiner Übersetzung arbeitete. Dass ich tatsächlich nach Irland gekommen war, um Jordan aufzuspüren, wollte ich ihm nicht verraten.

»Schade«, erwiderte der Koch, »Jordan würde sich sehr freuen, wenn Sie seinetwegen gekommen wären. Er hörte sich nicht so an, als wären Sie nur eine Zufallsbekanntschaft. Der war ehrlich begeistert von Ihnen. Er sprach die ganze Zeit von seiner geheimnisvollen Lady und wollte sie unbedingt wiedertreffen. Anscheinend hatte er weder Ihren Nachnamen noch Ihre Adresse und Telefonnummer, und bei Ihrer Verabredung muss einiges schiefgelaufen sein.«

»Sie sind gut informiert, Mister ...«

»Paul Chester, wie der Käse. Sagen Sie Paul.«

»Ja, wir haben uns verpasst. Ich bin Kati.«

Paul mochte mich anscheinend. »Das lässt sich reparieren. Wenn Sie in zwei Wochen noch hier sind und Jordan und einige andere Meisterköche in Aktion sehen wollen, kommen Sie nach Kinsale zum Chowder Cook-off. Die All-Ireland Chowder Championship zählt zu den wichtigsten Events an der Atlantikküste. Während eines großen Festivals entscheiden die Besucher, welcher von ungefähr vierzig Köchen den besten Fischeintopf kocht und den Pokal des besten Chowder-Kochs verdient hat. Das sollten Sie nicht verpassen.«

»Ich weiß nicht, ob ich so lange bleiben kann.«

»Lohnen würde es sich auf jeden Fall.« Paul wechselte einen verschmitzten Blick mit seinem Begleiter. »Nicht wegen Jordan, sondern vor allem wegen der guten Chowder, die Sie dort bekommen. So etwas gibt es in Germany bestimmt nicht. Fragen Sie nach mir; falls Sie doch kommen, dann spendiere ich Ihnen eine Extraportion. Natürlich nur, wenn Sie für mich stimmen.«

»Mal sehen«, erwiderte ich. »Hat mich gefreut, Sie kennenzulernen.«

Ich kehrte in mein Zimmer zurück und setzte mich auf das ungemachte Bett. »Stell dir vor«, sagte ich zu Jacques, »ich bin gerade mal einen halben Tag hier, und schon erzählt mir dieser Paul von Jordan. Ich hab ihm natürlich nicht verraten, warum ich hier bin, sonst plappert er noch überall rum, dass eine deutsche Frau einem irischen Koch bis nach Kinsale nachläuft. Denn genau das mache ich. Ich laufe ihm nach.« Ich blickte Jacques grübelnd an. »Was meinst du? Soll ich es lieber lassen? Hältst du mich für aufdringlich?«

Natürlich antwortete meine Plüschratte auch diesmal nicht. Dafür glaubte ich zu wissen, was Bibi gesagt hätte: Fang bloß nicht zu grübeln an. Ist doch vollkommen egal, ob du ihm nachläufst oder dich sonstwie zum Affen machst. Schnapp dir den Kerl! Du hast keine Zeit, dich an irgendwelche Etikette zu halten. Fahr so schnell wie möglich hin und mach ihn für dich klar!«

»Morgen«, erwiderte ich, »morgen fahre ich zu ihm. Heute sehe ich mich erst mal in der Stadt um. Mit der Tür ins Haus zu fallen, liegt mir nicht so.«

Es regnete leicht, als ich das Hotel verließ, und ich war froh, meinen Regenmantel mitgenommen zu haben. Einen leichten Trenchcoat, den ich von meinen Eltern zum letzten Geburtstag geschenkt bekommen hatte. »Trenchcoats sind zeitlos«, hatte meine Mutter gesagt, »die bleiben immer modern.« Dafür war mein Schirm aufdringlich bunt und warb für einen Fernsehsender.

In Cork verstehen die Menschen zu leben, das erkannte man schon auf den ersten Blick, wenn man die Innenstadt erreichte. Es gab ungewöhnlich viele Restaurants und Straßencafés, vor allem in der St Patrick's Street mit ihren schmalen Seitengassen. Im Internet hatte ich gelesen, dass die historischen Häuser abseits der Einkaufsstraße aus der Blütezeit der Stadt im

19. Jahrhundert stammen, als der neue Buttermarkt für einen regen Aufschwung sorgte.

Ich schlenderte durch die Innenstadt und fühlte mich so wohl wie schon lange nicht mehr. Keine Bauchschmerzen, keine Müdigkeit, lediglich mein Gaumen war noch leicht entzündet. Ich genoss sogar den Regen, der wie das leuchtend grüne Gras und der grüne Kobold zu Irland gehörte und die Krankheit aus meinem Körper zu waschen schien. Ein Trugschluss, wie ich ahnte, und dennoch angenehm, weil ich wenigstens für ein paar Stunden das Gefühl hatte, wieder vollkommen gesund zu sein. »Du hast es richtig gemacht«, hörte ich Bibi sagen. Ich hörte ihre Stimme ziemlich oft. »Hier gehörst du hin.«

Doch obwohl ich bequeme Sneakers anhatte, hielt ich nicht lange durch. In jedem Laden und jedem Kaufhaus, in das ich ging, suchte ich sofort nach einer Sitzgelegenheit und ruhte etwas aus, bis ich genug Kraft gesammelt hatte und stark genug war, mich wieder auf den Weg zu machen. Als mir die Lauferei zu viel wurde, buchte ich eine Stadtrundfahrt und gondelte zwei Stunden in einem Doppeldeckerbus durch die Stadt. Ich erfuhr, dass Cork auf Marschland erbaut war und einige Hauseingänge nur über Stufen zu erreichen waren, weil früher der Wasserspiegel höher lag. Auf den beiden Armen des River Lee schwammen Ruderboote, und wir fuhren über einige der mehr als zwanzig Brücken der Stadt. Im Norden thronte die Church of St. Anne auf einem Hügel. Die vielen Kurven, die der Bus auf seiner Fahrt durch die engen Straßen zu bewältigen hatte, machten mich ein wenig schwindlig und erinnerten mich daran, dass ich krank war und mich nicht überanstrengen sollte.

Ich war froh, als wir unseren Ausgangspunkt erreichten und ich aussteigen konnte. Bis zum English Market waren es nur ein paar Schritte, und ich erinnerte mich an die Worte des Taxifahrers, der mir das Restaurant auf der Empore empfohlen hatte. Der English Market lag in mehreren viktorianischen

Hallen an der Grand Parade, einer breiten Einkaufsstraße, und schlug die Frankfurter Kleinmarkthalle um Längen; so viel frische Ware hatte ich noch nie auf einem Fleck gesehen. Sogar einen winzigen Sushi-Stand gab es dort. Obwohl ich zu erschöpft war, um mir alles anzusehen, war ich begeistert.

Ich hatte keinen Hunger, wollte mich aber noch ein wenig ausruhen, bevor ich ins Hotel zurückkehrte, und ging in das Restaurant auf der Empore. Dort ging es ausgesprochen hektisch zu, aber ich fand einen Platz gleich neben der Küche und bestellte eine irische Chowder. Ich hatte zwar eine Ahnung, wie ein Fischeintopf schmeckt, wollte es aber genau wissen. Als Getränk reichte mir die Karaffe mit Leitungswasser, die in Irland zu jedem Essen gehörte.

Zum Glück rebellierte mein Magen nicht. Es war wie verhext, entweder hatte ich Bauchschmerzen oder ich war bester Laune und gleich darauf zu Tode betrübt, oder ich war so müde, dass ich am liebsten auf der Stelle eingeschlafen wäre. Noch ließen mich meine Geschmacksnerven nicht im Stich. Die Chowder schmeckte köstlich. Etwas zu viel Sahne vielleicht, aber reichlich Fisch und nicht so viele Kartoffeln wie in den Eintöpfen vieler deutscher Restaurants. Ich aß langsam und bedächtig, hielt immer wieder inne und blickte nach unten, wo sich die Kunden vor den Verkaufsständen drängten.

Um noch etwas länger sitzen bleiben zu können, bestellte ich ein Kännchen Tee, das mit Milch und Zucker serviert wurde, wie ihn die meisten Iren tranken. Während ich darauf wartete, dass der Tee etwas dunkler wurde, fiel mein Blick auf die Zeitungen, die säuberlich aufgereiht an der Garderobe hingen. Dass auch in ihrem Restaurant die meisten Gäste auf ihr Smartphone starrten, schien die Betreiber nicht zu interessieren. Sie setzten auf Tradition. Auch um mich vor den neugierigen Blicken eines Mannes zu schützen, der mich anstarrte, griff ich nach der erstbesten Zeitung und blätterte sie durch.

Auf der vorletzten Seite stolperte ich über ein Foto, das mich mitten in der Bewegung erstarren ließ. Das war … das war doch Jordan! Ein Publicityfoto, das ihn zeigte, wie er den Deckel von einem Topf hob. Und neben ihm war eine attraktive junge Frau zu sehen, die sich mit ihrem linken Unterarm auf seine Schulter stützte und ihn anlächelte. Sie trug ein Businesskostüm mit einem kurzen Rock, der kein Geheimnis aus ihren wohlgeformten langen Beinen machte, und hatte ihre blonde Lockenmähne notdürftig unter einer Kochmütze versteckt. Ein albernes Foto, aber ein Hingucker für Männer.

»Jordan O'Connor, innovativer Gourmetkoch aus Kinsale, gilt als Geheimtipp für das bevorstehende Chowder Cook-off in seiner Heimatstadt. Mimi Walsh, seine Partnerin im neuen Jordy's Cottage, drückt ihm die Daumen.«

Ich starrte das Foto an, als würde es irgendetwas Ekliges zeigen. Genauso gut hätte man mir mit einem Vorschlaghammer gegen das Schienbein schlagen können. Seine Partnerin? Eine Geschäftspartnerin, die sich für ein solches Foto hergab? Oder auch Partnerin im echten Leben? Nur ein spaßiges Foto, das Aufmerksamkeit wecken sollte? Selbst wenn das Foto nur gestellt war, konnte ich mir nicht vorstellen, dass Jordan nichts mit der hübschen Frau hatte, und so wie mir ging es sicher allen Betrachtern. Weil es stimmte? Oder weil man sich nicht vorstellen konnte, dass ein Mann und eine attraktive Blondine Partner sein konnten, auch ohne gleich in die Kiste zu hüpfen?

Ich las den Artikel daneben und beruhigte mich etwas. Dort ging es hauptsächlich um die Hausfrau aus Kilkenny, die sich gegen dreizehn andere Amateurköchinnen durchgesetzt hatte und bereits in mehrere Talkshows eingeladen worden war. Auch sie war auf einem Foto zu sehen, mit ihrem Ehemann, ihren drei Kindern und einem zotteligen Hund. Eine Bilderbuchfamilie, wie sie bei den Leuten besonders gut ankam. Von dem Zwei-Sterne-Koch aus Dublin, einem gewissen Toby Sullivan, gab es nur ein Porträt zu sehen. Er hatte seine eigene Kochshow bei einem kleinen Fernsehsender: »Sullivan's Kitchen«.

Über Jordan las ich, dass er schon in einem Hotelrestaurant in Cork mit seinen innovativen Gerichten aufgefallen war und besonders mit seinen Fischgerichten bei den Gästen ankam. Mit »Jordy's Cottage« erfülle er sich einen lang gehegten Traum. Mimi Walsh, eine angesehene Anwältin, die aber auch als Model erfolgreich gewesen sei, habe einen Teil ihres beträchtlichen Vermögens in das Restaurant investiert. Vom Kochen verstehe sie »nicht die Bohne«, sie sei aber sehr an gesunder Ernährung interessiert und vertraue Jordy; er habe das Zeug, mit seinem Restaurant in neue Sphären vorzustoßen.

Also doch nur Geschäftspartnerin? Oder war Jordy einer dieser »Womanizer«, die ständig schöne Frauen um sich haben mussten? Hatte er in Frankfurt nur versucht, die Gelegenheit beim Schopf zu packen? Ich wusste es nicht.

Aber eines wusste ich genau: Ich würde ihm ganz bestimmt nicht hinterherlaufen.

# 14

Am nächsten Morgen ging es mir wesentlich besser. Ich hatte über zwölf Stunden geschlafen und spürte nicht mehr diese bleierne Müdigkeit wie nach dem langen Spaziergang in der Stadt. Lediglich mein Appetit hatte nachgelassen. Obwohl ich das Abendessen ausgelassen hatte, ließ ich es beim Frühstück langsam angehen und begnügte mich mit etwas Toast und Marmelade.

Anschließend bestellte ich mir ein Taxi und fuhr zum Busbahnhof am anderen Ende der Stadt. Ich würde Jordan besuchen. Ob ich ihn mir »schnappen« würde, stand auf einem anderen Blatt, das hing natürlich davon ab, ob wir uns immer noch so gut verstanden wie in Frankfurt und was es mit Mimi Walsh auf sich hatte. »Lass dich nicht verrückt machen«, hörte ich wieder Bibis Stimme. »Ist doch gar nicht gesagt, ob er wirklich was mit der hat. Und wenn schon ... wenn dir was an dem Kerl liegt, pirsch dich an ihn ran, okay?«

Der Bus brauchte eine gute Stunde nach Kinsale, fuhr über eine kurvenreiche Landstraße durch abgelegene Dörfer und Felder. Ich hatte mich ein wenig überschätzt. Die Busfahrt bekam mir nicht besonders und setzte mir besonders in den Kurven zu. Früher war mir während solcher Fahrten nie schlecht geworden. Der Krebs hatte sich anscheinend entschlossen, mir auch so lapidare Dinge wie eine Busfahrt zu verderben, als wollte er mich schon jetzt davor warnen, mich nicht zu sehr auf mögliche Monate in Irland zu freuen, weil er vielleicht früher als erwartet zuschlagen und mir das Leben zur Hölle machen würde. »Das werde ich nicht zulassen«, flüsterte ich. »Hörst du mich? Wenn es unbedingt sein muss, kannst du gern das Kommando übernehmen, wenn es so weit ist, aber diese letzten schönen Tage hab ich mir redlich verdient.«

In Kinsale hielt der Bus an der Pier Road. Ich musste mich an den Sitzlehnen festhalten, als ich zur Tür ging, um nicht das Gleichgewicht zu verlieren, und fühlte mich auch nach dem Aussteigen noch etwas unsicher auf den Beinen. Zum Glück war es bis zur nächsten Parkbank nicht allzu weit. Ich setzte mich und atmete die frische Meeresluft, die vom Atlantik über den River Bandon nach Kinsale hereinzog. Es roch nach Salz und Tang und Fischresten, und in der Luft hingen das Tuckern einiger Fischerboote und das Kreischen der Möwen.

Die Uferpromenade war eines der Glanzstücke der Stadt, das hatte ich bereits im Reiseführer gelesen. Bunte Blumenkästen säumten die Straße und den Spazierweg an den Anlegestellen. Eine Vielzahl von Jachten lag im Hafen, daneben Fischerboote und das Ausflugsboot für die Hafenrundfahrten.

Nur ein paar Minuten, entschuldigte ich mich in Gedanken bei mir selbst, dann mache ich mich auf den Weg. Es ist noch früh am Tag, und wer weiß, ob Jordan überhaupt schon im Restaurant ist. Noch hatte Jordy's Cottage, das früher einen anderen Namen gehabt hatte, nicht eröffnet, das hatten sich Jordan und seiner Partnerin für das nächste Wochenende vorgenommen, war in der Zeitung zu lesen gewesen. War er überhaupt in der Stadt? Hätte ich ihn nicht vorher anrufen sollen? Normalerweise vielleicht, nur war nichts mehr in meinem

Leben normal. Außerdem war ich nicht nur wegen Jordan nach Irland gefahren.

Ein Ehepaar, beide um die vierzig, setzte sich ans andere Ende der Bank. Sie sahen wohlhabend aus und waren edel gekleidet, der Mann hatte einen leichten Bauchansatz, der sich auch mit seiner eleganten Sportjacke nicht verstecken ließ. »Ein zauberhafter Ort, nicht wahr?«, sagte der Mann. »Wir kommen jedes Jahr hierher. Verbringen Sie auch Ihre Ferien in Kinsale?«

»Ich habe schon einiges über Kinsale gehört und will mir das Städtchen mal ansehen«, antwortete ich. »Ich komme aus Deutschland, aus Frankfurt.«

»Oh, da waren wir auch schon. Nicht wahr, Mary?«

»Frankfurt hat uns gut gefallen. Sehr gute Restaurants. Aber der Edelitaliener in München war auch nicht ohne.« Er blickte seine Frau an und dann wieder auf mich. »Wir sind Feinschmecker, wissen Sie? Wir haben überall in Europa unsere Lieblingsrestaurants und richten unsere Kurzurlaube danach aus. Unser Geschäft führen inzwischen die Söhne. Eine Agentur in Dublin.«

Sie hauten ganz schön auf den Putz. »Ich bin Übersetzerin.«

»Und Feinschmeckerin, hoffe ich«, sagte der Mann. »Kinsale gilt als Gourmet Capital of Ireland. Hierher kommen Gourmets aus ganz Europa. Gestern haben wir eine Foodtour mitgemacht, die sollten Sie sich auch leisten. Sie erfahren alles über die kulinarische Geschichte der Stadt und treffen vier Meisterköche in ihren Restaurants. Und überall bekommen Sie Kostproben.«

»Das klingt verlockend.« Mir war alles andere als nach Essen zumute.

»Wir hatten Glück und durften sogar in Jordy's Cottage vorbeischauen, obwohl es noch gar nicht geöffnet hat. Jordan O'Connor ist ein erstklassiger Koch. Wir haben ihn auf einer unserer letzten Reisen in Cork kennengelernt und waren begeistert von seinen Fischgerichten. Er ließ uns seine Chowder probieren, ein Gedicht. Bis zum Cook-off will er sie noch etwas verfeinern.«

»Jordan O'Connor?«, tat ich unwissend. »Über ihn habe ich gestern in der Zeitung gelesen. Auf dem Foto stand eine hübsche Frau neben ihm. Keine Ahnung, ob das seine Frau war oder eine Angestellte. Sie war sehr attraktiv.«

Der Mann lächelte. »Das muss die Blondine gewesen sein, die auch gestern bei ihm war. Ein heißer Feger, wenn Sie mir den Ausdruck erlauben.«

»Sie ist seine Teilhaberin«, korrigierte ihn seine Frau.

»Sagt er«, verbesserte der Mann sie grinsend. »Seine Ehefrau ist sie jedenfalls nicht. Ich hab keinen Ehering an ihrer Hand gesehen. Da war nichts.«

»Nicht alle Ehepaare tragen Eheringe«, sagte sie. »Außerdem hat dir niemand gesagt, dass du dir die Lady so genau ansehen sollst. Du könntest beinahe ihr Vater sein, vergiss das nicht. Halt dich lieber an deinesgleichen.«

»Schon klar«, versprach er und griff nach ihrer Hand.

Ich verabschiedete mich von den beiden und machte mich auf den Weg. Die frische Brise, die vom Fluss herüberwehte, tat mir gut, sie war wesentlich angenehmer zu atmen als die schwüle und manchmal stickige Luft in Frankfurt. Das Städtchen war voller Touristen, die in den zahlreichen Läden und Boutiquen einkauften, in den Straßencafés oder Restaurants schlemmten oder sich nur an dem sonnigen Wetter erfreuten. Der Sommer zeigte sich in Irland von seiner besten Seite, auch wenn es dort immer etwas kühler als auf dem Kontinent war und man nie wusste, wie lange das sonnige Wetter anhielt.

Mir gefielen die bunten Häuser, die sich wie leuchtende Bonbons in den schmalen Gassen ausmachten und liebevoll restauriert und mit Blumenkästen geschmückt waren. Doch lange hielt ich mich nicht mit Sightseeing auf. Sobald ich

mir im Tourist Office einen Stadtplan geholt und herausgefunden hatte, wo Jordy's Cottage lag, steuerte ich zielstrebig das
Restaurant an und verlangsamte meine Schritte erst, als ich es
vor mir an einer Kreuzung liegen sah. Wie eine mittelalterliche
Taverne erhob es sich am Ende einer Gasse, ein frisch gestriche-
nes Landhaus, das eigentlich gar nicht in diese Umgebung passte
und ein Überbleibsel aus vergangenen Zeiten zu sein schien.
Vor dem Cottage ragte eine blumengeschmückte Laterne aus
dem Kopfsteinpflaster.

Erst in diesem Augenblick wurde mir die volle Tragweite
meines Handelns bewusst. Ich glaubte, mich auf den ersten
Blick in eine Zufallsbekanntschaft verliebt zu haben, hatte
den Mann beim verabredeten Date versetzt, war ihm ohne
Ankündigung nach Irland nachgereist und hoffte, mit ihm dort
weiterzumachen, wo wir in Frankfurt aufgehört hatten. Und
das alles, ohne ihm zu sagen, dass ich krank war und nur noch
wenige Monate zu leben hatte.

Heftig! Um nicht zu sagen: vollkommen verrückt!

Ich konnte von Glück sagen, dass ich stehen geblieben
war. Jordan kam aus dem Cottage, im Schlepptau die attraktive
Lady, die ich auf dem Foto gesehen hatte. Ohne die Kochmütze
fielen ihre blonden Locken bis über die Schultern hinab. Sie
trug Jeans, ein Sweatshirt und pinkfarbene Sneakers.

Ich ging blitzschnell hinter einem Lieferwagen in Deckung
und beobachtete, wie er lachend einen Arm um sie legte und sie
auf die Schläfe küsste.

Volltreffer, dachte ich, das hast du gerade noch rechtzeitig
bemerkt. Mir wurde ganz schummrig bei dem Gedanken, was
passiert wäre, wenn ich den beiden begegnet wäre. Peinlich wäre
gar kein Ausdruck für die Verlegenheit gewesen, die sich dann
zwischen uns breitgemacht hätte. »Sei froh«, hätte meine Mutter
gesagt, »du weißt doch: lieber ein Ende mit Schrecken als …«

»… als ein Schrecken ohne Ende«, hätte ich natürlich geantwortet. Die banalsten Sprichwörter ergaben oftmals am meisten Sinn. Vor allem, wenn sie von meiner Mutter kamen, die solche Weisheiten mit einem rechthaberischen Ton untermalte, der mich regelmäßig zur Weißglut trieb. »Das hätte ich dir gleich sagen können, Kati. Was hast du denn erwartet, wenn du ihn versetzt?«

Die mögliche Antwort meiner Mutter spukte mir im Kopf herum, als ich langsam zum Hafen zurückging. Ich fühlte mich plötzlich hundeelend, war wie vor den Kopf geschlagen und musste mich alle paar Schritte an einer Hauswand abstützen. Dabei gab es nicht den geringsten Grund, Jordan etwas vorzuwerfen. Ich hatte ihn versetzt. Woher sollte er denn wissen, dass ich etwas für ihn empfand? Er hatte keine Ahnung, dass ich ihm nachgeflogen war.

Zum Teufel, warum sollte er denn keine Freundin haben?

Heftiger Schmerz bohrte sich in meine Gedanken. Er kam so plötzlich, dass ich es gerade noch bis zur nächsten Hauswand schaffte und langsam daran zu Boden sank. In meinem Bauch schien ein Feuer entzündet zu sein. Ich blieb stöhnend liegen, zwang mich, ruhig zu atmen, bis das Feuer versiegte, und seufzte erleichtert, als der Schmerz endlich nachließ und ich wieder einigermaßen klar denken konnte. Ächzend stemmte ich mich vom Boden hoch.

»Kann ich Ihnen helfen?«, hörte ich jemanden fragen.

Ich hob den Blick und sah eine Frau im weißen Kittel vor mir stehen, um die fünfzig, mit energischem Blick und einer Stimme, die einem sofort verriet, dass man es mit einer Respektsperson zu tun hatte. Sie wirkte besorgt.

»Ich bin Ärztin«, fuhr sie fort. »Meine Praxis befindet sich schräg gegenüber. Ich habe Sie durchs Fenster gesehen. Kommen Sie, ich sehe Sie mir lieber mal an.«

»Es geht schon wieder«, erwiderte ich, begleitete die Ärztin aber in ihre Praxis und in eines der Behandlungszimmer. Ich ahnte, wie es weiterging.

Sie tastete meinen Bauch ab und hörte damit auf, als sie bemerkte, wie ich das Gesicht verzog. »Haben Sie so was öfter? Das war kein Kreislaufkollaps. Es sah aus, als hätten Sie plötzlich große Schmerzen. Ich gebe Ihnen am besten ein Schmerzmittel, und Sie lassen sich so bald wie möglich von Ihrem Hausarzt untersuchen. Mit starken Bauchschmerzen soll man nicht spaßen.«

Ich druckste ein wenig herum und erzählte ihr schließlich die Wahrheit. Sie schien nicht überrascht zu sein. »Das tut mir leid«, sagte sie, »umso wichtiger erscheint es mir, dass Sie sich so bald wie möglich bei Ihrem Arzt melden. Sie machen hier Urlaub? Dann gehen Sie am besten in ein Krankenhaus, wenn es sein muss, sogar in die Notaufnahme. Dort wird man Ihnen stärkere Schmerzmittel verschreiben.« Sie fragte nicht, warum ich in meinem Zustand nach Irland fuhr, und enthielt sich auch sonst jeglichen Kommentars. »Alles Gute«, wünschte sie mir lediglich. Kein falsches Gesülze, wie ein Profi eben.

Ich bedankte mich und verließ die Praxis. Die Sprechstundenhilfe blickte mir neugierig nach. Ich hatte mich inzwischen erholt, spürte nur noch ein leichtes Drücken und auch keinen Schwindel mehr. Seltsamerweise hatte ich sogar Hunger. Ich kaufte mir ein trockenes Hörnchen und knabberte daran, während ich zum Hafen zurückkehrte. Auf einer Bank fand ich ein Plätzchen.

Das ältere Paar, das neben mir saß, war glücklicherweise mit sich selbst beschäftigt. Ihre grimmigen Mienen verrieten mir, dass sie gestritten hatten und einander mit Missachtung straften. Mir sollte es recht sein.

Ich hatte genug mit mir selbst zu tun. Die plötzlichen Schmerzen hatten mich daran erinnert, wie krank ich war, und mir deutlich zu verstehen gegeben, dass sie jederzeit wieder auftauchen konnten. Die Ärztin hatte recht, ich sollte mich so bald wie möglich in einem Krankenhaus melden, um mich neu einstellen zu lassen. Die bisherigen Schmerzmittel reichten nicht mehr aus. Morgen, sagte ich mir, gleich morgen früh würde ich in der Klinik vorsprechen. Die Schmerzen bei meinem Krebs konnten höllisch sein, hatte ich irgendwo gelesen. Dieses Risiko wollte ich nicht eingehen. Vielleicht ging ich sogar heute noch in die Klinik. Die Notaufnahme hatte immer geöffnet, und mit meiner Europäischen Versicherungskarte, oder wie das Ding hieß, konnte ich mich problemlos behandeln lassen.

Der Bus nach Cork fuhr jede Stunde, doch als er auftauchte, blieb ich sitzen und ließ ihn ohne mich weiterfahren. Die Sonne schien, und die frische Luft schien das beste Heilmittel gegen meine Schmerzen zu sein. Ein Warnschuss, das mochte wohl sein, aber kein dauerhafter Zustand, wie ich herausfand, denn schon nach einer halben Stunde am Hafen fühlte ich mich schon wieder so wohl wie bei meiner Ankunft. Ich war nicht blauäugig, mir war klar, dass gutes Wetter nichts gegen den Krebs ausrichten konnte, aber es tat gut, ein bisschen daran zu glauben und sich für eine Weile zurückzulehnen.

Gerade als das ältere Paar aufstand und ich darüber nachdachte, bis zur Abfahrt des nächsten Busses noch ein wenig spazieren zu gehen, hörte ich jemanden verwundert meinen Namen rufen: »Kati? Bist du das, Kati?«

Ich fuhr herum und sah Jordan über die Straße kommen. Er wirkte so lässig wie in Frankfurt, sportliche Kleidung, dunkle Sneakers, nur seine rötlichen Haare waren etwas gewachsen, und als er näher kam, erkannte ich, dass seine Augen stärker leuchteten als bei unserer ersten Begegnung. Die Wiedersehensfreude stand ihm ins Gesicht geschrieben, die war nicht vorgetäuscht.

»Kati! Mein Gott, Kati! Was tust du denn hier?«

Er hatte Englisch gesprochen, mit irischem Akzent, versteht sich, und ich antwortete in derselben Sprache, mit einem leichten deutschen Akzent: »Jordan!« Meine Stimme zitterte, und ich wäre ihm am liebsten um den Hals gefallen, hielt mich jedoch zurück. »Ich wollte dich gerade besuchen. Ich bin zur Recherche hier. Eine neue Übersetzung, ein Roman über eine irische Familie, die aus dieser Gegend stammt und im 19. Jahrhundert nach Amerika auswandert.« Ich sagte es eigentlich nur, um Zeit zu gewinnen, stand aber auf und wehrte mich nicht, als er mich umarmte und fest an sich drückte.

»Kati! Du in Kinsale, das finde ich riesig. Warum hast du denn nicht angerufen?«

»Ich wollte dich überraschen.« Wir setzten uns. »Ich wohne in einem Hotel in Cork und dachte mir, fährst mal nach Kinsale und siehst dich dort um.«

»Eine gute Idee. Und wie lange bleibst du in Irland?«

»Ein paar Tage«, antwortete ich, »vielleicht auch ein paar Wochen, wenn ich ein preiswertes Apartment finde, in dem ich in Ruhe arbeiten kann. Ich wollte sowieso mal weg aus Frankfurt, zumindest für eine Weile. Frische Meerluft atmen und dem Geschrei der Möwen zuhören. Das ist meine Welt.«

»Dann geht's dir wie mir.« Er hatte sich zu mir gedreht und griff nach meinen Händen. Seine Augen waren auch ein wenig grün, wenn ich's mir recht überlegte. »Vielleicht finde ich hier in Kinsale ein Apartment für dich. Ich hab einige Beziehungen. Wenn du willst, höre ich mich mal um.«

»Ich weiß nicht.« Ich musste an die blonde Lady denken.

»Das tue ich doch gern«, sagte er. Er schien sich tatsächlich darüber zu freuen, mich zu sehen. »Warum bist du damals eigentlich nicht gekommen?«

»Zu unserem Date, meinst du?« Ich hatte nur auf diese Frage gewartet und mir bereits eine Erklärung zurechtgelegt. »Ich bekam es mit der Angst zu tun. Ich hatte gerade erst Schluss mit jemand gemacht und wollte mich nicht gleich wieder in ein Abenteuer stürzen. Noch dazu kamst du aus Irland, und wer weiß, wie oft wir uns hätten sehen können. Ich weiß, das hätte ich dir vorher sagen können, und abends hätte ich in der Sushi-Bar anrufen sollen, aber ich war zu feige. Tut mir leid, Jordan. Wir hätten uns wahrscheinlich nie wiedergesehen, wenn ich die Übersetzung nicht bekommen hätte, aber wenn ich schon in deiner Nähe war, wollte ich mich wenigstens entschuldigen.«

»Du brauchst dich nicht zu entschuldigen«, erwiderte er. »Wenn ich ehrlich bin, ging es mir doch ähnlich. Auch ich war mir in der Sushi-Bar nicht sicher, ob es wirklich eine Zukunft für uns gegeben hätte. Erst hier habe ich gemerkt, dass ich mehr für dich empfinde. Leider hatte ich deinen Nachnamen vergessen, aber ich wäre bald nach Frankfurt gefahren und hätte nach dir gesucht.«

Ich fühlte mich geschmeichelt, wenn ich in Gedanken auch immer noch sah, wie er mit der blonden Schönheit aus dem Cottage kam und ihr liebevoll einen Arm um die Schultern legte. Benimmt sich so ein Mann, der sich nach einer anderen Frau sehnt? Vielleicht, wenn er einer dieser Womanizer ist.

»Hast du denn keine Freundin?«, fragte ich neugierig.

Er lächelte verführerisch. »Nein … und wenn es eine gäbe, würde ich ihr noch heute sagen, dass ich meine Traumfrau getroffen habe, und mich von ihr trennen.« Er drückte sanft meine Hände. »Hast du denn schon gegessen?«

»Ein wenig«, antwortete ich, »mir ist heute nicht besonders gut. Eigentlich wollte ich so bald wie möglich nach Cork zurückfahren und mich hinlegen.«

»Kein Problem, dann bringe ich dich mit meinem Wagen zum Hotel. Und morgen früh hole ich dich ab, und wir verbringen gemeinsam einen Tag hier in Kinsale. Ich bereite gerade mein Chowder-Rezept für das Cook-off in zwei Wochen vor, und du kannst mir beim Probieren helfen. Und abends serviere ich dir ein Drei-Sterne-Dinner, wie man es nur in Jordy's Cottage bekommt.«

Ich dachte an meinen Krankenhausbesuch. »Morgen und übermorgen kann ich leider nicht. Ich hab ein paar wichtige Dinge mit meinem Verlag abzuklären, außerdem wollen sie ein paar Seiten vorab für den Außendienst.«

»Dann am Donnerstag? Um neun?«

»Am Donnerstag ginge.«

»Wunderbar!« Seine Freude war aufrichtig, das spürte man, und ich war ebenfalls erregt, als ich an den gemeinsamen Tag mit ihm dachte. »Dann hole ich dich am Donnerstag in deinem Hotel ab.« Er stand auf und verbeugte sich lächelnd. »Zu Ihren Diensten, Lady Catherine. Mein Wagen wartet auf Sie!«

»Aufrichtigsten Dank, Sir Jordan.«

# 15

Mit den Tabletten, die mir die Ärztin in Kinsale gegeben hatte, behielt ich die Schmerzen einigermaßen im Griff, schreckte jedoch mehrmals aus dem Schlaf und war auch am nächsten Morgen nicht in Hochform. Es wurde höchste Zeit, dass ich das nahe Krankenhaus aufsuchte. Solange ich nicht mit einem Onkologen gesprochen hatte, fand ich keine Ruhe, und meine Angst vor einem plötzlichen Anfall war groß. »Jetzt sag mir bloß nicht, dass es mir zu Hause besser ginge und ich auf mein Date mit Jordan verzichten sollte«, sagte ich zu Jacques. »Ich weiß selbst, dass ich verrückt bin. Aber soll ich ihn vielleicht laufen lassen? Nur weil ich Krebs habe und er mit einer attraktiven Freundin schläft? Wegen solcher Kleinigkeiten rege ich mich doch nicht auf.«

Ich begnügte mich auch an diesem Morgen mit Toast und Marmelade und machte mich gleich anschließend zum Krankenhaus auf. Weil ich wusste, dass man nur als Notfall sofort drankam, marschierte ich in die Notaufnahme und berichtete von meinem Schmerzanfall in Kinsale. Ich musste einen Fragebogen ausfüllen und zwei akute Notfälle vorlassen, bis ich eine Stunde später drankam und hinter einem Vorhang auf den Arzt wartete. Bevor er sich blicken ließ, checkte eine

Schwester meinen Blutdruck und erkundigte sich nach meinen bisherigen Krankheiten. Sie zuckte nicht mal mit der Wimper, als ich ihr von meinem Bauchspeicheldrüsenkrebs berichtete.

Sie verschwand und kehrte wenige Minuten später zurück. »In Ihrem Fall halte ich es für besser, Sie sprechen mit einem Onkologen. Unser Consultant, Dr. Ralph Brandon, ist bereits im Haus, macht aber gerade Visite bei einem Patienten. Es kann eine Weile dauern, bis er in die Notaufnahme kommen kann.«

»Ich habe Zeit.« Was blieb mir auch anderes übrig?

Nach einer weiteren knappen Stunde betrat Dr. Ralph Brandon mein Notquartier, ein gutmütiger Mann mit schütterem Haar und wachen Augen. Als Consultant war er der führende Onkologe der Klinik und für alle wichtigen Entscheidungen verantwortlich. Acht Jahre musste man dafür studieren. »Sie verbringen Ihren Urlaub auf unserer Insel?«, fragte er, nachdem er sich vorgestellt hatte. Er las auf dem Computer, was die Schwester eingegeben hatte.

»Urlaub würde ich es nicht nennen«, erwiderte ich. »Mein Arzt in Deutschland hat mir noch ein knappes halbes Jahr gegeben, und ich hatte es leid, von allen Seiten bemuttert und umsorgt zu werden. Auch wenn ich nicht mehr lange habe, wollte ich ein möglichst normales Leben führen. Ich bin Übersetzerin, und es ist egal, wo ich arbeite.« Ich lächelte. »Außerdem spielt der Roman, den ich gerade übersetze, in dieser Gegend. Ein Auswandererroman.«

Er blickte mich prüfend an. »Sie gehen sehr gefasst mit Ihrer Krankheit um, das erlebe ich selten. Auch Ihre Klage über zu viel Bemutterung und Fürsorge kann ich verstehen, ein natürlicher Reflex bei Angehörigen. Was sagen Ihre Eltern dazu? Es gibt doch sicher einen Freund oder andere Menschen, die Ihnen nahestehen. Die waren doch sicher nicht erfreut über Ihre Abreise.«

»Meine Eltern machen sich Sorgen, ahnen aber wohl, dass ich so am besten mit meiner Krankheit zurechtkomme. Auch meine Freundin denkt so. Und mein Freund hat sich aus dem Staub gemacht, als er von meinem Krebs erfuhr.«

»Damit ist er kein Einzelfall«, erklärte der Arzt. »Ein Großteil der Angehörigen kommt leider nicht mit einer solchen Situation zurecht. Auch sie brauchen manchmal psychologische Hilfe.« Während er sprach, tastete er meinen Bauch vorsichtig mit seinen Händen ab. »Sie bleiben also länger in Irland?«

Ich überlegte nur kurz. »Ja ... ja, ich bleibe länger. Ich habe Bekannte in Kinsale, vielleicht suche ich mir dort ein Apartment.« Damit log ich nicht einmal, noch war Jordan ein Bekannter und vielleicht würde er es auch bleiben. Ich hatte nicht die Absicht, ihn mit einer anderen Frau zu teilen. »Ich bin gern in Irland. Ich hab den Eindruck, die Meerluft tut mir besonders gut.«

Dr. Brandon tippte etwas in den Computer. »In Ordnung«, sagte er, »dann werden wir uns um Sie kümmern. Wir lassen uns die Unterlagen gleich aus Frankfurt kommen, werden sie heute und morgen aber in unserer Tagesklinik behalten und unsererseits einige Untersuchungen durchführen. Ihre Medikamentenliste werde ich um ein Schmerzmittel ergänzen, mit dem ich sehr gute Erfahrungen gemacht habe. Mit diesem Mittel dürften Sie für einige Zeit schmerzfrei bleiben. Sobald wir die Ergebnisse unserer Untersuchungen haben, rufen wir Sie an, dann sprechen wir über die weitere Vorgehensweise.« Er musterte mich eingehend. »Sind Sie denn absolut sicher, dass Sie in Irland bleiben werden? Es wäre nicht förderlich für Ihren Krankheitsverlauf, während der folgenden Monate ständig zu wechseln. Ihre Eltern und Ihre Freundin würden notfalls rüberkommen, wenn Sie Hilfe oder Beistand brauchen?«

»Ja, da bin ich ganz sicher.«

Die Untersuchungen zogen sich bis in den späten Nachmittag hinein. Dr. Brandon untersuchte meine Augen und meine Haut und überprüfte meine Bauchhöhle mit Ultraschall. Er war auch dabei, als man mich in die CT- und die MRT-Röhre schob. Das EKG gehörte zum Standard. Ebenso das ERCP, das ich am nächsten Morgen im nüchternen Zustand über mich ergehen lassen musste. Mit einer winzigen Kamera, die an einem Endoskop befestigt war, untersuchte der Arzt meine Gallengänge, die Gallenblase und die Bauchspeicheldrüse. Das Blut, das man mir entnahm, würde den Ärzten helfen, die Ausweitung des Krebses zu bestimmen. »Wir führen diese Untersuchungen bei allen Krebspatienten durch, die von außerhalb zu uns kommen«, erklärte man mir, »das soll kein Misstrauen gegenüber Ihrer deutschen Klinik sein.«

In der Nacht nach der ERCP-Untersuchung schlief ich zwölf Stunden, so sehr hatten mich die Untersuchungen mitgenommen. Schmerzen hatte ich glücklicherweise keine. Die neuen Tabletten wirkten, und ich konnte mich endlich wieder auf mein anderes Leben konzentrieren. Wenn es auch alles andere als normal war. »Oder hast du schon mal von einer Todkranken gehört, die sich auf ein Date einlässt?«, fragte ich meine Plüschratte. Noch dazu mit einem Mann, der ihr ohne zu zögern gesteht, sich auf den ersten Blick in sie verliebt zu haben, obwohl er eine halbe Stunde zuvor mit einer anderen Frau herumgezogen war.

»Schon gut, ich hab mich ja auch in ihn verknallt«, sagte ich. Ich hatte meine guten Jeans und ein modisches Longshirt angezogen und war gerade dabei, mein Make-up zu erneuern. Toast und Marmelade hatte ich mir aufs Zimmer kommen lassen und knabberte nebenbei daran. »Warum soll es bei ihm nicht Liebe auf den ersten Blick sein. Ich nehme ihn mal beim Wort. Was es mit der hübschen Freundin auf sich hat, erfahre ich noch früh genug.«

Jordan wartete bereits in der Lobby, als ich aus dem Aufzug trat. Er begrüßte mich strahlend, gab mir einen flüchtigen Kuss auf die Wange und sagte: »Du siehst umwerfend aus! Kein Wunder, dass heute die Sonne scheint.«

Wenn mich solche Komplimente beeindruckten, musste es schlimm um mich stehen. »Du solltest mich erst im Abendkleid sehen«, erwiderte ich.

Auch er hatte sich herausgeputzt. Er duftete nach einem edlen Aftershave und trug ein rotes Poloshirt und weiße Sneakers zu seinen Jeans. Ebenso sauber wirkte sein Wagen, ein schlichter Toyota, der lediglich durch den großen Aufkleber vom FC Cork City auffiel. So hieß der Fußballverein der Stadt.

»Eine Freundin von mir stand auf Eintracht Frankfurt«, sagte ich.

»Die hab ich schon mal im Fernsehen gesehen. Magst du Fußball?«

»Vor ein paar Wochen wurde ich ins Stadion eingeladen«, erwiderte ich, »gegen Dortmund. Das war sehr spannend.« Ich musste daran denken, wie Bibi zusammengebrochen war, und spürte, wie meine Augen feucht wurden. Ihr Tod machte mir immer noch zu schaffen. »Aber euer Cook-off ist sicher noch spannender. Du hast starke Konkurrenz, hab ich in einer Zeitung gelesen.«

Wir stiegen ins Auto und fuhren aus der Stadt. Die Sonne spiegelte sich im Wasser, als wir den Fluss überquerten. Über uns leuchtete blauer Himmel.

Jordan lächelte. »Das waren bestimmt die *Kinsale News*. Die hängen in Cork und Umgebung überall in den Restaurants und Cafés. Publicity bekommt vor allem Erica Sheehan, so heißt die Hausfrau, die den TV-Wettbewerb gewonnen hat. Sie hat auch die interessanteste Geschichte. Während des Wettbewerbs stellte sich heraus, dass sie unter Brustkrebs leidet. Inzwischen ist sie aber über den Berg, und manche Leute behaupten, dass sie ihre Heilung dem Sieg im TV-Wettbewerb zu verdanken hat. Das ist natürlich Unsinn, aber es hört sich gut an, und nur das interessiert die Medienleute ja.«

Ich spürte plötzlich einen Kloß im Hals und muss ziemlich verstört ausgesehen haben, denn Jordan blickte mich erstaunt an und fragte: »Alles okay?«

»Alles okay«, erwiderte ich schnell. Um das Thema zu wechseln und auf andere Gedanken zu kommen, blickte ich auf die Wiesen hinaus, die im ungewöhnlich starken Sonnenlicht besonders grün leuchteten. »Ein so leuchtendes Grün habe ich noch nie gesehen. Und ich dachte, das wäre ein Klischee.«

»Ist es auch«, räumte Jordan ein. »Aber hier im Süden gibt es manches, was man sonst nur in Bilderbüchern sieht. Manchmal frage ich mich, ob ich es tatsächlich verdient habe, in einem so schönen Land zu wohnen. Die Atlantikküste ist einmalig, und Kinsale ist eines der schönsten Städtchen in Irland.« Er strahlte zufrieden. »Die schöne Kati in Kinsale, das passt doch irgendwie.«

An seinen Komplimenten musste er noch arbeiten, obwohl ich mich über jedes einzelne freute und gar keinen Wert auf besonders originelle Sprüche legte. Mir gefiel vielmehr, wie seine blauen Augen humorvoll blitzten, wenn er mich von der Seite ansah. Wie seine Stimme heiser wurde, wenn er mir ein Kompliment machte. Oder wie er seine linke Hand liebevoll auf meinen Unterarm legte, wenn er etwas sagte. Ein Mann, der sich so benahm, konnte keine andere Freundin haben, das war unmöglich, redete ich mir wenigstens ein.

Es sei denn, Jordan war ein abgezockter Heiratsschwindler oder Womanizer, der Komplimente, Gesten und flotte Sprüche aus dem Ärmel schüttelte und nur darauf aus war, mich so schnell wie möglich rumzukriegen, doch das alles traute ich Jordan nicht zu. Auch wenn die Szene, wie er mit seiner Partnerin aus dem Restaurant kam und ihre Schläfe küsste, immer noch vor meinen Augen stand. So benehmen sich nur Menschen, die einander vertraut sind.

Je näher wir Kinsale kamen, desto nervöser wurde ich. Mehrmals war ich versucht, ihn nach der geheimnisvollen Schönheit zu fragen, aber immer wieder schob ich es hinaus, und als wir den Ort schließlich erreichten, sagte ich mir, dass sich das Rätsel von selbst auflösen würde, sobald wir sein Restaurant betraten. Entweder war sie dort und er musste Farbe bekennen, oder ich würde ihn tatsächlich fragen. Es soll ja Männer geben, die eine Beziehung zu zwei Frauen völlig normal finden.

Hinter dem Cottage gab es einige Parkplätze, von denen einer für Jordan reserviert war. Der einzige andere Wagen, der dort stand, war ein weißer BMW. Ich wettete mit mir selbst, dass er Mimi Walsh gehörte, und gewann, denn gerade als ich ausstieg, sah ich sie mit einer anderen Frau aus dem Restaurant kommen. Die beiden umarmten sich und küssten sich leidenschaftlich.

Nachdem die andere Frau gegangen war, kam Mimi zu uns. »Guten Morgen allerseits«, sagte sie. Sie musterte mich so neugierig wie ein Mann und wandte sich dann an Jordan. »Ich wusste gar nicht, dass du eine Freundin hast. Ich hatte schon Angst, du würdest als Einsiedler in der Küche enden.«

Jordan errötete. Er stellte mich vor und sagte: »Mimi Walsh, meine Partnerin. Sie hat keine Ahnung vom Kochen, kennt sich aber mit Finanzen aus.«

»Sehr erfreut«, begrüßte ich sie. »Sie sind Anwältin, nicht wahr?«

»In letzter Zeit eher Küchensklave«, erwiderte sie lachend. Sie blickte Jordan an. »Ich hab dir frische Sahne gebracht. Und dein Gästezimmer als Liebesnest benutzt. Ich hoffe, du hast nichts dagegen. Betty war zufällig hier.«

»Betty? Ist die nicht verheiratet?«

159

»Eben. Aber sie hat gemerkt, dass sie besser mit Frauen kann.« Sie legte ihre Hand auf meinen Oberarm und lachte. »Rufen Sie mich an, wenn es Ihnen genauso geht.«

»Mimi!«, wies er sie zurecht.

»Schockiert?«, fragte sie.

»Ich bin einiges gewohnt«, sagte ich.

Sie fuhr in ihrem BMW davon, und Jordan hatte wohl Angst, dass mich die vorlaute Mimi verstört haben könnte. Hätte er geahnt, wie mich die Lösung des Rätsels, dass Mimi lesbisch war, erleichtert hatte, wäre er wohl ruhiger gewesen.

»Mimi ist eine Marke«, entschuldigte er sich. »Aber sie schießt öfter mal übers Ziel hinaus.«

»Ich mag sie«, beruhigte ich ihn.

Auch innen ähnelte das Cottage einer historischen Taverne. Die Einrichtung bestand aus Eichenholz, die Decke war von dunklen Balken durchzogen, und die hölzernen Dielen knarrten unter den Sohlen. Auf den runden Tischen lagen karierte Tischdecken. Die Lampen an der Wand waren auf alt getrimmt. In den Butzenscheiben der kleinen Fenster spiegelte sich das Sonnenlicht.

Wesentlich moderner war die Küche eingerichtet. Die Arbeitsplatte lag auf einem würfelförmigen Klotz in der Mitte, darüber hingen Töpfe und Geräte, und ringsum zogen sich Schränke und Geräte hin, darunter ein moderner Induktionsherd, ein Dampfgarer und ein riesiger Kühlschrank. Die Spüle war aus Edelstahl. Außerdem gab es einen Kühlraum und eine Speisekammer.

»Wow!«, staunte ich. »Da kann meine Küche nicht mithalten.«

Jordan lächelte stolz und hätte mich wohl am liebsten geküsst. Ich wäre auch nicht abgeneigt gewesen, nicht nach der triumphalen Erkenntnis, dass die attraktive Lady anders gepolt war, aber wir trauten uns beide nicht, und er öffnete stattdessen eine Flasche Prosecco. Dass ich keinen Alkohol trinken durfte, konnte er ja nicht wissen. »Willkommen in Jordy's Cottage«, begrüßte er mich offiziell. »Ich freue mich, die Frau, von der ich seit meiner Rückkehr aus Frankfurt geträumt habe, in meinen heiligen Hallen begrüßen zu dürfen. *Welcome to Ireland, Kati!*«

Ich lächelte dankbar und stieß mit ihm an, trank aber nur einen winzigen Schluck und stellte das Glas auf die Arbeitsfläche. Diesmal küsste er mich wirklich, aber es war nur einer dieser scheuen Küsse, die man kaum wahrnahm und die lediglich andeuteten, was nach einer gewissen Zeit möglich war. »Ich freue mich, dass ich hier sein darf«, sagte ich leise und weinte plötzlich, überwältigt von Gefühlen, die er niemals verstehen würde, weil ich ihm auf keinen Fall verraten wollte, wie es gesundheitlich um mich stand.

Er nahm mich in die Arme und hielt mich fest, ohne nach dem Grund für meine Tränen zu fragen. Er war ein einfühlsamer Mann, das spürte ich schon bei diesen ersten Umarmungen, und wäre ich nicht so krank gewesen, hätte ich wohl das große Los gezogen. Jordan und ich sendeten auf einer Wellenlänge. Auch wenn es abgedroschen klingt, es kam mir beinahe so vor, als würden wir uns schon Jahre kennen, so vertraut waren wir uns. Ganz anders als mit Mischa, den ich beinahe schon vergessen hatte. Ich verstand inzwischen gar nicht mehr, warum ich mich überhaupt auf ihn eingelassen hatte.

Jordan beschäftigten ganz andere Gedanken. »Was gehört zu einer guten Fish Chowder? Außer Kartoffeln, Zwiebeln, Speck, Gewürzen, Salz und Sahne?«

»Fisch natürlich«, antwortete ich lachend. Seine Fröhlichkeit steckte mich an und ließ mich alle trüben Gedanken vergessen. »Und Miesmuscheln.«

»Gut aufgepasst«, lobte er mich.

»Chowder war das Erste, was ich in Cork probiert habe.«

»Oder das, was sie dort für Chowder halten«, widersprach er, »denn wir kochen heute die beste und schmackhafteste Chowder, die jemals auf einem Herd gestanden hat. Aber zuerst holen wir uns frischen Fisch und Muscheln.«

Und den kauften wir nicht in einem Großmarkt oder gar in einem Supermarkt, sondern direkt bei einem Fischer im Hafen. Hand in Hand, wie zwei ausgelassene Kinder, liefen wir durch die engen Gassen zum Fluss hinab und auf einen der Fischkutter zu, die unweit der vielen Segelboote im Hafen lagen. »*Verena 2*« stand in frisch gemalten Lettern auf dem betagten Kahn.

»Die *Verena* gehört einem alten Freund von mir«, sagte Jordan, und als ich ihn fragend anblickte: »Die 2 steht für die beiden Verenas, mit denen er verheiratet war. Die erste lief mit einem anderen davon, die zweite starb letztes Jahr an Bauchspeicheldrüsenkrebs. Ein Jammer, die beiden haben so gut zusammengepasst.«

Mir wurde beinahe übel, als ich das hörte, fand aber keine Zeit, länger darüber nachzudenken, denn kaum hatten wir den Kutter erreicht, stieg ein kauziger Mann unbestimmten Alters an Deck und rückte seine Wollmütze zurecht. »Sieh an, sieh an«, begrüßte er Jordan. Als er kicherte, sah man, dass ihm einige Zähne fehlten. »Unser Meisterkoch hat sich eine hübsche Lady angelacht. Wissen Sie, auf was Sie sich da einlassen, Miss?«

»Hör nicht auf ihn«, sagte Jordan zu mir. »Das ist Barney O'Leary, einer der besten Fischer der Südküste, aber leider auch der Mann mit dem größten Schandmaul.« Er blickte den Fischer an. »Und das ist Kati aus Frankfurt, Germany, eine wirkliche Lady, zu der du ruhig etwas höflicher sein solltest.«

Barney zog seine Wollmütze vom Kopf. »Aye und willkommen!«

»Was hast du zu bieten, Barney?«

Der Fischer öffnete seinen Meerwassertank und zog einige Fische heraus, einer schöner als der andere und wie geschaffen für ein leckeres Fischgericht. »Lachs, Dorsch, Kabeljau ... alles dabei«, sagte er. »Wenn du deiner Lady imponieren willst, nimmst du sie alle, und ich mach dir einen Sonderpreis.«

»Geht in Ordnung«, erwiderte Jordan. »Weil ich gute Laune hab.«

Barney packte die Fische in Plastiktüten und reichte sie Jordan. »Und wenn Sie mal genug von ihm haben«, sagte er zu mir, »dann kommen Sie auf meinen Kutter, und ich zeige Ihnen den Atlantik. Da draußen gibt es eine Menge zu sehen, davon hat eine miese Landratte wie Jordan keine Ahnung.«

»Ich werd's mir merken, Barney«, sagte ich fröhlich.

# 16

Ich war eine lausige Köchin und schaffte gerade mal Spiegeleier und Spaghetti. Umso erstaunter war ich, mit welcher Geschicklichkeit Jordan in der Küche hantierte. Wie er die Zwiebeln in kleine Würfel schnitt, ohne dabei in Tränen auszubrechen, wie er die Kartoffeln schälte, ohne dabei hinzusehen, wie er Kartoffeln und Zwiebeln mit reichlich Speck in etwas Butter anschwitzte und mit Fischfond aufgoss. Wie in einer Kochshow kam ich mir vor, als er jeden seiner Schritte kommentierte und mir erklärte, warum er dies und jenes tat.

»Auf die Gewürze kommt es an«, sagte er und gab etwas Salz und schwarzen Pfeffer hinzu. »Ich probiere es heute mal mit einer reichlichen Prise von meinem neuen Cajun-Gewürz. Warst du schon mal in New Orleans? Ich liebe die kreolische Küche und hab mir da einiges abgeschaut.« Er öffnete eine Dose und ließ mich daran riechen. »Das Gewürz mische ich mir selbst zusammen. Pfeffer, Kreuzkümmel, Thymian, Oregano, Knoblauch, Paprika, da ist alles drin. Sehr scharf, das Zeug, deshalb muss man sehr vorsichtig dosieren.«

Mich faszinierte weniger sein kulinarisches Wissen als die ungehemmte Freude, mit der er zur Sache ging. Seine Augen blitzten bei jeder Bewegung, wohl auch, weil ich in seiner Nähe war, denn nach jedem Arbeitsgang umarmte er mich und sagte etwas wie: »Ich finde es herrlich, dass du gekommen bist! Mit dir macht mir das Kochen doppelt so viel Spaß. Ich weiß, du hast keine Ahnung vom Kochen, aber du inspirierst mich. Du bist meine Muse.«

»Deine Muse?« Ich kicherte. »Ich dachte, so was gibt's nicht mehr.«

»Ich meine es ernst.« Er wirkte beinahe feierlich, als er es sagte. »Die Welt wirkt erst vollkommen für mich, seitdem du hier bist. Das klingt kitschig, ich weiß, aber ich kann besser kochen als mit Worten umgehen. Ich bin sehr froh, dass du hier bist, Kati, selbst dann, wenn es nur für ein paar Tage sein sollte.«

Ich hätte ihm gern gesagt, dass ich gar nicht daran dachte, so bald wieder nach Hause zu fliegen, und dass ich eigentlich nur seinetwegen nach Irland gekommen war, wollte ihn aber nicht belügen. Schließlich konnte ich wirklich nicht so lange bleiben, wie ich wollte. Meine Zeit war begrenzt, ganz egal, wie ich entschied.

Natürlich hätte der Anstand verlangt, Jordan zu gestehen, dass er sich mit mir eine Todeskandidatin eingehandelt hatte. In ein paar Tagen vielleicht, sagte ich mir, wenigstens für kurze Zeit sollte alles so bleiben, wie ich es mir in meinen Träumen ausgemalt hatte. Eine romantische Liebe mit Happy End, so wie in den Filmen und Büchern, die einer tödlichen Krankheit wie meiner immer eine wundersame Heilung und unbeschwertes Glück folgen ließen.

»Ich bin auch froh, hier bei dir zu sein«, sagte ich etwas verspätet. Ich hielt mich an seinen Schultern fest und küsste ihn auf den Mund, zuerst zärtlich und so sanft, dass sich unsere Lippen kaum berührten, dann etwas fester und mit dem Gefühl, dass ich zum ersten Mal beim richtigen Mann gelandet war.

Jordan gab die Fischwürfel und einige Miesmuscheln aus dem Kühlschrank in den Eintopf. Auch bei der Sahne, die er bereits griffbereit hatte, war er sehr großzügig. »So, das lassen wir jetzt eine Weile köcheln«, sagte er verlegen. Als ich ihn nach dem Kuss angeblickt hatte, war sein Gesicht gerötet gewesen, und auch jetzt war er noch aufgeregt. Ich konnte mich nicht erinnern, einen Mann jemals so schüchtern in meiner Gegenwart gesehen zu haben. Die leichte Röte machte ihn noch anziehender. »Wieder Prosecco?«

»Nein, danke. Ich trinke lieber Wasser. Ich hab's mit dem Magen.«

»Aber etwas Sirup darf doch rein? Holunderblüte, selbst gezupft?«

Der mit Mineralwasser aufgegossene Sirup schmeckte herrlich. Wir setzten uns auf die Barhocker vor dem Küchentresen und prosteten uns zu. »Auf den Meisterkoch!«, sagte ich. »Und auf den Sieg im Chowder Cook-off!«

»Hoffen wir's«, sagte er, »aber die anderen können auch kochen.«

»Wo hast du das Kochen gelernt?«

»Bei meiner Mutter«, antwortete er. »Meine Eltern führen einen Dorfgasthof südlich von Dublin. Nichts Besonderes. Gute Hausmannskost, aber die weiß meine Mutter wie keine andere zuzubereiten. Eigentlich sollte sie auch beim Cook-off mitmachen. Ich glaube, sie hätte gute Chancen. Bei ihr hab ich die Basics gelernt, den Feinschliff gab's dann in einem Restaurant in Cork.«

»Und jetzt eröffnest du dein eigenes Lokal?«

»Endlich«, erwiderte er. »Ich hab die ganzen letzten Jahre dafür gespart, aber dass es jetzt schon klappt, habe ich Mimi zu verdanken, der blonden Anwältin, die ich dir vorhin vorgestellt habe. Ein heißer Feger, nicht wahr?« Er grinste verhalten. »Manche Leute glauben, dass sie meine Geliebte ist, und sind immer ganz erstaunt, wenn sie erfahren, dass sie mit einer Frau liiert ist. Sie war Stammgast in meinem Restaurant in Cork und sofort Feuer und Flamme, als sie von meinen Plänen erfuhr. Sie verdient einen Haufen Geld, mag gutes Essen und freut sich, wenn sie auf den Fotos zu sehen ist.«

»Ich hab sie mit dir zusammen auf einem Bild in der Zeitung gesehen.«

»Oh Gott!« Er musste lachen. »Dann hast du auch gedacht, sie wäre meine Freundin oder so was? Nein, Mimi ist anders gepolt und macht auch kein Hehl daraus. Warum auch? Selbst wenn sie hetero wäre, würde ich nicht ... na, du weißt schon. Sie ist eine ganz Liebe, aber als Frau nicht mein Typ.«

»Und wer ist dein Typ?«

»*Fishing for compliments?*« Er lachte. »Ich hab keinen bestimmten Typ, wusste aber immer, dass ich meine Traumfrau auf Anhieb erkennen würde. Bei den Frauen, mit denen ich vor dir eine Beziehung hatte, war das nie der Fall. Das dauerte immer nur ein paar Tage. Einige Leute hielten mich schon für einen Womanizer, weil ich öfter mit einer neuen Freundin auftauchte.«

»Und? Bist du ein Womanizer?«

»Nein«, erwiderte er ernst, »das wäre mir viel zu anstrengend. Und ich hätte dich in Frankfurt bestimmt nicht angesprochen, wenn ich nicht gespürt hätte, dass du mehr als ein Flirt sein könntest.« Er errötete wieder – eine Eigenschaft, die Männer wie mein Investmentbanker längst verlernt hatten – und kümmerte sich rasch um den Eintopf, nahm ihn vom Herd und füllte zwei Teller. »Voilà«, sagte er, »du hast das außerordentliche Vergnügen, die Chowder des siegreichen Meisterkochs schon jetzt probieren zu dürfen.«

Der Eintopf schmeckte himmlisch. Kein Vergleich mit der Chowder, die ich in dem Restaurant in Cork gegessen hatte. Gerade so viel Sahne, dass der Fisch und die Meeresfrüchte ideal zur Geltung kamen, erstklassiger Fisch, die Kartoffeln nicht zu weich und nicht zu hart und das Ganze kräftig gewürzt, wie man es von einer irischen Chowder erwarten durfte. »Himmlisch«, lobte ich Jordan nach dem ersten Löffel, »damit musst du gewinnen. Am besten sage ich der Konkurrenz, dass sie nach Hause fahren dürfen. Sie haben keine Chance.«

»Abwarten«, sagte Jordan, »am Ende entscheiden die Leute, die zum Cook-off kommen und ihre Noten verteilen, und man weiß nie, wie die drauf sind. Da braucht nur jemand dabei zu sein, der keine Cajun-Gewürze mag.«

»Aber die passen hervorragend. So mag ich Fisch noch lieber.«

Wir aßen eine Weile schweigend. Zum ersten Mal seit einigen Tagen hatte ich wieder richtig Appetit und genoss jeden einzelnen Bissen. Ich hatte ein neues Zuhause gefunden, in dem sich nicht alles um meine Krankheit drehte, in dem man unbeschwert in eine neue Zukunft blicken durfte, auch wenn sie nicht von Dauer war. Denn irgendwann würde mich die Krankheit einholen, und es würde nicht dabei bleiben, dass mir übel wurde und ich für ein paar Minuten auf die Knie sackte, das wusste ich auch. Spätestens dann würde auch meine neue Welt zusammenbrechen.

»Und du?«, fragte er. Er schenkte mir Wasser nach und lächelte unsicher. »Hinter dir müssen die jungen Männer doch reihenweise her gewesen sein.«

»Was meinst du, warum ich weggerannt bin?« Ich schüttelte amüsiert den Kopf. »Nein, ich war mit diesem Investmentbanker zusammen, und das war's dann auch.« Meine peinlichen One-Night-Stands verschwieg ich lieber. »Das heißt, zusammen war ich eigentlich nie mit ihm. Ich hab nur ein bisschen spät gemerkt, dass wir nicht auf einer Wellenlänge funkten. Ein Egoist, wie er im Buche stand. Er hätte mir beinahe den Glauben an das

Gute im Mann geraubt. Ich hätte dich nicht versetzen dürfen, Jordan, das war hundsgemein von mir.«

»Schnee von gestern«, beruhigte er mich.

Ich fühlte mich wohl bei Jordan. Irgendwie geborgen, aber auch anerkannt. Mischa hatte sich nie für meinen Job interessiert, betrachtete meine Übersetzungen eher als lästiges Hobby, das mich davon abhielt, ihm auf irgendeine Weise zu Diensten zu sein. Mein Fehler, dass ich das nicht früher kapierte. Jordan wollte während der nächsten Tage ganz genau wissen, womit ich mein Geld verdiente und wie ich darauf gekommen war, Übersetzerin zu werden.

»Das ist einfach so passiert«, antwortete ich. »Ich wollte unbedingt was mit Englisch machen, die Sprache gefiel mir, und ging als Austauschschülerin nach England und Amerika. Nach dem Studium hab ich als Dolmetscherin angefangen, übersetzte bei einer Verlagskonferenz, und bevor ich michs versah, hatte ich den Vertrag für eine Kinderbuch-Übersetzung in der Tasche.«

Ich hatte die Aufenthaltsdauer in meinem Hotel verlängert und pendelte zwischen Cork und Kinsale. Jordan holte mich jeden Morgen ab und brachte mich jeden Abend zurück. Er gehörte nicht zu den Typen, die einem nach wenigen Tagen anboten, die Wohnung und vor allem das Bett mit ihnen zu teilen, bemühte sich aber um ein Apartment in Kinsale. Er hätte bereits einen Vermieter an der Angel, es könnte noch ein paar Tage dauern. Mein Angebot, den Bus zu nehmen, lehnte er ab. Es würde ihm Spaß machen, mich durch Irland zu fahren, besonders bei diesem sonnigen, für die irische Küste ungewöhnlichen Wetter.

Mein Handy hatte ich aufgeladen, ließ es die ersten beiden Tage in meinem Zimmer liegen, beschloss aber dann, es künftig mitzunehmen. Ich musste erreichbar sein, wenn Dr. Brandon anrief, und ich durfte auch meine Eltern und Lou nicht vor den Kopf stoßen, indem ich ganz aus ihrem Leben verschwand. Sie hatten ein Recht darauf zu erfahren, wie es mir ging, auch wenn ich vorhatte, ganz in meinem neuen Leben aufzugehen und von einer neuen Zukunft zu träumen, die es nicht für mich gab. Die Illusion, mein neues Leben könnte ewig dauern, war ein wunderbarer Traum, den ich mir so lange wie möglich bewahren wollte.

Wir hatten den ganzen Morgen über der neuen Speisekarte gebrütet, und ich hatte Jordan bei den Namen für die Gerichte geholfen, als mein Handy klingelte und ich die Nummer des Krankenhauses auf meinem Display sah.

»Mein Verlag«, log ich, »das muss ich annehmen.«

Ich verließ das Haus und nahm das Gespräch auf dem Parkplatz an. »Miss Katharina Bente?«, begrüßte mich eine weibliche Stimme. »Ich darf doch Kati sagen? Ich bin April Levon, die Clinical-Nurse-Managerin des Krankenhauses und für Ihre Behandlung verantwortlich.« Sie klang freundlich, aber auch nüchtern und bestimmt. »Ich habe die Ergebnisse Ihrer Untersuchungen vorliegen. Sie decken sich leider zu hundert Prozent mit den Angaben, die wir aus Frankfurt bekommen haben. Tut mir sehr leid, Kati. Wir müssten deshalb so bald wie möglich mit dem zweiten Zyklus Ihrer Chemotherapie beginnen.«

»Ja«, sagte ich nur. Ich hatte anderes erhofft, aber nicht erwartet.

»Natürlich würden wir das weitere Vorgehen gern mit Ihnen besprechen, bevor wir weitermachen. Hätten Sie morgen früh Zeit. Sagen wir, um neun?«

»Sicher«, antwortete ich, »danke für Ihren Anruf.«

Ich steckte mein Handy weg und kehrte ins Haus zurück. Unterwegs überlegte ich krampfhaft, wie ich mich bei Jordan herausreden könnte. Ohne eine Lüge würde es nicht gehen, wenn ich die Krankheit weiter vor ihm geheim halten wollte. »Meine Lektorin«, sagte ich, »sie will morgen einiges mit mir besprechen. Ist wohl besser, ich bleibe im Hotel. Außerdem sollte ich mal langsam mit der Übersetzung weitermachen. Du bist mir doch nicht böse?«

»Weil du deinen Job machst? Natürlich bin ich böse, aber nur, weil ich mich dann endlich um meinen Bürokram kümmern muss. Hilft nichts, auch das gehört dazu. Vielleicht kann ich inzwischen das Apartment für dich klarmachen, dann kannst du in Zukunft hier schreiben. Was ist mit übermorgen?«

»Um neun in der Lobby, wie immer.«

Ich hatte mich gerade daran gewöhnt, jeden Morgen von Jordan abgeholt zu werden, und es fiel mir schwerer als erwartet, einen Tag ohne ihn zu verbringen, so sehr hatte ich mich in der kurzen Zeit an ihn gewöhnt. Vielleicht war es aber auch die Aussicht, meine wahre Zukunft von Dr. Brandon und April Levon geschildert zu bekommen, die mich depressiv werden ließ.

Sie empfingen mich beide in einem Behandlungszimmer und hatten iPads dabei, auf denen sie alle Ergebnisse meiner Untersuchung und meine Akte einsehen konnten. Wir begrüßten uns freundlich. April war wie die meisten Angestellten der Krebsstation sehr jung, um die dreißig etwa, wirkte äußerst wach und konzentriert und verstand es, hässliche Wahrheiten so zu verkleiden, dass sie nicht mehr ganz so hässlich wirkten. »Die Nebenwirkungen der Chemotherapie kennen Sie«, sagte April. »Mit dem zweiten Zyklus wird sich daran nicht viel ändern. Es besteht immer noch die Gefahr, dass Sie während und nach der Therapie wieder unter starker Übelkeit, entzündeter Schleimhaut im Rachenbereich und Stimmungsschwankungen leiden werden. Haarausfall und Diarrhoe blieben Ihnen letztes Mal ja glücklicherweise erspart.«

Dr. Brandon nickte. »Ich hoffe sehr, dass die Beschwerden diesmal nicht so stark ausfallen werden. Sie haben den ersten Zyklus recht gut vertragen und werden es auch diesmal schaffen. Wir sind optimistisch, das Wachsen des Tumors zumindest über den Sommer aufhalten zu können und Sie schmerzfrei zu halten. Das würde bedeuten, dass Sie Ihr gewohntes Leben noch eine geraume Zeit weiterführen können. Sie müssen allerdings darauf gefasst sein, dass der Tumor in absehbarer Zeit die Oberhand gewinnen wird und Sie dann auf die Pflege in unserem Hospiz oder auf einen ambulanten Pfleger angewiesen sein werden.« Er lächelte April zu. »Vorerst sind Sie bei April in den besten Händen. Sie ist eine unserer fähigsten Mitarbeiterinnen.«

Als Termin für den zweiten Zyklus verabredeten wir die Woche nach dem Chowder Cook-off. Bis dahin durfte Jordan auf keinen Fall erfahren, was mit mir los war. Er musste vollkommen unbelastet in den Wettbewerb gehen, wenn er eine Chance auf den Sieg haben wollte. Auch als Koch war er ein sensibler Künstler, der sicher nicht unbeeindruckt von meiner Krankheit bleiben und vielleicht im entscheidenden Augenblick seine Konzentration verlieren würde, so viel hatte ich selbst in der kurzen Zeit herausgefunden. Und ich, so egoistisch war ich, würde mich noch bis zum Cook-off über mein neues Leben freuen. Der bittere Tag der Wahrheit würde noch früh genug kommen.

Auch diesmal war ich wieder froh, das Krankenhaus verlassen zu dürfen. Allein der Geruch, der einem in den Gängen in die Nase stieg, machte mir zu schaffen. Eine eigene Welt, die für viele Menschen die letzte Umgebung war, die sie erleben durften. Eine beängstigende Vorstellung, die mir große Angst machte. April hatte mir einen Folder des nahen Hospiz mitgegeben. Ein Heim, in dem man auf den Tod wartete. Stimmt nicht, hatte mir April versichert, auch ein Hospiz hatten Patienten schon geheilt verlassen. Die bittere Wahrheit war jedoch, dass man dort nur gegen Schmerzen behandelt wurde.

Ich setzte mich auf eine Mauer gegenüber vom Krankenhaus und blätterte in dem Folder. Das Hospiz gehörte zu den besten des Landes, sagte April, und tatsächlich sah es eher nach einem gemütlichen Landhotel als nach einem Krankenhaus aus. Helle Farben, kaum medizinische Geräte, zumindest nicht in den Zimmern, ältere Leute, so fröhlich und agil wie in der Schmerzcreme-Werbung, eine lichtüberflutete Terrasse, im begleitenden Text freundliche Parolen, kein Wort von Schmerz und Leid und erst recht nicht vom Sterben. Es gab hässlichere Orte, sich zu verabschieden, das musste ich zugeben, aber ich verstand auch, warum viele Menschen viel lieber zu Hause sterben wollten.

Nachdenklich trat ich den Heimweg an. In meinem Zimmer legte ich mich auf mein gemachtes Bett, starrte zur Decke empor und wehrte mich nicht, als sich meine Augen mit Tränen füllten. So sah also die Zukunft aus. Noch ein paar Tage konnte ich mich meinen Illusionen hingeben und meinen Traum leben, dann würde man mich ein zweites Mal mit einem giftigen Cocktail vollpumpen, der nicht nur den Tumor, sondern auch die umliegenden Organe angreifen würde. Wenn ich Glück hatte, konnte ich noch ein paar Wochen mehr herausschlagen, dann würde ich meine Krankheit nicht länger verheimlichen können, und mein Traum würde wie ein Kartenhaus in sich zusammenfallen.

Ich blickte auf Jacques, der ungerührt auf meinem Nachttisch saß und sich von der Sonne, die durchs Fenster fiel, die Nase bescheinen ließ. »Du hast gut reden«, sagte ich zu ihm, »so einer wie du stirbt nicht vor seiner Zeit. Dazu siehst du viel

zu putzig aus. Warum kriegen Plüschtiere keinen Krebs, verdammt? Okay, du könntest einem zornigen Kind in die Hände
fallen, das dir den Bauch aufreißt und dich in deine Bestandteile
zerlegt, aber das kommt doch eher selten vor, oder? Mit
Teddybären, die keiner haben will, und alten Mickeymäusen.
Dir geht's wesentlich besser als deinen Brüdern im Labor.«

Darauf hatte Jacques keine Antwort. Was hätte er auch
sagen sollen?

# 17

An diesem Abend begnügte ich mich mit einigen Keksen und einem Becher Tee, den ich mir in meinem Zimmer braute. Ich hatte mein Smartphone lange vor mir liegen, bevor ich WhatsApp öffnete und es wagte, mir die zahlreichen Nachrichten anzusehen. Viel überflüssiger Mist, den ich sofort löschte, und natürlich meine Mutter gleich mehrmals und Lou mit vielen Herzchen.

Die Nachrichten schriftlich zu beantworten, wäre der einfache Weg gewesen, aber den hatte ich nur selten gewählt. Ich wollte, dass sie mich verstanden und sich mit mir über mein kleines Glück freuten, deshalb rief ich zuerst meine Eltern an und bekam meine Mutter an den Apparat. Mein Vater telefonierte ungern und ließ immer meine Mutter drangehen, auch in der Drogerie.

»Mama! Ich bin's, Kati.«

Eine Weile herrschte atemlose Stille, dann rief meine Mutter so laut, dass ich das Handy vom Ohr nehmen musste: »Kati! Um Himmels willen! Wie geht es dir? Geht es dir gut? Wir haben uns schon Sorgen um dich gemacht!«

»Ich weiß, Mama. Tut mir leid.«

»Hast du denn meine Nachrichten nicht bekommen?«

»Ich hatte mein Handy abgeschaltet.«

»Das hab ich gemerkt.« Ihre Stimme klang nicht vorwurfsvoll, eher ein wenig beleidigt. »Willst du mich denn völlig aus deinem Leben streichen? Reicht es denn nicht, dass du nach Irland gezogen bist? Wir lieben dich doch, Kati, und wenn du dich nicht meldest, kommt es mir beinahe so vor, als wärst du schon gegangen. Sperr uns nicht völlig aus deinem Leben aus, mein Schatz!«

Meine Mutter hatte recht, ich hätte ihr wenigstens noch eine E-Mail schreiben können. Sie sorgte sich um mich, ich war schließlich ihre Tochter, und sie hatte das Recht, in dieser schwierigen Lage auch mal durchzudrehen.

»Ich werde mich bessern, Mama. Ich verspreche es.«

»Wolltest du denn nicht nach ein paar Tagen zurückkommen?«

»Vorerst nicht«, schwächte ich etwas ab. »Mir geht es hier sehr gut.« Ich verriet ihr nicht, dass mir das Leben ohne ihre übertriebene Fürsorge und ihre ständigen unangemeldeten Besuche wesentlich leichter fiel. »Ich habe einen guten Arzt gefunden, der sich viel Zeit für mich nimmt und darauf achtet, dass die Schmerzen nicht zu stark werden. Und April, so heißt die Chefin der onkologischen Abteilung, wird bei der Chemo dabei sein. Die beginnt nächste Woche. Sie glauben, dass ich noch eine Weile ein ganz normales Leben führen kann. Der Roman, den ich gerade übersetze, spielt in Irland, stell dir vor.«

»Aber erwägst du wirklich, in Irland zu bleiben? Du bist doch ganz allein dort. Hast du denn genug Geld? Sollen wir dir was schicken, Kati? Brauchst du sonst etwas? Lass mich doch helfen! Ich hab dich doch nicht mehr lange.«

Es fiel mir schwer, ihren Redefluss zu stoppen. »Es geht mir gut, Mama. Geld hab ich genug.« Was brauchte ich noch ein Sparschwein? »Und du wirst es nicht glauben, ich habe hier einen Mann gefunden, der sich rührend um mich kümmert, einen echten Gentleman.« Ich beschloss, wenigstens etwas zu beichten. »Um ehrlich zu sein, ich hab ihn schon in Frankfurt kennengelernt. Er ist einer der Gründe, warum ich ausgerechnet nach Irland geflogen bin.«

»Du hast dich verliebt? In einen Iren?«

»Ist das so abwegig?«

»Und er lässt sich darauf ein? Weiß er denn, wie krank du bist?«

»Bis jetzt noch nicht.«

Der Klang ihrer Stimme stieg um eine Oktave. »Er weiß nicht, dass du Krebs hast? Du siehst seelenruhig zu, wie er sich in dich verliebt, um ihm dann irgendwann eine kalte Dusche zu verabreichen? Du kannst ihn doch nicht im Ungewissen lassen! Auf keinen Fall!« Sie schnaufte aufgeregt, sagte etwas zu meinem Vater, das ich nicht verstand, und wandte sich wieder an mich. Sie hatte sich etwas beruhigt. »Ist er denn nett? Wie heißt er denn?«

»Jordan. Er ist Koch und eröffnet gerade sein eigenes Restaurant.«

Sie begann zu weinen, stellte sich wahrscheinlich vor, was aus meinem Leben geworden wäre, wenn mich der Krebs verschont hätte. Die Wahrheit zu akzeptieren, fiel auch ihr schwer. »Warum musst du auch diese verdammte Krankheit kriegen«, schimpfte sie verzweifelt. »Warum lässt Gott das zu?«

Immer dieselbe Frage und immer dieselbe Antwort.

»Ich weiß es nicht, Mama.«

Ich versprach ihr wieder einmal, mich öfter zu melden, und trank den Rest meines Tees, bevor ich Lou anrief. Ihren Anruf zu verschieben, ergab wenig Sinn und hätte mir auch nicht geholfen.

»Sieh an, das irische Burgfräulein!«, meldete sie sich. »Sie hat ihre bürgerliche Freundin nicht vergessen. Hat der weiße

Ritter schon dein Herz erobert? Hat er dich auf seine Burg entführt?«

Wie so oft verstand es Lou auch diesmal, meine Laune zu verbessern. »Mein weißer Ritter lebt in einem Cottage, gleich neben seinem Restaurant, und sieht sich gerade nach einem Apartment für mich um. Ein Gentleman.«

»Old School? Der junge Sean Connery?«

»So ähnlich. Wir verstehen uns bestens, Lou.«

»Aber du hast ihm noch nicht gesagt, wie es um dich steht.«

»Ich will nicht, dass die schöne Zeit mit ihm endet. Ich will sie so lange wie möglich auskosten. Ich weiß, das ist egoistisch, aber ich kann nicht anders. Es ist, als ob man mir ein neues Leben geschenkt hätte. Ein kurzes Leben, in dem allerdings alles in Erfüllung geht, was man sich gewünscht hat.«

»Was sagt der Arzt? Warst du schon im Krankenhaus?«

Ich brachte sie auf den neusten Stand und bekam ein paar Sprüche zu hören, die mich aufmuntern sollten. »Und du? Was macht dein Rosenkavalier?«

»Niko? Den gibt's immer noch.«

»Immer noch eine Zwölf?«

»Eine Acht«, antwortete sie. »Er ist Mitglied in einem Ruderklub und will unbedingt, dass ich zu ihm ins Boot steige. Gemischtes Doppel. Wenn es ein normales Ruderboot wäre, aber hier geht es um ein Rennboot, wie man sie bei Olympischen Spielen sieht, und da kriegen mich keine zehn Pferde rein, nicht mal für eine ganze Fuhre roter Rosen. Eher heuere ich auf der *Titanic* an, da weiß ich wenigstens, was mich erwartet. Nicht mit mir, Schwester!«

»Wenn es weiter nichts ist.«

»Weiter nichts? Wenn er nicht in seinem Blumenladen steht, turnt er auf dem Wasser rum, da bleiben für mich gerade mal ein, zwei Abende die Woche. Und das auch nur während der Balzzeit. Weißt du, was später los ist?«

»Deine Sorgen möchte ich haben«, sagte ich.

Sie erschrak. »Tut mir leid, Kati. Ich wollte …«

»Schon gut, Lou, so meine ich das doch nicht«, unterbrach ich sie schnell. »Aber wenn dir was an dem Kerl liegt, musst du wohl mitmachen. Oder du suchst dir einen Koch wie ich, da brauchst du nur zuzuschauen. Du glaubst nicht, was der aus ein bisschen Fisch, Gemüse und Kartoffeln zaubert.«

»Ein Sushi-Chef wäre noch besser.« Ich hörte sie leise schniefen. »Ich vermisse unsere gemeinsamen Sushi-Abende, Kati. Allein macht es keinen Spaß, und Niko, na, du weißt schon, der sieht den Fischen lieber beim Schwimmen zu. Warum kommst du nicht zurück, und alles wird wie früher?«

»Ich hab ein neues Leben angefangen, Lou.«

»Ich weiß … dennoch.« Sie begann zu weinen. »Ach, Scheiße!«

Wir verabschiedeten uns unter Tränen. Die Anrufe hatten mich mehr mitgenommen, als ich erwartet hatte, und ich brauchte einige Zeit, um darüber hinwegzukommen. Die besorgten Stimmen meiner Mutter und meiner Freundin begleiteten mich bis in den Schlaf. Nicht einmal Jacques, der sich wie immer unbeeindruckt zeigte, konnte mir helfen. In dieser Nacht sorgte ich mich mehr um meine Eltern und Lou als um mich selbst, stellte mir meine Mutter vor, wie sie weinte. Wie mein Vater hilflos ins Leere blickte, während sie sich verzweifelt an ihn klammerte. Wie Lou allein in unserer Sushi-Bar saß und keinen Bissen runterbrachte. Zum Glück blieb ich wenigstens in meinen Träumen von solchen Gedanken verschont und schlief einigermaßen ruhig.

Erst am nächsten Morgen dachte ich wieder an mein eigenes Wohl. Mir ging es bis auf eine leichte Schwäche einigermaßen gut, und ich war fest entschlossen, die Tage vor der nächsten Chemo in vollen Zügen zu genießen. Zusammen mit Jordan würde ich dem Chowder Cook-off entgegenfiebern und ihn tatkräftig bei seinen Vorbereitungen unterstützen. Er brauchte eine glückliche Frau an seiner Seite, kein krankes Sorgenkind, das ihm jeglichen Elan für den großen Tag raubte und seinen Erfolg beim Cook-off gefährdete.

Auch deshalb legte ich an diesem Morgen noch mehr Wert auf mein Äußeres. Zog das geblümte Kleid an und die halbhohen Schuhe, bürstete meine Haare, bis sie glänzten, und ließ sie offen auf die Schultern fallen, war beim Make-up wie immer sparsam, achtete aber darauf, dass meine Augen noch stärker als sonst zur Geltung kamen. Das Ergebnis konnte sich sehen lassen, wie ich meinte. Die Unsicherheit und die Angst, die mich vor der nächsten Chemotherapie ausfüllten, erkannte glücklicherweise niemand. Schon gar nicht Jordan, der mich mit großen Augen in der Lobby abholte. »Wow!«, rief er begeistert. Die Dame an der Rezeption grinste. »Du siehst fantastisch aus!«

Ich hatte mit dem Hotel vereinbart, dass ich länger bleiben würde, auch mit dem Hintergedanken, während der Chemo in Cork zu bleiben. Für Jordan hatte ich mir bereits eine Ausrede zurechtgelegt. Ich würde es ihm so spät wie möglich beibringen und die Chemo geheim halten. Ich wollte nicht, dass er sein Restaurant im Stich ließ und sich um mich kümmerte, nur noch für mich da wäre, denn genau das würde er tun. Er liebte mich aufrichtig, schon nach dieser kurzen Zeit, als wüsste er, dass mir nur wenige Monate blieben und wir so viel Glück wie möglich in die letzte Phase meines Lebens packen mussten.

Die letzten Tage bis zum Cook-off waren hektisch. Jordan hatte zwei Freunde angeheuert, die seinen Stand in dem großen Zelt am Flussufer aufbauen würden, und Mimi Walsh und ich hatten beschlossen, beim Verteilen der Kostproben zu helfen, und mussten ebenfalls eingewiesen werden. »Du glaubst nicht, wie voll das hier am Sonntag wird«, sagte Jordan. »Bist du sicher, dass du dich für mich ins Getümmel stürzen möchtest? Ich mach dir keinen Vorwurf, wenn du das Cook-off lieber aus der Ferne betrachtest.«

Einen Vorwurf würde er mir nicht machen, aber er wäre wahrscheinlich unsagbar traurig. »Das mache ich doch gern«, erwiderte ich zu seiner großen Freude, aber nur, wenn ich eine Extraportion bekomme.« Ich würde schon irgendwie durchhalten, auch wenn ich vielleicht einige Pausen einlegen musste.

Am Tag vor dem Cook-off schlenderten Jordan und ich über die Promenade am Hafen und schöpften Kraft für den großen Tag. Das Zelt vor einem der Hotels stand bereits, und überall flatterten Banner und Fähnchen. Schon jetzt waren zahlreiche Besucher in der Stadt und bummelten durch die engen Gassen der Stadt. Die Vorfreude stand ihnen ins Gesicht geschrieben. Vor dem Schiffsmast am Ufer spielte eine irische Band bekannte Trinklieder.

»Ich hab gute Neuigkeiten«, sagte Jordan, als wir am Jachthafen stehen blieben. Ich glaubte, er würde mir eine weitere Zutat für seine Chowder verraten, doch er sagte: »Du kannst am Montag in dein neues Apartment neben meinem Cottage einziehen. Und wohnst den ersten Monat mietfrei. Der Vermieter ist ein guter Bekannter von mir und war mir noch einiges schuldig.«

»Am Montag schon?«, erschrak ich.

»Willst du nicht mehr?«

Ich riss mich zusammen. »Doch, natürlich, und ich freue mich riesig. Nur … nur muss ich nächste Woche weg. Ich wollte es dir eigentlich erst nach dem Cook-off sagen. Meine Lektorin kommt nach Cork und will über meine Übersetzung mit mir sprechen. Das Buch soll ein großer Bestseller werden, und es gibt da einige Dinge zu beachten. Und dann rechnet sie wohl damit, dass ich noch zwei, drei Tage mit ihr an der Küste entlangfahre. Meine Lektorin darf ich nicht enttäuschen, Jordan. Das ist wichtig. Wenn ich sie verärgere, würde sich das bestimmt nicht gut auf meinen Job auswirken.« Ich legte eine Hand auf seinen Arm. »Du bist mir doch nicht böse? Sobald ich sie los bin, ziehe ich um, großes Ehrenwort.«

Jordan war enttäuscht, trug es aber mit Fassung. »Dein Job geht vor«, erwiderte er. »Es reicht doch schon, dass ich dich fürs Cook-off einspanne und die letzten Tage von der Arbeit abgehalten habe.« Er lächelte. »Seltsam, wir kennen uns erst wenige Tage, und bereits jetzt kann ich mir nicht vorstellen, jemals ohne dich auszukommen. Ich dachte, so was gibt es nur in Kitschromanen.«

In Kitschromanen überleben auch die unheilbar Kranken, dachte ich.

Am Morgen des Cook-off holte mich Jordan in aller Frühe ab. Ich hatte ihm angeboten, den Bus zu nehmen, aber seine Antwort lautete, er sei Gentleman und bestehe darauf. Als er mich zur Begrüßung küsste, spürte ich, wie nervös er war. Das Chowder Cook-off war ein besonderes Ereignis im südlichen Irland und elektrisierte alle Teilnehmer. »Ich hab besonders guten Fisch von Barney bekommen«, sagte er unterwegs, »den hat Barney erst heute früh gefangen.«

Bei der Herstellung der Chowder halfen Mimi Walsh und ich mit Handlangerdiensten. Es lief alles nach Wunsch. Jordan war bei den Cajun-Gewürzen geblieben und hatte besonders schmackhafte Zwiebeln auf einem ländlichen Markt ergattert; der Fisch war saftig. Mit Gewürzen kannte er sich ausnehmend gut aus, hier noch eine Prise schwarzen Pfeffer, da noch etwas weißen Pfeffer, bis die Chowder so schmeckte, wie er sich das vorgestellt hatte.

Ich genoss diesen Tag. Obwohl ich im großen Zelt ständig auf Achse war und Pappbecher mit Jordans Chowder an die Besucher verteilte, fühlte ich mich ungewohnt frisch und gesund, auch wenn ich mich öfter als alle anderen Helfer ausruhen musste. Aber das fiel in der Hektik nur mir auf. Ich freute mich über das viele Lob, das Jordans Chowder bekam, und über die Gespräche, die ich mit einigen Einheimischen führen durfte. Sie gaben mir das Gefühl, in Kinsale zu Hause zu sein, und sie hatten recht: Nach meiner Rückkehr von der Chemotherapie würde auch ich in Kinsale wohnen, und nicht nur Mimi hätte darauf gewettet, dass Jordan und ich heiraten würden. Vielleicht wäre es unter normalen Umständen ja auch dazu gekommen, eine Vorstellung, die mir selbst gefiel, nur waren die Umstände alles andere als normal und meine Krankheit so schwer und gemein, dass ich nicht einmal in einem Kitschroman am Leben geblieben wäre. *Carpe diem*, erinnerte ich mich, nutze den Tag. Genieße jeden Tag so ausgiebig, als wäre es schon der letzte.

An den anderen Ständen war der Andrang ähnlich stark wie bei uns, besonders bei Erica Sheehan, der Hausfrau aus Kilkenny, die natürlich mit ihrem Mann und ihren drei halbwüchsigen Kindern gekommen war. Als sie von der Reporterin eines Fernsehteams interviewt wurde, spielte ich Mäuschen und hörte die Reporterin sagen: »Als Geheimfavoritin wird eine außergewöhnliche Frau aus Kilkenny gehandelt: Erica Sheehan. Mrs Sheehan, Sie kochen nicht nur eine hervorragende Chowder, wovon ich mich gerade selbst überzeugen konnte, sondern haben auch eine ganz außergewöhnliche Geschichte hinter sich. Vor zwei Jahren wurde Brustkrebs bei Ihnen diagnostiziert. Sie wurden operiert und galten als geheilt, doch vor einigen Monaten kehrte der Krebs zurück, Sie mussten eine leidvolle Chemotherapie über sich ergehen lassen und haben den Krebs inzwischen endgültig besiegt. Sie sagen, dabei habe Ihnen die Chowder geholfen. Irish Fish Chowder als Medizin?«

Erica Sheehan war tatsächlich der Hausfrauentyp, zumindest so, wie man ihn in Komödien und Sketches zu sehen bekommt. Bunte Kittelschürze, biedere Frisur, flache Schuhe, aber fast jeder Satz mit einem humorvollen Augenzwinkern. »Besser als Tabletten, oder? Sagt sogar mein Doc. Man darf sich vom Krebs nicht unterkriegen lassen. Mit guter Laune drängt man ihn in die Defensive, und bei mir klappte es ja recht gut, oder? Nach dem Sieg im TV-Wettbewerb war ich bester Laune, und wenn ich hier auf einem der vorderen Plätze lande, geht's mir noch besser. Noch einen Nachschlag für Sie?«

Ich hatte genug gehört und machte mich aus dem Staub, bevor mir ihre Antworten endgültig die Laune verdarben. Einer Frau, die den Brustkrebs besiegt hat, war schwer zuzuhören. Hätte ich nicht auch einen harmloseren Krebs erwischen können? Und warum erlaubte man dieser Hausfrau, ihre Krankheit in die Waagschale zu werfen, um Stimmung für sich zu machen?

»Muss das sein?«, sagte Jordan zu mir. »Müssen die Medien immer auf solchen Schicksalen rumreiten? Muss alles immer dramatischer sein, als es wirklich ist? Mir wollten sie schon ein Verhältnis mit Mimi anhängen, und der Zwei-Sterne-Koch aus Dublin soll bei McDonald's gesehen worden sein.«

»Spannend«, lästerte ich und dachte an etwas ganz anderes.

Am späten Nachmittag war es endlich so weit. Vor dem Zelt verkündete ein Offizieller, wer die All-Ireland Chowder Championship gewonnen hatte. Alle teilnehmenden Köchinnen und Köche standen zu beiden Seiten des Mikrofons und warteten gespannt auf die Entscheidung, das Publikum drängte sich vor der Absperrung, um den entscheidenden Moment miterleben zu können.

Ich blickte auf den blitzenden Pokal in der Hand des Offiziellen und drückte beide Daumen für Jordan, obwohl ich neidlos anerkennen musste, dass mir auch die Kostproben der

Hausfrau und des Sternekochs sehr gut geschmeckt hatten. Bitte, lass ihn seinen Namen sagen, flehte ich in Gedanken, nächstes Jahr bin ich nicht mehr dabei, und ich möchte es unbedingt erleben.

»Meine Damen und Herren«, begann der Offizielle, »wir haben auch dieses Jahr wieder einen spannenden Wettbewerb erlebt und wirklich erstklassige Chowders kosten dürfen. Dafür gilt allen Teilnehmern unser aufrichtiger Dank. Diese Eintöpfe waren alle preiswürdig. Doch wie es bei einem solchen Wettbewerb ist, es muss einen Sieger geben, und über den haben Sie mit Ihrer Stimme entschieden, liebe Besucher, auch dafür unseren herzlichen Dank.«

»Nun sag's endlich!«, rief jemand, und alle lachten.

Nur der Offizielle blieb ernst. »Meine Damen und Herren, der Sieger unseres diesjährigen Cook-off heißt …«, kleine Kunstpause, »Jordan O'Connor!«

Ich war überglücklich und wollte sofort zu Jordan laufen, spürte aber plötzlich, wie mir übel wurde, und setzte mich auf einen der herumstehenden Gartenstühle. Oh verdammt, ausgerechnet jetzt. Zum Glück musste ich mich nicht übergeben, und es ging mir schon wieder besser, als Jordan sich zu mir durchgekämpft hatte und mir den Pokal zeigte. »Alles okay mit dir?«, fragte er. »Du siehst blass aus. Du hast doch hoffentlich keine schlechte Chowder erwischt.«

Ich zwang mich zu einem Lächeln. »Es geht mir gut, Jordan.«

# 18

Der Abschied von Jordan war mir schwergefallen. In einer idealen Welt hätten wir bis spät in die Nacht seinen Sieg gefeiert und anschließend zum ersten Mal miteinander geschlafen, aber meine Welt war nicht mehr ideal, und ich war dankbar, dass er meine Ausrede, ich sei wahnsinnig müde, akzeptierte und mich schon am frühen Abend nach Cork fuhr. Wahrscheinlich nahm er an, ich hätte meine Tage. Inzwischen hatten wir unsere Handynummern getauscht, und ich versprach ihm, mich öfter mal zu melden, er solle sich aber keine Sorgen machen, wenn ich mal nicht anrufen würde. »Du kennst Evelyn nicht«, sagte ich, »wenn die einen in der Mangel hat, zählt nur noch Arbeit.«

Die Müdigkeit war nicht gelogen, und übel war mir auch noch ein wenig, aber ich schlief durch. Zum Frühstück reichten mir Tee und etwas Toast, wieder mal, und ich machte mich rechtzeitig zum Krankenhaus auf den Weg. Das historische Hauptgebäude, in dem auch die Onkologie untergebracht war, kam mir noch bedrohlicher als beim letzten Mal vor, aber das war sicher der Angst geschuldet, die mich diesmal fest umschlungen hielt. Ich wollte auf keinen Fall als seelisches und körperliches Wrack zu Jordan zurückkehren.

April Levon empfing mich im Flur und führte mich in eines der Behandlungszimmer. Sie verstand es, einem die Angst zu nehmen, und blieb ruhig und gefasst, egal, wie turbulent es um sie herum zuging. Ihre Position erreichte man nur, wenn man auch in Krisensituationen einen kühlen Kopf behielt. Fast erschien sie mir wie eine Freundin, die stets in der Nähe war, wenn man sie brauchte, und gleichzeitig über ein enormes Fachwissen verfügte, das sie befähigte, auf jede noch so komplizierte Frage eine Antwort zu geben.

»Das sind leider Auswirkungen, die wir nicht verhindern können«, sagte sie, als ich ihr von meinem Zusammenbruch in Kinsale erzählte. Ihr zuversichtliches Lächeln bestärkte mich jedoch in dem Glauben, erfolgreich dagegen ankämpfen zu können. »Die Chemotherapie mag belastend sein und einige hässliche Nebenwirkungen haben, aber wir geben Ihnen diese Medikamente nicht, um Sie zu quälen. Ganz im Gegenteil, die Medikamente gehen gezielt auf den Tumor los und behindern ihn in seinem Wachstum. Sie kaufen sich damit ein Leben, dass Sie ohne die Chemo niemals haben könnten. Sie haben gut auf den ersten Zyklus reagiert, Sie werden auch den zweiten schaffen.«

Nachdem eine Schwester mir Blut abgenommen hatte, führte sie mich in den Raum, in dem die Chemo stattfinden würde, wie in Frankfurt auf bequemen Liegesitzen, wie man sie sonst nur in teuer eingerichteten Wohnzimmern findet. Außer mir waren noch vier andere Patienten in dem Raum, drei schon älter und sichtlich gezeichnet von ihrer Krankheit, und eine Frau in den Dreißigern, die sich einen Kopfhörer übergestülpt hatte und ihn nur kurz von den Ohren hob, als April mich vorstellte. Sie hieß Amelia Byrne, hatte kurze blonde Haare und blaue Augen und mochte englische Popmusik, wenn ich nach dem Adele-Song ging, der kurz aus ihrem Kopfhörer gedrungen war.

April hatte nicht übertrieben. Positive Gedanken halfen bei der Chemotherapie und ließen mich die eine Stunde täglich, die ich während der nächsten Woche im Krankenhaus verbrachte, leichter überstehen. Ich dachte an Jordan, an das triumphierende Funkeln in seinen Augen, als er das Chowder Cook-off gewonnen hatte, an unsere gemeinsamen Spaziergänge am Meer, seine sanften Berührungen und seine zärtlichen Küsse. Uns würden noch einige Wochen, vielleicht sogar Monate vergönnt sein, wenn ich gegen die Krankheit ankämpfte. Und wir würden endlich miteinander schlafen, unsere Liebe vollkommen machen. Nein, ich würde nicht sang- und klanglos von der Erde verschwinden, ich würde diese elende Chemo ertragen und noch mal angreifen.

Es war kein einfacher Kampf. Nach jeder Sitzung wurde mir übel, und am dritten Tag bekam ich starken Durchfall, der mich fast die ganze Nacht auf Trab hielt. Dann wurde es besser, und ich zwang mich dazu, Jordan anzurufen. Er wunderte sich schon, dass ich mich so lange in Schweigen hüllte, wie ich an den vielen Anrufen sah, die mein Smartphone registriert hatte. Während der ersten Tage hatte ich es ausgeschaltet, wollte ich ganz allein leiden.

Jordan war sofort dran. »Kati! Wo steckst du denn?«, fragte er. Seine Stimme klang aufgeregt und ängstlich. »Ich hab mir schon Sorgen gemacht.«

»Sorry«, erwiderte ich, »wir arbeiten den ganzen Tag, und ich falle jeden Abend todmüde ins Bett. Wenn ich meinen Job nicht verlieren will, muss ich mitmachen. Dann noch eine Fahrt zu irgendeinem Schloss, das sie unbedingt sehen will, und ich komme nach Hause. Mein Apartment steht doch noch?«

»Sicher, sogar möbliert. Du kannst sofort einziehen.«

»Nur noch ein paar Tage, Jordan.«

»Ich weiß. Ich vermisse dich sehr.«

»Ich vermisse dich auch.«

»Vergiss mich nicht, okay?«

»Niemals«, versicherte ich ihm und war froh, dass er meine Tränen nicht sah. Mit meinen Gefühlen ging es schon wieder drunter und drüber, seit ich zur Chemotherapie ging, und ich hätte am liebsten laut losgeheult. »Ich liebe dich, Jordan. Du bist mein weißer Ritter, hast du das gewusst? Ivanhoe, Lancelot, einer von den Burschen, die mit dem Burgfräulein durchbrannten.«

»Weil es sie verzaubert hatte. Mit ihrer Schönheit und ihrem Charme.«

»Das klingt kitschig, Jordan.«

»Mir doch egal.«

Während der nächsten beiden Tage blieb ich auf Tauchstation. Ich wollte mit niemandem sprechen, weder mit Jordan noch mit meiner Mutter, die schon wieder mehrmals angerufen hatte. Nach einer Sitzung war ich meist so müde, dass ich den ganzen Nachmittag verschlief, abends den Fernseher einschaltete und wenige Minuten später wieder einschlief, noch die harmloseste Nebenwirkung der Chemotherapie und leichter als alles andere zu ertragen.

Die letzte Sitzung verlief anders als die vorherigen. Amelia nahm während der Sitzung ihre Kopfhörer ab und blickte mich hilfesuchend an. Ihre Augen waren mit Tränen gefüllt. »Ist Ihnen auch der Freund weggelaufen?«, fragte sie. »Mein Freund ist über alle Berge, seitdem sie mir eine Brust wegoperiert haben. Ich hab Brustkrebs, wissen Sie? Der Doc ist zuversichtlich, dass er die Sache in den Griff bekommt und ich dann wieder ein ganz normales Leben führen kann. Nur meinen Freund, den kann er mir nicht zurückgeben. Wahrscheinlich wagt sich überhaupt kein Mann mehr an mich heran. Wer will schon eine Frau, der die halbe Brust fehlt? Ich bin ein verdammter Krüppel!«

»So was dürfen Sie nicht sagen«, tröstete ausgerechnet ich sie. »Wenn Ihr Freund verschwunden ist, hat er's nicht anders verdient. Meiner verschwand auch, als er von meiner Krankheit hörte. Ich weine ihm keine Träne nach. Er war sowieso der Falsche, und ich hätte ihn auch ohne Krebs in die Wüste geschickt. Und soll ich Ihnen was sagen? Inzwischen hab ich einen neuen Mann kennengelernt. Keinen von denen, die auf Mitleid machen und selbst im Mittelpunkt stehen wollen, einen richtigen Mann, der mich so liebt, wie ich bin.«

Sie wischte sich die Augen trocken. »Er weiß von Ihrem Krebs?«

»Nun ja, er hat so eine Ahnung.«

»Das ist unfair!«, erwiderte sie, ohne lange nachzudenken. »Sie müssen ihm schon die Wahrheit sagen, erst recht, wenn Sie wissen wollen, ob er es ehrlich meint. Ich sag jedem ins Gesicht, was ich habe, dann weiß ich sofort, wie ich dran bin. Sie glauben nicht, wie die Kerle reagieren, wenn man ihnen sagt, dass man nur noch eine Brust hat. Genauso gut könnte man die Pest oder die Cholera haben.« Sie schniefte. »Hat man Ihnen auch was abgenommen?«

Ich sagte ihr die Wahrheit.

»Tut mir leid, Miss. Tut mir furchtbar leid.« Ihr wurde wohl gerade bewusst, dass sie im Vergleich zu mir noch gut dran war. »Aber ein Grund mehr, Ihrem neuen Freund die Wahrheit zu sagen. Halten Sie ihn nicht hin!«

Amelias Worte folgten mir bis ins Hotel. Sie hatte recht, ich spielte ein falsches Spiel mit Jordan, machte ihm etwas vor, ohne Rücksicht darauf zu nehmen, wie sehr ihn die Wahrheit treffen würde. Ich handelte selbstsüchtig und egoistisch, klammerte mich an das kurze Glück, das mir noch blieb, wenn ich ihn noch eine Weile im Ungewissen ließ. Sobald ich spürte, dass es zu Ende ging, würde ich es ihm sagen. Nur noch diese paar Tage oder Wochen, nur noch diese letzte Gnadenfrist, bis der kurze Sommer vorüber war.

Auch den zweiten Zyklus der Chemotherapie überstand ich ohne größere Probleme. Mir fielen weder die Haare aus noch hatte ich stärkere Schmerzen. Mir war zwar hundeübel, und ich musste mich mehrmals übergeben, auch mein Gaumen entzündete sich wieder, und meine Stimmung schwankte in letzter Zeit ohnehin stark, aber ich war immer noch voll einsatzfähig. Was allerdings nicht hieß, dass es noch Hoffnung für mich gab. »Ihr Blutbild hat sich verschlechtert«, eröffnete mir April. »Damit mussten wir rechnen. Die Zahl der Leukozyten und Thrombozyten hat sich stark verringert, was bedeutet, dass Sie anfälliger gegen Infektionen und leichter bluten werden. Aber ich darf Sie ein wenig beruhigen, Sie halten sich wesentlich besser als manche anderen Patienten und dürften Ihr normales Leben noch eine Weile aufrechterhalten.«

»Eine Weile« war ein dehnbarer Begriff, aber ein genaues Datum für mein Ableben wäre mir genauso wenig recht gewesen. »Ich gebe noch lange nicht auf!«, rief ich meiner Plüschratte zu. »So schnell kriegt uns der Krebs nicht klein. Ich tue einfach so, als wäre er gar nicht vorhanden, was meinst du?«

Jacques blickte eher skeptisch drein. Ich verstand seinen Blick, als ich in den Spiegel blickte. Ich hatte mindestens fünf Kilo abgenommen und kam mir beinahe wie eine Magersüchtige vor. Kein Wunder, mir wurde immer wieder übel, und ich hatte wenig Appetit. So durfte ich auf keinen Fall nach Kinsale zurückkehren. Um mich aufzupeppen, beschloss ich, noch eine knappe Woche im Hotel zu bleiben, dreimal am Tag zu essen und vor allem zu trinken und kurze Spaziergänge zu unternehmen. Ich schlief lange, nutzte die Zeit aber auch, um an meiner Übersetzung zu arbeiten. »Um ihr normales Leben aufrechtzuerhalten«, hatte April gesagt. Die Arbeit fiel mir erstaunlich leicht, auch weil ich mich freute, zumindest für eine Weile die Alte zu sein.

Natürlich rief ich Jordan noch einmal an, gaukelte ihm vor, dass ich mit Evelyn unterwegs war, sie aber in wenigen Tagen nach Deutschland zurückkehren würde. Er versprach, mich abzuholen, und ich versicherte ihm, dass ich ihn sofort anrufen würde, sobald sie unterwegs war. »Ich kann es kaum erwarten, dich wieder in die Arme zu schließen«, sagte ich und dachte gar nicht mehr daran, wie begrenzt unsere Zeit war. Denn war sie das wirklich? Gab es nicht eine Liebe über den Tod hinaus? Wer konnte das schon sagen?

Ich schaffte es tatsächlich, mir wieder zwei, drei Pfunde anzuessen, und war mit meinem Spiegelbild einigermaßen zufrieden, als ich erneut kritisch in den Spiegel blickte. Etwas schwach auf den Beinen war ich aber doch, als ich im Aufzug nach unten fuhr und Jordan in der Eingangshalle traf. Wir sagten beide nichts, nahmen einander in die Arme und hielten den anderen fest, als wüssten wir beide, dass uns nicht mehr viel Zeit blieb. Bis wir uns küssten, vergingen mehrere Minuten, aber uns kümmerten weder die neugierigen Blicke der Dame an der Rezeption noch das Gekicher einiger junger Mädchen.

Ich hatte bereits ausgecheckt und ging mit Jordan zu seinem Wagen. Er wuchtete mein Gepäck in den Kofferraum und umarmte mich gleich noch einmal, diesmal leidenschaftlicher und mit dem berühmten Funkeln in seinen Augen. Ich spürte, dass uns die Trennung noch enger zusammengeschweißt hatte. »Das müssen wir feiern«, sagte Jordan, als er mir beim Einsteigen half.

Unterwegs verriet er mir, dass er sein Restaurant inzwischen offiziell eröffnet, heute aber wegen einer Familienfeier geschlossen hatte. Mit der Familienfeier meinte er mich. Weil er inzwischen wusste, dass ich keinen Alkohol trank, hielt er naturgepressten Apfelsaft bereit, natürlich in Champagnergläsern, damit wir stilecht anstoßen konnten. Aus dem Kühlraum zauberte er eine kalte Platte mit geräuchertem Edelfisch und feinstem Lachstatar. Obwohl mein Appetit nicht mehr der alte war, genoss ich jeden Bissen. Besonders das Lachstatar schmeckte mir, es erinnerte mich an meine Sushi-Feten mit Lou.

Nach dem festlichen Empfang bedurfte es zwischen uns nicht vieler Worte. Alles geschah so, wie es geschehen musste, als wäre es vorherbestimmt. Wir umarmten und küssten uns, zärtlich wie bisher fast immer, als hätten wir Angst, einander wehzutun, wenn wir zu leidenschaftlich wurden. Jordan war kein Draufgänger und viel mehr ein Minnesänger als ein weißer Ritter, ein sanfter Verführer, der einer Frau mit dem Respekt und der Ehrfurcht begegnete, die sie seiner Meinung nach verdiente. Wir rissen einander nicht die Kleider vom Leib und stürzten uns nicht gierig auf den anderen, sondern zelebrierten das Ausziehen eher als Teil unseres Liebesspiels und sanken zusammen auf sein gemachtes Bett, das trübe Licht, das durch die Butzenfenster fiel, in den Augen.

Wir gehörten zusammen, das spürte man bei jeder Bewegung und jeder Geste. Und vollkommen waren wir, als wir zu einer Einheit wurden, unsere Körper miteinander verschmolzen und alles um uns herum an Bedeutung verlor. Der Augenblick, als er zu mir kam, war magisch, ein Erlebnis, das wahrscheinlich nur wenige Frauen erlebten, nicht in diesem Zauber und dieser Intensität. »Kati, ich liebe dich!«, flüsterte er, während wir uns liebten, und ich erwiderte seine Worte mit einem zufriedenen Stöhnen und vergaß mich seufzend in seinen Armen, als wir gemeinsam zum Höhepunkt kamen. Allein wegen dieses einen glücklichen Augenblicks hatte es sich zu leben gelohnt.

Die folgende Zeit erlebte ich wie in einem Rausch. Als wollte ich das ganze restliche Leben, das ich verpassen würde, in diesen Sommer packen und in vollen Zügen genießen, bevor es zu spät war. Die Höhepunkte, wenn wir allein waren und uns liebten, die täglichen Herausforderungen, wenn Jordan in seiner Küche und ich an meiner Übersetzung arbeitete. Der Alltag wurde für mich genauso wichtig wie die gemeinsamen Nächte, er gab mir das Gefühl, mitten im Leben zu stehen und so gesund wie alle anderen zu sein.

Der Montag wurde unser Feiertag. Jordan hatte den Montag zum Ruhetag erklärt, und wir nutzten die Zeit für gemeinsame Ausflüge und Rundfahrten. Ich schrieb es seiner Liebe zu, dass ich noch immer keine stärkeren Schmerzen hatte, nur manchmal über Nasenbluten klagte oder nachts so stark schwitzte, dass ich aufstehen und duschen musste, aber das war gar nichts im Vergleich zu den Schmerzen, über die andere Krebskranke in den einschlägigen Foren im Internet klagten. *Carpe diem!* Nutze den Tag! Bibi hatte recht gehabt, und ich würde ihr ewig dankbar für ihre aufmunternden Worte sein.

An einem der Montage fuhren wir nach Cobh, einer kleinen Küstenstadt östlich von Cork. Am 11. April 1912 hatte die *RMS Titanic* im Hafen von Queenstown angelegt. So hieß der Ort damals. Der letzte Hafen, in dem der Oceanliner vor Anker gegangen war, bevor er einen Eisberg gerammt hatte und mit ungefähr eintausendfünfhundert Passagieren im Atlantik versunken war. In *Titanic Experience* konnte man die Reise virtuell erleben, und Jordan bestand natürlich darauf, mit mir an Bord zu gehen. Auf meinem Ticket stand der Name Margaret Rice. So hieß eine Frau, die in Queenstown an Bord gegangen war. Am Ende unseres Rundgangs würde ich erfahren, welches Schicksal sie erlitten hatte.

Ohne es zu wollen, erinnerte mich Jordan damit an mein eigenes Schicksal. Auch die meisten Passagiere der *Titanic* hatten dem sicheren Tod ins Auge geblickt, unter viel dramatischeren Umständen natürlich, und ich fragte mich, wie sie wohl gefühlt hatten? Hatten sie sich in ihrer Verzweiflung an die Aufbauten geklammert, waren sie in ihren Kabinen geblieben und hatten den Tod in stoischer Ruhe erwartet? Waren sie irgendwo in den Gängen vom eindringenden Wasser überrascht worden? Waren sie ins eiskalte Wasser gesprungen und ertrunken? All das war während des Untergangs passiert, aber wenn ich an die *Titanic* dachte, musste ich stets an Kapitän Smith denken, wie er in stoischer Ruhe auf der Brücke stand und freiwillig in den Tod ging. So hatten es Augenzeugen berichtet, und so war es im Film zu sehen gewesen.

Es war ein seltsames Gefühl, den Spuren der Passagiere in dem historischen Gebäude der White Star Line bis zu dem Pier zu folgen, an dem die Tenderboote angelegt hatten. Historische Filme und wirklichkeitsgetreue Animationen gaben einem das Gefühl, in der Zeit zurückgereist zu sein und mit den anderen Passagieren an Bord der *Titanic* zu gehen. Sie hatten nicht gewusst, dass draußen auf dem Atlantik ein grausamer Tod auf sie wartete.

Im sogenannten Story Room erfuhren wir das Schicksal der Passagiere, deren Rolle wir während unseres Besuches eingenommen hatten. Jordan war John Coffey und hatte die Katastrophe auf wundersame Weise überlebt. Ich war Margaret Rice und hatte mit meinen fünf Kindern den Tod gefunden.

# 19

Ich erlebte die schönste Zeit meines Lebens. Selten war ich so glücklich und von innerem Frieden erfüllt gewesen wie in den Tagen nach meiner zweiten Chemotherapie, und nie zuvor hatte ich so intensiv gelebt. Weil ich das Ende vor Augen hatte, erlebte ich jeden Tag, jede Stunde, jede Minute, selbst den Alltag wie ein wertvolles Geschenk und war dankbar, ihn an der Seite eines geliebten Menschen verbringen zu dürfen. Wenn es einen Gott gab, hatte er mir Jordan geschickt, weil er sicher bereute, mich zu dieser hässlichen Krankheit verurteilt zu haben, und sich mit einem Geschenk revanchieren wollte.

Mein Apartment war gemütlich, anderthalb Zimmer in einem der bunten Häuser in der Nachbarschaft, aber nur halb so groß wie meine Wohnung in Sachsenhausen. Die Möbel waren von Ikea. Die Kochecke benutzte ich nur zum Teekochen, und auch mein winziges Schlafzimmer blieb meist unbenutzt. Wenn ich nicht an meinem Laptop saß und übersetzte, hielt ich mich meist bei Jordan im Restaurant auf, verdiente mir mein Essen mit Handlangerdiensten in der Küche und schlief abends zufrieden in seinen Armen ein.

Natürlich hätte ich ganz zu ihm ziehen können, aber dazu war auch Jordans Wohnung zu klein, und ich brauchte einen

Bereich, in den ich mich zurückziehen konnte, falls sich meine Krankheit meldete und meine Schmerzen und Beschwerden zu groß wurden. Doch noch ging es mir gut, ein Ergebnis der Chemotherapie, die das Wachstum des Tumors etwas gebremst hatte. Beinahe beschwingt genoss ich die Zeit mit Jordan, die romantische Umgebung und das Gefühl, als gesunder Mensch in einer normalen Welt zu leben.

Mit meiner Übersetzung kam ich gut voran. Ich nutzte meine gute Phase, um ein Kapitel nach dem anderen in meinen Laptop zu tippen, und war noch schneller und besser als bei meiner letzten Übersetzung, die ich in Rekordzeit geschafft hatte. Als Übersetzerin wurde man schlecht bezahlt, und das einzige Mittel dagegen war, schneller zu arbeiten. Noch großartiger als früher war das Gefühl, die letzten Kapitel an meine Lektorin zu schicken und den Auftrag abzuschließen.

Als ich die Datei an meine E-Mail hängte, entdeckte ich die vielen Nachrichten, die mir meine Mutter geschickt hatte, alle mit der Aufforderung, mich doch wieder mal zu melden, und rief sie an. Wir führten das gleiche Gespräch wie immer: Sie hatte Angst, mir könnte es in Irland an irgendetwas fehlen, und sie beklagte sich, dass ich nichts von mir hören ließ. Ich versuchte sie zu beruhigen, indem ich ihr sagte, dass ich kaum Schmerzen hätte und sogar arbeiten könnte, auch deshalb hätte ich mich in letzter Zeit so wenig gerührt. Und nein, ich würde vorerst nicht zurückkommen, denn hier bei Jordan ginge es mir gut.

»Und die Ärzte? Sind die wirklich professionell?«

»Dr. Brandon ist ein anerkannter Onkologe. Mach dir keine Sorgen, Mama, ich habe hier alles, was ich brauche. Mein Krankenhaus in Cork gehört zu den besten in Irland, ist mindestens genauso gut wie unsere Uniklinik.«

»Und du willst wirklich nicht zurückkommen? Wir könnten hier für dich sorgen, mein Schatz. Du hättest deine vertraute

Umgebung, und wir«, sie begann zu weinen, »und wir könnten dich jeden Tag in die Arme nehmen.«

»Es geht nicht gegen euch, Mama. Aber der Abstand tut mir gut.«

»Du liebst diesen Jordan, nicht wahr?«

»Er ist wunderbar.«

Ich war froh, als meine Mutter auflegte. Ich liebte meine Eltern über alles und verstand ihre Verzweiflung. Auch ich vermisste sie und fühlte ein leichtes Stechen in der Herzgegend, wenn ich an sie dachte. Ich verstand ihre Fürsorge, doch sie belastete mich. Jeder, der um mich weinte oder mich unablässig bemutterte und mich in seiner Panik am liebsten so lange in die Arme genommen hätte, bis ich den Schmerzen erlag, hinderte mich daran, die letzten Wochen meines Lebens zu genießen. Sie so zu leben, als wäre ich gesund.

»Sei mir nicht böse«, schrieb ich auch in meiner E-Mail an Lou. »Du bist meine beste Freundin und wirst es immer bleiben, und bei meiner Totenfeier wirst du eine kurze Ansprache halten, aber hier in Irland lebe ich in einer anderen Welt. Hier bin ich gesund und rettungslos verliebt, und alles ist gut.«

Jordan und ich feierten meine Übersetzung mit einem Festessen und Saftcocktail in Champagnergläsern, und er beglückwünschte mich vor Mimi, ihrer Freundin und den beiden Damen, die inzwischen für ihn arbeiteten, eine in der Küche und die andere als Bedienung. »Ich glaube, nicht nur ich freue mich, dass du inzwischen zu uns gehörst. Wir hier in Jordy's Cottage und die ganze Stadt haben dich liebgewonnen, und selbst, wenn du mal wieder nach Deutschland fliegen solltest, um dort nach dem Rechten zu sehen, geben wir dich nicht mehr her.« Er blickte mir tief in die Augen. »Und das gilt besonders für mich. Du bist das Beste, was mir je passiert ist, noch vor dem Gewinn des Chowder Cook-off. Das musste einfach gesagt werden, liebe Kati.«

Wir lachten alle, und nur ich fühlte eine gewisse Wehmut in mir aufsteigen, weil ich wusste, dass meine Zeit begrenzt war und die Reden an meinem Grab wohl ähnlich klingen würden. Ich hob mein Glas und prostete allen Anwesenden zu, küsste Jordan voller Zuneigung und trank einen Schluck.

Das Essen, pochierter Lachs mit Orangenbutter, war sicher herrlich. Ich aber schmeckte weder die Orangen in der Butter noch die Kräuter auf dem Lachs, schob es auf den Saftcocktail, den ich gerade getrunken hatte, und musste einige Bissen später zu meinem Leidwesen erkennen, dass ich tatsächlich kaum etwas schmeckte. Natürlich behielt ich diese bittere Erkenntnis für mich. Dr. Brandon hatte mich darauf vorbereitet, dass die Chemotherapie eine solche Nebenwirkung haben könnte, noch die harmloseste aller Beschwerden.

Ich machte gute Miene zum bösen Spiel, gab aber vor, nach der anstrengenden Übersetzung zu erschöpft für eine ausgiebige Feier zu sein, und zog mich in mein Apartment zurück. Auch die Nacht verbrachte ich dort. Mir war übel, und ich litt unter starkem Durchfall, entschuldigte mich auch am nächsten Tag mit einer angeblichen Magenverstimmung und sprach nicht einmal mit Jacques, der einen neuen Ehrenplatz in einem Wandregal bekommen hatte. Ich lebte von Tee und Zwieback, fühlte mich einen Tag später schon wieder besser und am dritten Tag stark genug, um mit Jordan spazieren zu gehen.

Der Regen hatte aufgehört. Die Sonne wagte sich wieder zwischen den Wolken hervor und brachte das dunkle Wasser des River Lee zum Glitzern. Vom Meer zog leichter Wind herein und trieb den Duft von Salz und Tang in die Stadt. Vor dem Anlegesteg des Ausflugsboots standen Urlauber an. Ich trug meine guten Jeans und einen Kapuzenpulli, nicht gerade mein damenhaftes Outfit, aber sehr bequem, und Jordan schwor Stein und Bein, dass er mich darin genauso begehrenswert wie in einem Kleid oder einem Rock fand. Meine Haare hatte ich lose hochgesteckt und mit einer roten Spange gebändigt.

»Diese Spaziergänge genieße ich«, sagte Jordan.

»Ich auch.«

»Du bedeutest mir sehr viel.« Er betonte das »Du«. »Wer immer dich auf die Idee gebracht hat, nach Irland zu fliegen und mich zu treffen, hat meinen ewigen Dank verdient. Ich liebe dich, Kati. Ich liebe dich über alles. Ich wollte, ich wär ein Dichter und könnte es in schönere Worte fassen, aber du sollst wissen, dass es niemals mehr eine andere Frau für mich geben wird.«

»Ich war selten so glücklich in meinem Leben wie jetzt.«

Ich hätte nie gedacht, so etwas zu sagen, nachdem ich die vernichtende Diagnose erhalten hatte, aber es war nicht gelogen. Es gab auch ein zeitlich begrenztes Glück. So wie es Soldaten an der Front haben, wenn sie einen Brief aus der Heimat bekommen. Oder eine bisher vollständig Gelähmte, die plötzlich ihre Finger spürt. Oder jemand wie ich, der den sicheren Tod vor Augen hat und noch einmal das Aufkeimen einer großen Leidenschaft erleben darf.

Wir gingen an der Marina vorbei, wo kaum noch Urlauber unterwegs waren, und blieben vor einem der Segelboote stehen. Eine teure Jacht, die allerdings dringend einen neuen Anstrich brauchte. Auf der Reling saß eine Möwe und flog krächzend davon, als sie merkte, dass wir kein Futter für sie hatten.

»Kati«, begann Jordan. Er wirkte blasser als sonst und war aufgeregt. Anscheinend wollte er mir was ganz Besonderes sagen. »Was ich dir eben gesagt habe, ist kein dummes Gerede. Ich liebe dich von ganzem Herzen. Ich weiß, dies ist vielleicht nicht der richtige Ort, und es kommt jetzt vielleicht ein bisschen plötzlich, aber ich will … ich möchte …« Er zog ein Etui mit einem funkelnden Diamantring hervor und kniete vor mir. »Willst du mich heiraten?«

Ich war so geschockt, dass ich kein Wort hervorbrachte und ihn nur anstarrte. Der Augenblick der Wahrheit war gekommen. Ich durfte ihn nicht länger belügen, durfte ihm auf keinen Fall vorgaukeln, wir könnten heiraten, viele glückliche Ehejahre erleben und womöglich auch eine Familie gründen. Das verbot allein schon der Anstand.

Doch was sollte ich tun?

Ihm von meiner Krankheit erzählen?

Nein sagen?

Ich zögerte so lange mit meiner Antwort, dass er unruhig wurde und pure Verzweiflung sein zuversichtliches Lächeln vertrieb. Er stand langsam auf.

Mir liefen längst die Tränen über die Wangen. Ich heulte Rotz und Wasser und hätte mich am liebsten in einem dunklen Loch verkrochen. Minutenlang standen wir uns gegenüber, ich heulend und er mit Tränen in den Augen, bis ich einigermaßen gegen meinen Heulkrampf ankam und stammelte: »Ich ... ich kann nicht ... es tut ... es tut mir leid ... ich kann nicht. Verzeih mir bitte!«

Er ließ das Kästchen mit dem Ring in seiner Jackentasche verschwinden und nahm mich in die Arme. »Ich wollte dich nicht erschrecken«, sagte er schuldbewusst. »Ich war vielleicht wirklich ein wenig voreilig. Ich will dich nicht drängen. Du kannst mir irgendwann antworten, in ein paar Monaten oder nächstes Jahr. Ich werde dich immer lieben. Du hast alle Zeit der Welt.«

Seine Worte, deren traurige Bedeutung nur ich verstand, verursachten einen weiteren Heulkrampf bei mir, diesmal begleitet von heftigen Bauchschmerzen, die mich zwangen, mich noch verzweifelter an ihn zu klammern.

»Es ist nicht, was du denkst«, stieß ich hervor. »Ich liebe dich!«

»Beruhige dich, Kati! Es tut mir sehr leid.«

»Ich ... ich liebe dich!«, rief ich noch einmal schniefend.

»Ich bringe dich nach Hause.«

Ich ließ mich von ihm zurückbringen, sagte unterwegs kein Wort und nickte nur, als ich die Tür öffnete. In meinem Apartment legte ich mich aufs Bett und heulte mir die Seele aus dem Leib. Vor lauter Erschöpfung und Kummer schlief ich schon früh ein, schreckte aber nachts unter heftigen Schmerzen aus einem Traum und hätte beinahe laut aufgeschrien, so heftig und bohrend war der Schmerz, der von meinem Bauch ausging und sich wie ein loderndes Feuer durch meinen Körper fraß. Ich klammerte mich mit beiden Händen an die Matratze, bekam kaum Luft vor Schmerzen und wartete vergeblich darauf, dass er nachließ. Dies war kein Krampf, auch keine Kolik, sondern ein Schmerz, wie ich ihn nie zuvor erlitten hatte, so überwältigend und mächtig, als wären mittelalterliche Folterknechte dabei, sich an mir zu versündigen.

Ich schluckte eine der schweren Schmerztabletten, die ich von April bekommen hatte, und tatsächlich ließ das Stechen nach, war aber noch so stark, dass ich kein Auge zubekam. Ohne zu überlegen, zog ich mich an und schrieb einen Zettel für Jordan: »Muss dringend nach Cork. Bin so schnell wie möglich zurück. Mach dir keine Sorgen!« Ich brauchte einige Zeit, um einen Taxifahrer aufzutreiben, der mitten in der Nacht bereit war, nach Cork zu fahren, lockte ihn mit einem großen Schein und griff nach meinem Anorak. Mit schmerzverzerrtem Gesicht stieg ich ein. »Zum Krankenhaus nach Cork!«

Irische Taxifahrer gelten als besonders freundlich, auch wenn sie spätnachts aus dem Bett geklingelt wurden, aber dieser war beim Anblick meiner verweinten Augen wahrscheinlich so verstört, dass er kein Wort sagte und ein besonders zügiges Tempo vorlegte, um möglichst schnell unser Ziel zu erreichen. Er fuhr ohne zu fragen zur Notaufnahme und ließ mich aussteigen.

Im Emergency Room war wenig los. Die Schwester wies mir sofort eine Liege zu und alarmierte den Notarzt. »Meine Daten sind … im Computer«, brachte ich unter Schmerzen hervor. »Katharina Bente. Tun Sie bitte was gegen dieses verdammte Stechen! Ich halte das … ich halte das nicht mehr aus.«

Der Arzt erlöste mich mit einer Spritze. Die Schmerzen verschwanden dadurch nicht ganz, wurden aber dumpfer und schienen mich nicht mehr zerreißen zu wollen. Während mir die Schwester mal wieder Blut abnahm und den Blutdruck maß, wie es Vorschrift in der Notaufnahme war, sah sich der Arzt meine Krankenakte auf dem Computer an und sagte: »Ich bin kein Onkologe, aber ich bin sicher, die Kollegen werden etwas finden, um Sie von Ihren Schmerzen zu erlösen. Die Wirkung der Spritze wird bis in die späten Morgenstunden anhalten, bis dahin dürfte man sich um Sie gekümmert haben.« Er lächelte professionell. »Ich wünsche Ihnen alles Gute, Miss Bente.«

Der Notarzt behielt recht. Dr. Brandon erschien gegen halb neun und begann sofort mit neuen Untersuchungen, deren Ergebnis ihn besorgt die Stirn runzeln ließ. »Ihnen ist etwas passiert, was beim Wachsen eines Pankreastumors häufig passiert: Der Kanal, durch den die Galle in den Dünndarm abfließt, ist verstopft. Ein bewährtes Mittel dagegen ist das Einsetzen eines Stents. Damit öffnen wir den Kanal, und die Galle kann wieder abfließen. Der Eingriff würde auch zu einem rapiden Nachlassen der Schmerzen führen.«

»Eine OP? Bin ich denn stark genug dafür?«

»Nur ein winziger invasiver Eingriff, den wir normalerweise sogar ambulant durchführen. Ich würde Sie allerdings gern bis morgen früh hierbehalten und auf ein stärkeres Schmerzmittel einstellen. Sie brauchen keine Schmerzen zu erleiden. Wenn Sie einverstanden sind, gehen wir die Sache heute Vormittag an.«

Natürlich war ich einverstanden. Alles war mir recht, um diese tödlichen Schmerzen loszuwerden. Die Spritze würde nicht ewig wirken. Ich dachte einen kurzen Augenblick daran, Jordan oder auch meine Mutter und Lou anzurufen, entschied mich aber dagegen. Der Eingriff würde schon gut ausgehen.

Ich wurde lediglich örtlich betäubt und spürte nichts. Nicht mal später, als die Wirkung der Spritze nachließ, kehrten die Schmerzen zurück. Ich war erleichtert, dankte Dr. Brandon, der wirklich alles tat, um mir die letzten Monate meines Lebens so erträglich wie möglich zu gestalten. Er lächelte verhalten, wusste noch besser als ich, dass mir der Stent zwar helfen würde, die Schmerzen erträglich zu halten, mir aber nicht das Leben retten konnte.

Dr. Brandon verschrieb mir neue Schmerztabletten und noch ein anderes Mittel, die mir während der nächsten Wochen ein normales Leben gestatten würden, falls die Krankheit keine unvorhergesehene Wendung nahm, und schüttelte mir die Hand, bevor er ging. »Sie halten sich sehr tapfer«, sagte er.

Am nächsten Morgen fühlte ich mich so gesund, als hätte ich es gar nicht nötig, in einem Krankenhaus zu liegen. Noch hatte mich der Krebs nicht besiegt, noch lag ich nicht auf den Brettern. Ich grinste beinahe siegesgewiss, als April zu mir kam und mit ernster Stimme fragte: »Wie fühlen Sie sich?«

»So gut wie schon lange nicht mehr.«

»Dann schlagen die neuen Medikamente an«, zeigte sie sich zufrieden. »Nehmen Sie täglich jeweils eine, und zögern Sie nicht, mich anzurufen, wenn sich etwas ändert. Sie haben gesehen, wie schnell so was gehen kann.«

»Ich lasse mich nicht unterkriegen.«

April zog sich einen Stuhl heran und setzte sich neben mich. »Das mag sein, Kati, aber dennoch muss ich Sie auf einige Entscheidungen hinweisen, die Sie in nicht allzu ferner Zukunft tätigen müssen. Sie wissen jetzt, wie überraschend der Schmerz kommen kann. Das liegt daran, dass wir den Tumor jetzt nicht mehr bremsen können und er unkontrolliert in Ihrem

Körper wächst. Sobald er in andere Organe dringt, kommt es zu Schwierigkeiten.«

Ich verlor meine Zuversicht. »Dann habe ich nicht mehr lange?«

»Ich möchte Ihnen keine Angst machen, Kati. Niemand weiß genau, wie lange Sie noch leben werden. Aber Sie sollten nicht vergessen, dass es zwar Mittel gegen Ihre Schmerzen, aber nicht gegen den Tumor gibt. Einige Wochen werden Ihnen bleiben, da ist Dr. Brandon ziemlich sicher, aber irgendwann wird der Tag kommen, an dem Sie selbst merken werden, dass Sie allein nicht mehr zurechtkommen und sich in ein Hospiz begeben sollten.«

»Ich weiß. Ich habe mir die Broschüre angesehen.«

»Sie sollten sich am besten jetzt schon dort anmelden oder einen Antrag auf eine ambulante Palliativversorgung stellen. Die würde gewährleisten, dass Sie ein Palliativteam zu Hause betreut, allerdings nur für begrenzte Zeit.«

»Ich weiß nicht, ob das meine Krankenkasse bezahlt.«

»Dann wird es sehr teuer.«

»Aber ich habe einiges Geld gespart.«

Ich ließ mir die Adresse der Website geben, über die man diesen Antrag stellen konnte, und beschloss, es auf jeden Fall zu versuchen. Auch wenn ich alles selbst bezahlen oder mich an den Kosten beteiligen musste, ich wollte in der Nähe von Jordan bleiben, sofern er mich überhaupt noch wollte. Ich hoffte auf seine Liebe und seinen Zuspruch, vielleicht auch die meiner Eltern, die sicher auf der Stelle anreisen würden, wenn ich sie rief. Nur die eigentliche Arbeit, die musste man Fachkräften überlassen, die für diese Art von Pflege ausgebildet waren.

Quälende Gedanken, die ich sofort von mir schob, als ich das Krankenhaus verließ. Ich war wieder einigermaßen auf dem Damm und hatte noch einige – vielleicht sogar unbeschwerte – Wochen vor mir, wenn ich Dr. Brandon glauben durfte. Ich wollte wieder leben und lachen, die salzige Luft im Hafen atmen und in Jordans Armen liegen. Etwas Liebe, war das zu viel verlangt?

Ich fuhr mit dem Taxi nach Kinsale zurück und betrat mein Apartment, ohne Jordan zu begegnen. Doch auf dem Tisch stand ein Strauß roter Rosen, und von einem schwebenden Luftballon hing eine Karte mit einem bärtigen Seemann, der seine Liebste umarmt. Darauf stand: »Willkommen zu Hause!«

# 20

Jordan umarmte mich wenig später. Er glaubte wohl, ich sei wegen seines Heiratsantrags in Panik geraten, und sagte: »Ich wollte dich nicht unter Druck setzen. Ich liebe dich über alles und werde so lange warten, bis du bereit bist. Was ist schon ein Ring? Mir reicht es, wenn ich weiß, dass du mich liebst.«

»Das tue ich«, erwiderte ich und küsste ihn so leidenschaftlich, dass ich selbst vor mir erschrak. Ich war plötzlich von einer ungewohnten Lebensfreude erfüllt, als wären mir zehn weitere Jahre geschenkt worden. Mir war zwar etwas schummrig von den neuen Schmerztabletten, ansonsten fühlte ich mich aber lebendiger als in den Tagen zuvor und hätte am liebsten gerufen: »Ja, ich liebe dich! Ja, ich will dich heiraten! Ja, ich will deinen Ring tragen!«

Denn mir bedeutete ein solcher Ring tatsächlich viel. In der Hinsicht war ich altmodisch. Wenn ich einen Mann wirklich liebte und plante, mein ganzes Leben mit ihm zu verbringen, wollte ich dies auch zeigen. Doch was war in meinem Fall schon ein »ganzes Leben«? Ich belog ihn doch schon genug, hielt die Illusion aufrecht, es könnte eine Zukunft für uns geben. Damit tat ich, wie ich glaubte, auch ihm einen Gefallen. Verschaffte uns ein paar glückliche Monate. Unsere Liebe mit einer Hochzeit zu besiegeln, wäre jedoch zu viel gewesen. Eine Lüge, die er mir niemals verziehen hätte. Ich durfte seinen Ring nicht tragen, sosehr ich davon träumte, so gern ich es auch getan hätte.

Der Sommer zeigte sich von seiner besten Seite, war sonniger als jemals zuvor, wenn man Jordan glauben durfte. Die bunten Häuser von Kinsale leuchteten. Die Aufbauten der Jachten glitzerten. In den Gassen drängten sich Einheimische und Besucher, besonders mittwochs, wenn Markt war und die Farmer der Umgebung ihre Waren auf dem Market Square anboten. Vor dem Museum hatte sich eine Musikgruppe postiert und spielte irische Evergreens.

Ich schlenderte gern über den Markt und war fast jeden Mittwoch mit Jordan dort, oft auch, um frisches Gemüse für sein Restaurant zu kaufen. Wir begegneten zahlreichen Freunden und Bekannten, auch der Ärztin, die mich nach meinem Zusammenbruch auf der Straße behandelt hatte. Dr. Emily Green, wie ich inzwischen wusste. Obwohl ich am liebsten wortlos an ihr vorübergegangen wäre, blieb sie stehen, und Jordan sagte: »Emily, wie geht's?«

»Ein bisschen viel Betrieb diesen Sommer«, sagte sie. »Eigentlich sollten wir ja dankbar für die vielen Touristen sein, die bringen Geld in die Stadt.«

Der übliche Smalltalk eben, wenn sie mich nicht so auffällig gemustert hätte. Sicher überlegte sie, ob Jordan von meinem Zusammenbruch und meiner Krankheit wusste. Um ihre ärztliche Schweigepflicht nicht zu verletzen, sprach sie mich nicht darauf an. »Ich hoffe, es geht Ihnen gut?«, sagte sie nur.

Wir bestätigten beide, dass man bei solchem Wetter nur gute Laune haben konnte, und gingen weiter, doch die neugierigen Blicke der Ärztin spürte ich noch, bis wir die nächste Straßenecke erreicht hatten. Sie weiß, dass ich Jordan etwas vormache, wurde mir klar, und sie respektiert meine Entscheidung.

»Überraschung!«, rief Jordan, als wir an einem unserer freien Montage am Frühstückstisch saßen und er ein Rührei zubereitete. Ich hatte wieder etwas Appetit entwickelt, obwohl ich stark abgenommen hatte und beim Blick in den Spiegel versuchte, die Natur mit Make-up zu überlisten. Jordan hatte ich weisgemacht, die jodhaltige Luft habe mir zugesetzt. Auch meine Geschmacksnerven schienen wieder intakt zu sein, oder bildete ich mir das ein?

»Geräucherter Lachs zum Rührei?«, rief ich.

»Besser«, antwortete er, »viel besser. Nach dem Frühstück fahren wir aufs Meer hinaus. Barney nimmt uns auf eine Erkundungsfahrt mit. Er sucht nach neuen Fischgründen vor der Küste und will sich dort ein wenig umsehen.«

»Eine gute Idee! Und die Wellen sind nicht zu stark?«

»Heute geht kaum Wind. Das ideale Wetter für unseren Ausflug. Barney sagt, du gehörst erst nach Kinsale, wenn du auf dem Meer gewesen bist.«

»Dann wird's höchste Zeit.«

Ich zog die alten Jeans und meinen Anorak an, um gegen Wind und Wetter gewappnet zu sein, und schlüpfte in die grünen Gummistiefel, die Jordan mir gekauft hatte. Natürlich grün, die Farbe Irlands, auch wenn die Flagge grün, weiß und orange war. Am St. Patrick's Day, wenn der oberste Heilige des Landes geehrt wurde, wurden sogar manche Flüsse und Seen grün gefärbt.

Barney wartete bereits auf uns. In seinen Schlabberhosen, der mehrfach geflickten Jacke und der Wollmütze sah er wie der Seebär auf meiner Willkommenskarte aus. Nur sein Vollbart war nicht so dicht. »Wird auch Zeit, dass ihr kommt!«, begrüßte er uns. »Ich hatte vergessen, dass Landratten am liebsten bis in die Puppen schlafen. An Bord mit euch und ab geht die Post!«

Ich kletterte auf den Fischkutter und brauchte eine Weile, um mich an das Schwanken zu gewöhnen. Für eine Landratte wie mich war das eine neue Erfahrung. Die Fahrten mit den Ausflugsschiffen auf dem Main, die ich als Kind mit meinen Großeltern und mit Besuchern aus England unternommen hatte, zählten nicht. So ein Fischkutter stank nach Fisch und Diesel, und man musste aufpassen, dass man auf dem glitschigen Deck nicht den Halt verlor.

Jordan stand neben mir und hatte einen Arm um meine Schultern gelegt, als Barney den Kutter aus dem Hafen steuerte. Wir fuhren an der Segelboot-Marina und der Anlegestelle für die großen Frachtschiffe vorbei und erreichten die Mündung in den Atlantik nur wenige Minuten später am Old Head, einer felsigen Landzunge mit einem schwarz-weiß gestreiften Leuchtturm.

»Der hat so manchem Seemann das Leben gerettet!«, rief uns Barney zu. »Heute haben wir Radar, GPS und so'n Zeug, aber noch vor ein paar Jahrzehnten waren wir auf die Signale aus dem Old Head angewiesen, besonders bei Nebel und schlechtem Wetter. Hier kann es sehr ungemütlich werden.«

Er fuhr ein wenig langsamer, damit ich mir den Leuchtturm lange genug ansehen konnte, und winkte einem anderen Skipper zu, der gerade mit seinem Kutter vom Meer reingefahren kam. Der Kollege grüßte mit dem Nebelhorn.

»Ihr kommt besser ins Steuerhaus«, schlug Barney vor. »Auf dem offenen Meer kann schon mal eine Welle über Bord schwappen, auch wenn es so ruhig wie heute ist. Nicht, dass ihr euch noch eine Erkältung einfangt.« Er betrachtete einen Monitor mit flackernden Anzeigen. »Wir fahren nach Südwesten.«

Die Fahrt wurde zu einem einmaligen Erlebnis. Ich war noch nie auf dem offenen Meer gewesen, nicht mal mit einem Kreuzfahrtschiff, und auch nicht so weit draußen, dass man kaum mehr die Küste sah. So weit das Auge reichte, war nur Wasser, ein unvergleichlicher Anblick, der einen zugleich erschreckte und beruhigte. Dieses Meer konnte bedrohlich und gefährlich sein; selbst wenn es wenige Wellen warf wie jetzt, spürte man doch, wie es lauerte, jederzeit bereit, sich den Gesetzen der Natur zu beugen und mit riesigen Wogen auf seine Opfer zu stürzen. Ich hatte keine Angst, genoss die scheinbar endlose Weite des Meeres, den Frieden, den ich bei seinem Anblick spürte.

»Hier draußen merkst du erst, wie klein du bist«, sagte Barney. »Und wie einsam und allein, wenn man die Küste hinter sich gelassen hat und nur noch Wasser sieht. Wir Fischer haben Respekt vor dem Meer. Und wir hüten uns, es zu verspotten und uns anzumaßen, es besiegen zu können. Niemand besiegt die Natur. Ich gehe selten in die Kirche, aber dort oben gibt es irgendwas, das ich immer spüre, wenn ich auf dem Atlantik unterwegs bin.«

Jordan lächelte. »Ich wusste gar nicht, dass du Philosoph bist, Barney.«

»Das kommt mit dem Alter, mein Lieber. Seit meine Frau an dem verdammten Krebs gestorben ist, mache ich mir mehr Gedanken. Ich habe oft darüber nachgedacht, warum der Krebs ausgerechnet sie geholt hat. Meine Verena hatte niemandem etwas zuleide getan, und sie hat immer gesund gelebt. Sie hat weder geraucht noch Alkohol getrunken. Warum ausgerechnet sie?«

»Das ist Schicksal. Du hast zu ihr gestanden, das war wichtig.«

»Ich würde alles dafür geben, sie wiederzuhaben«, sagte Barney. »Sie war eine gute Frau. Wenn ich nachts unterwegs bin, rede ich mir manchmal ein, dass sie sich in einen der vielen Sterne verwandelt hat. Albern, nicht wahr?«

»Gar nicht albern«, sagte Jordan.

Wir fuhren ungefähr eine Stunde auf dem offenen Meer herum. In einer ruhigen Strömung wagten es Jordan und ich sogar, das Steuerhaus zu verlassen und uns an der Reling festzuhalten, ein großartiges Gefühl, weil man dem Meer noch näher war und seine unbändige Kraft noch besser spürte. Der frische Wind, der uns entgegenwehte, hinterließ seine salzigen Spuren auf unserer Haut. »Ich liebe dich!«, hörte ich Jordan flüstern. »Ich liebe dich so sehr.«

Die Schmerzen kündigten sich mit starker Übelkeit an. Mir blieb gerade noch Zeit, mich über die Reling zu beugen und ins Meer zu übergeben. Zugleich spürte ich, wie Jordan seinen Arm um meine Hüfte legte, damit ich nicht das Gleichgewicht verlor. Ich würgte noch einmal und hustete stark.

»Sie sind seekrank, Miss«, rief Barney, »das gibt sich wieder, sobald Sie an Land sind! Machen Sie sich nichts draus, selbst die meisten Seebären hängen über der Reling, wenn Sie zum ersten Mal auf große Fahrt gehen. Sie werden sehen, beim nächsten Mal spüren Sie überhaupt nichts mehr, und in ein paar Monaten lachen Sie nur, wenn wir über drei Meter hohe Wellen schaukeln.«

Nur ich wusste, dass es nicht die Seekrankheit war. Es war der Krebs, der zu seinem letzten tödlichen Angriff ansetzte. Ich spürte, wie er sich in meinem Körper breitmachte, mit seinen feurigen Zungen nach allen Seiten leckte und mir solche starken Schmerzen bereitete, dass ich heulend zu Boden sank.

Wie aus weiter Ferne hörte ich Barneys Stimme, wie er fragte, was mit mir los sei. »Das ist was Ernstes!«, hörte ich ihn rufen. »Ich kehre besser um!«

Vor mir verschwamm alles. Ich sah Jordan nur schemenhaft, spürte aber, wie er mich unter den Armen packte und auf eine der Kisten hob. Er setzte sich neben mich und nahm mich fest in die Arme, drückte meinen Kopf an seine Brust und sagte: »Hab keine Angst! Ich bin bei dir! Wir holen Hilfe.«

Er zog sein Handy aus der Tasche und musste wegen des Motorenlärms so laut sprechen, dass sogar ich es in meiner Benommenheit verstand. »Emily? Wir sind in ungefähr zehn

Minuten mit Kati am Pier. Sie hat höllische Schmerzen.« Kurze Pause. »Sieht ganz danach aus. Ich fürchte, es ist so weit.« Wieder eine Pause. »Nein, nicht ins Krankenhaus. Sie bleibt bei mir, okay?«

Die Rückfahrt wurde zu einer einzigen Tortur. Der Schmerz war plötzlich überall und machte mir sogar das Atmen schwer. Zum ersten Mal in meinem Leben wünschte ich mir den Tod, so schlimm war es. Über die Reling klettern und ins Meer fallen, in die Tiefe sinken und keinen Schmerz spüren.

»Halte durch, Kati!«, rief Jordan. »Du schaffst das!«

Als wir endlich den Pier erreichten, sah ich wie durch dichten Nebel die flackernden Blaulichter eines Krankenwagens. Zwei Männer halfen mir an Land und legten mich auf eine Trage. Jordan war dicht neben mir und hielt meine Hand, als wir zum Krankenwagen eilten und sie mich in den Innenraum schoben. Jordan blieb an meiner Seite und hielt meine Hand.

Das ernste Gesicht von Dr. Emily Green tauchte über mir auf, als einer der Sanitäter die Hecktüren schloss. »Ich gebe Ihnen eine Spritze«, sagte sie, »ich gehöre zu dem Palliativteam, das sich um Sie kümmern wird. Haben Sie keine Angst, wir sorgen dafür, dass Sie kaum noch Schmerzen haben werden.«

Ich spürte den Einstich, als sie die dünne Nadel in meine Armbeuge einführte, dann versank ich in einem wohltuenden Nebel und fühlte nichts mehr.

Der Zustand hielt einige Stunden an, wie ich nach dem Aufwachen erfuhr. Bis auf die leichte Benommenheit, die meinen ganzen Körper ergriffen hatte, verspürte ich keinen Schmerz mehr und lächelte, als ich Jordan neben meinem Bett sitzen sah. Seine geröteten Augen verrieten mir, dass er geweint hatte.

»Jordan!«, sagte ich leise. »Du bist hier.«

»Kati! Geht es dir besser?«

»Viel besser. Ich bin schon fast wieder die Alte. Na ja, beinahe.«

»Du bist sehr tapfer. Unendlich tapfer.«

Ich erinnerte mich an das, was er zu der Ärztin am Handy gesagt hatte, und blickte ihn lange an. Seine Augen waren feucht. »Seit wann weißt du es?«

»Schon seit ein paar Wochen«, antwortete er. »Ich hab mit der Angestellten im Hotel gesprochen, eigentlich nur, um mir die Zeit zu vertreiben. Sie hat mir gesagt, dass du im Krankenhaus warst. In einem Nebensatz, ich hatte Sie gar nicht gefragt, wo du gewesen warst. Den Rest hab ich mir zusammengereimt. Und als mir zu Ohren kam, dass du auf der Straße zusammengebrochen warst und Emily dich verarztet hatte, wurde mir manches klar.« Er rieb sich einige Tränen aus den Augen. »Wie ernst es ist, weiß ich aber erst seit ein paar Stunden, Emily hat es mir verraten. Warum hast du nichts gesagt?«

»Ich wollte wenigstens für ein paar Monate meinen Traum leben. Deshalb war ich aus Deutschland geflohen. Ich wollte nicht, dass sich irgendjemand um mich sorgt oder mich bemuttert. Ich weiß, dass ich nur für eine Illusion gelebt habe. Die Wirklichkeit holt einen immer ein. Bist du mir jetzt böse?«

»Nein«, antwortete er lächelnd. »Wir haben das Beste aus dieser Zeit gemacht. Wir haben so gelebt und geliebt, wie wir es getan hätten, wenn du vollkommen gesund gewesen wärst. Jetzt kapiere ich natürlich auch, warum du mich nicht heiraten wolltest.« Er beugte sich zu mir herunter und küsste mich sanft. »Ich liebe dich, Kati! Und ich werde dich immer lieben, selbst wenn du nicht mehr hier sein solltest. Ich weiß, ich greife manchmal in die Kitschkiste, wenn ich dir Komplimente mache, aber du bist das Beste, was mir jemals in meinem Leben passiert ist. Du bist mein Ein und Alles und wirst es immer bleiben! Du bist das schönste Burgfräulein von ganz Irland!«

Er legte sich neben mich, und wir lagen eine Weile fest umschlungen. Ich sah die Tränen in seinen Augen und spürte seinen warmen Atem, aber auch seine Angst, mich zu verlieren. »Es ist so weit, nicht wahr?«, fragte ich leise.

»Ja«, antwortete er.

»Wie lange noch?«

»Nicht mehr lange.«

»Unsere Liebe bleibt«, versprach ich.

»Ja, die bleibt.«

Ich küsste ihn. »Ich sollte meine Eltern anrufen.«

»Das hab ich schon getan«, sagte er. »Sie kommen morgen mit der ersten Maschine. Deine Freundin kommt auch mit. Sie wollen sich ... sie wollen ...«

»Sich von mir verabschieden?«

»Ja.« Er weinte wieder. »Hör zu, Kati. Es ist noch nicht vorbei. Ich ...«

»Es ist gut«, unterbrach ich ihn, »es ist gut.«

# EPILOG

Drei Wochen halte ich schon durch. Das Morphium erstickt meine Schmerzen, und ich konnte zeitweise sogar aufstehen und ein wenig spazieren gehen. Doch jetzt bin ich mit meinen Kräften am Ende. Ich liege im Bett, vom Morphium umnebelt, und spüre, dass ich die nächste Nacht nicht erleben werde.

Obwohl ich die meiste Zeit benommen war, bin ich sehr dankbar für die letzten Wochen. Dr. Emily Green und ihr Palliativteam kümmern sich aufopferungsvoll um mich, gehen nach einem festen Plan vor, den sie zusammen mit Dr. Ralph Brandon erstellt haben, und untersuchen mich jeden Tag.

Jordan, meine Eltern und Lou unterstützen sie. Ach was, auch viele Bürger von Kinsale helfen bei der Pflege, bringen kleine Geschenke oder schicken aufmunternde Grüße. Ich bin froh, dass meine Eltern hier sind. Ihnen macht meine Krankheit am meisten aus. Jedes Mal, wenn Dr. Green kommt, fragen sie, ob es nicht doch Hoffnung für mich gibt. Meine Mutter weint jeden Tag, bis keine Tränen mehr kommen. Sie wohnen in einem Hotel in der Stadt.

Lou heitert mich mit flotten Sprüchen auf, hält aber selten durch und schimpft dann meist. Auf Gott, weil er so was zulässt und ausgerechnet mir diese verdammte Krankheit an den Hals hängt. »Das ist ungerecht, oder?«

Doch jetzt, wo ich spüre, dass es endgültig zu Ende geht, muss ich vor allem an Bibi denken. Wie tapfer sie dem Tod in die Augen geblickt hat. »Wenn die Eintracht absteigen würde, das wäre doch viel schlimmer!« Ihre Worte. Ich bin sicher, wer immer im Jenseits die Fäden zieht, traut sich die nächsten Jahre nicht, die Eintracht absteigen zu lassen. Bibi wird schon dafür sorgen, dass sie in Frankfurt mal wieder was vom Kuchen abbekommen.

Als Dr. Green und ihr Assistent kommen, merken auch sie, dass mein Tod unmittelbar bevorsteht. Noch kann ich klar denken, und die Schmerzen sind in diesem Augenblick auch nicht stärker als sonst, aber ich werde schwächer und schwächer und spüre förmlich, wie die Kraft aus meinem Körper weicht.

»Jordan!«, bringe ich mühsam hervor.

Doch Jordan ist schon bei mir und hält mich an beiden Händen. Die Gesichter meiner Eltern verschwimmen bereits, auch Lou kann ich kaum noch sehen. Dr. Green und ihr Assistent stehen auf der anderen Seite des Bettes.

Ich spüre, wie Jordan nach meiner Hand greift. Er streift mir den Verlobungsring über den Ringfinger, und ich sehe ihn für einen Augenblick glitzern.

»Jordan!«, sage ich leise.

»Kati!«, sagt er.

Ich will noch etwas sagen, aber ich habe keine Kraft mehr. Ich kann weder sprechen noch schreiben. Ich bin sehr müde, unsagbar müde und erschöpft.

Jetzt ... jetzt dauert es nicht mehr lange.

# Danksagung

Mein besonderer Dank gilt Avril Gleeson (Clinical Nurse Manager) und Margaret McKiernan (Director of Nursing) vom Mercy Hospital in Cork (Irland), die mir einen Besuch der onkologischen Station ermöglichten und mich mit wichtigen Informationen über den Krankenhausbetrieb versorgten. *Thank you very much – and my deepest admiration for your work.* Dank auch an Suzanne Burns von Kinsale Food Tours, die mich in die kulinarische Szene von Kinsale einführte und mit mehreren Köchen bekanntmachte. *Thank you very much for your help.*

Zeitfracht Medien GmbH
Ferdinand-Jühlke-Straße 7
99095 Erfurt, Deutschland
produktsicherheit@kolibri360.de

Druck:
CPI Druckdienstleistungen GmbH
im Auftrag der
Zeitfracht Medien GmbH
Ein Unternehmen der Zeitfracht - Gruppe
Ferdinand-Jühlke-Str. 7
99095 Erfurt